Luanne G. Smith
Der Duft von Rosmarin und Zedern

Luanne G. Smith

Der Duft von Rosmarin und Zedern

Roman

Aus dem Amerikanischen
von Vanessa Lamatsch

PIPER

Mehr über unsere Autorinnen, Autoren und Bücher:
www.piper.de

Wenn Ihnen dieser Roman gefallen hat, schreiben Sie uns unter Nennung des Titels »Der Duft von Rosmarin und Zedern« an *empfehlungen@piper.de*, und wir empfehlen Ihnen gerne vergleichbare Bücher.

Von Luanne G. Smith liegen im Piper Verlag vor:
Elenas Erbe:
Band 1: Der Zauber von Wein und Lavendel
Band 2: Der Traum von Rosen und Kristall
Band 3: Der Duft von Rosmarin und Zedern

Unser Versprechen für mehr Nachhaltigkeit
Klimaneutrales Produkt
FSC®-zertifiziertes Papier
Hergestellt in Europa

FSC
www.fsc.org
MIX
Papier aus verantwortungsvollen Quellen
FSC® C083411

Deutsche Erstausgabe
ISBN 978-3-492-70619-3

Titel der amerikanischen Originalausgabe:
»The Conjurer«, 47North, Seattle 2021

Satz: Satz für Satz, Wangen im Allgäu
Gesetzt aus der Adobe Caslon Pro
Druck und Bindung: CPI Books GmbH, Leck
Printed in the EU

I

Das Parfüm war schon lange verbraucht, der letzte Tropfen vor Jahren auf die Haut aufgetragen – und doch verharrte der süße Duft von Jasmin im Flakon. Die Essenz eines gebrochenen Versprechens. All die Morgen, die es nie geben würde, gegenwärtig gemacht durch einen einzigen Atemzug: Schließ die Augen, atme tief die Trauer des Verlustes ein und erinnere dich an den Traum davon, was hätte sein können.

Sidra bewegte sich träge innerhalb des Flakons. Eine Schlange aus Rauch und tiefem Bedauern … Sie könnte tausend Jahre hier ruhen, verloren in den Erinnerungen an die Vergangenheit und vollkommen ungestört. Solcherart verwahrt, war sie sicher vor ihren Verfolgern, unbelastet von den Sorgen der Welt, frei von Verpflichtungen und Schmerz.

Ein Fingernagel klopfte gegen das Glas. Gleich dem Schlagen einer Rathausuhr durchbrach das Geräusch die angenehme Stille. Sidra würde das Mädchen dafür umbringen, dass es ihren hart erarbeiteten Frieden störte.

Yvette zog den Stopfen aus der Flasche. »Raus«, sagte sie.

Das Mädchen trat zurück, sodass Sidra nicht länger das fahle Auge sehen konnte, das in den Flaschenhals spähte. Der Gestank von Yvettes Zigaretten dagegen drang in die

Öffnung, schal und beißend. Sidra sank noch tiefer und weigerte sich, auf die Störung zu reagieren.

Wieder ein Klopfen, zusätzlich schüttelte Yvette den Flakon noch. Sidras Wut flackerte auf. Ihre Melancholie verklang, vertrieben von einem Zorn, der Herz und Gedanken zum Rasen brachte und nach Taten dürstete. Sie schoss aus der Flasche – eine Kreatur geboren aus Feuer und Luft, ein Wirbelsturm tosender Energie, getragen von unsichtbaren Strömungen, die ihren Befehlen folgten. Sie wünschte sich einen Körper, und sofort verbanden sich Geist, Gedanken, Fleisch und Knochen in der offenen Luft, bis der Sog der Schwerkraft ihren frisch geschaffenen Leib auf die Erde zwang – falls denn auf selbiger jenes lichterfüllte Reich lag, in das sie sich eingeschmuggelt hatte.

»Ich dachte, ihr Dschinn müsstet jedem gehorchen, der eure Flasche öffnet.«

»Und ich dachte, du dürftest im Heim deiner Vorfahren nicht rauchen.« Sidra trat näher an Yvette heran, gewillt, deren Selbstsicherheit zu erschüttern, aber das Mädchen wich nicht länger zurück. Nicht mehr, seitdem sie Kontakt zu dem rauschenden Fluss ihrer *Fée*-Macht aufgenommen hatte.

»Anscheinend brechen wir heute alle Regeln.« Yvette leuchtete sanft, als sie die Zigarette in einem goldenen Kelch ausdrückte. »Grand-Père hat von deiner Anwesenheit hier erfahren. Er bittet dich zu einem ›Schwatz‹ am Fluss.«

Verflucht sollte dieser Oberon sein. Sidra hatte einen Weg gefunden, der stinkenden Stadt voller Ungläubiger zu entkommen, trotz der Magie, die sie dort festgehalten hatte … Und nun drohte dieser Elfenkönig mit seiner Einmischung alles kaputtzumachen. Aber auch das war zum Teil vom Feuer vorhergesagt worden.

Sidra wartete, bis Yvette ihre Zigaretten und das Feuerzeug vom Schminktisch genommen und tief in ihren Taschen vergraben hatte, dann folgte sie dem lebensfrohen

Mädchen aus der Grotte und durch den Wald. Der Pfad erstreckte sich unter einem Baldachin aus dem Laub von Bäumen, deren Stämme mit Moos und Flechten überzogen waren und nach frischem Wachstum rochen. Knollige, rotweiße Pilze ragten zu ihren Füßen aus der Erde, während winzige Frösche im Unterholz quakten. Blauglöckchen klingelten im Takt ihrer Bewegungen ein leises Lied.

Sidra verabscheute jeden Schritt durch die feuchte Luft. Sie sehnte sich nach der brennenden Hitze und der unbarmherzigen Trockenheit des Wüstenschirokkos. Sie verzehrte sich nach der Gesellschaft von Eidechsen mit ihrer feinperligen Haut, die über Sandkörner huschten, um Schutz vor der Mittagssonne zu finden. Sie hätte viel dafür gegeben, wieder im Schneidersitz unter den Palmenbäumen zu sitzen, die ihre spärlichen Blätter als Krone trugen. Das waren die Bäume, die dafür sorgten, dass man das Leben zu schätzen lernte, nicht aber diese wassersatten Monstrositäten, die ihre leuchtend grünen Blätter auf den Weg fallen ließen wie billige Souvenirs.

»Sie haben gesagt, wir sollen am Steinkreis nach ihm suchen.« Yvette erhob sich ein kleines Stück über den Boden, um über einen blühenden Busch zu spähen. Dass sie dabei glitzerte und leuchtete, war lediglich Angeberei. Das Mädchen hatte erst vor Kurzem gelernt, wie es seine Kräfte einsetzen konnte, um sich in die Luft zu erheben, und präsentierte diese Fähigkeit jetzt bei jeder sich bietenden Gelegenheit. Als wäre es schwierig, auf den Luftströmungen zu reisen. Dschinn wurden in der Luft geboren. Sie konnten fliegen, wohin auch immer sie wollten, in jeder Form, die sie sich wünschten.

Das Schwatzen kleiner, beflügelter Kreaturen hinter Grasbüscheln und Steinen brachte Sidra dazu, angewidert den Saum ihres Kaftans zu heben, damit diese garstigen Viecher sich nicht daran festhielten. Hätte sie gewusst, dass diese unerträglichen Wesen so zahlreich durch den Wald wuselten wie Läuse, hätte sie vielleicht noch mal darüber nachgedacht, ins Land der *Fée* zu entkommen. Aber nein, sie war nicht bereit gewesen, sich ihrem Feind zu stellen. Jedenfalls noch nicht. Daher musste sie dieses abscheuliche Reich so lange wie eben nötig ertragen.

Ein Irrwisch mit ledriger Haut flog vor ihr Gesicht und bespritzte sie mit Nektar aus einer molligen Blüte, die er am Weg gepflückt hatte. Sie schlug das Ding zur Seite. Die Hitze ihrer Haut ließ die zarten Flügel in einer Rauchwolke vergehen. Sidra zog eine gewisse Befriedigung aus dem Wissen, dass sie einen solchen Effekt auf die nervigen Biester ausübte.

Yvette deutete auf den Kreis aus aufrecht stehenden Steinen. Ihre hauchdünne, neue Kleidung, die viel zu elegant für eine *sharmoota* war, bewegte sich in der Brise und umschmeichelte ihren Körper wie eine zweite Haut – ein weiterer dieser Elfentricks, denn Sidra wusste genau, dass das Mädchen mehrere unförmige Gegenstände in ihren Taschen trug. Ihre Silhouette gab darauf indes keinen Hinweis. Beneidenswerte Magie. Für jemanden mit Yvettes klebrigen Fingern dürften solche Taschen ausgesprochen praktisch sein, selbst wenn sie inzwischen längst nicht mehr wie eine kleine Diebin wirkte. Befreit von der Anklage für einen Mord, den sie nicht begangen hatte, hatte Yvette ihre Rolle als Tochter des Elfenhofes mit mehr Würde angetreten, als Sidra erwartet hätte. Widerwillig bewunderte sie den Mut der jungen Frau. Sie benahm sich oft unflätig und unangemessen, doch die Dschinn vermutete, dass Yvette damit lediglich dem Wesen ihrer Art gerecht wurde.

»Sei gegrüßt.«

Die große Frau, die Königin dieses Ortes, bedeutete ihr mit einem kalten Lächeln auf den Lippen, näher an den Thron heranzutreten, der aus miteinander verwobenen Weidenästen bestand. Zu ihren Füßen saßen zwei dieser winzigen, geflügelten Teufel, knackten Haselnüsse und sammelten die Früchte in einem Korb. Sie zischten Sidra an, als hätten sie gesehen, was sie mit der dritten Kreatur angestellt hatte, die eigentlich bei ihnen sein sollte.

»Titania«, sagte Yvette und senkte den Kopf.

»Unsinn. Nenn mich Grand-Mère, Kind.«

Das Mädchen wandte sich an den Mann, aus dessen Schläfen ein Geweih wuchs, und verbeugte sich. »Oberon … ähm, Grand-Père.«

»Dein Strahlen verbessert sich«, sagte er. »Mögest du weiterhin leuchten.«

»Danke.«

Yvette wusste immer noch nicht recht, was sie mit Komplimenten anfangen sollte, doch sie wurde besser darin, freundliche Worte zu akzeptieren, ohne sie wegzuscheuchen wie Fliegen. Das Mädchen nickte in Sidras Richtung. »Ich habe sie mitgebracht, ganz wie du es gewünscht hast.«

Die Dschinn hatte diese formelle Begrüßung passiv verfolgt, den Körper hoch aufgerichtet. Diese nichtigen *Fée* mit ihren federleichten Körpern und ihrem narzisstischen Getue kümmerten sie nicht. Für Sidra zählte nur der sichere Hafen, den die Abgeschiedenheit dieses Reiches vor dem Rest der Welt bot. Und dennoch: Als Oberon seine Aufmerksamkeit endlich auf sie richtete – seine goldenen Augen waren durchzogen von den Farben des Waldes und starr im Morgenlicht –, konnte sie nicht leugnen, dass in seinem Blick das volle Gewicht königlicher Autorität lag. Sie hatte Geschichten über den König der *Fée* gehört. Wie stolz er war. Wie ausschweifend sein Lebenswandel. Als er den Wein in dem Glas in seiner Hand kreisen ließ, bevor er ihn in einem einzigen Zug hinunterstürzte, erfasste Sidra die Wahrheit all dieser Gerüchte.

Oberon wischte sich mit dem Handrücken den Mund ab.

»Wir heißen Gäste in unserem Reich willkommen«, setzte er an. »Wir sind von Natur aus soziale Wesen. Stolz auf unsere Sitten und Gaben, die wir freigiebig teilen.« Er stellte das Glas ab und lehnte sich vor. Gleichzeitig senkten sich seine Brauen, die an Eichenblätter erinnerten. »Aber wir sind es nicht gewohnt, blinde Passagiere zu beherbergen, die sich lediglich vor den Problemen der Welt bei uns verstecken wollen.«

Sidra bemühte sich, stoisch zu bleiben, doch gegen ihren Willen verzog sich ihre Oberlippe. »War es das Mädchen, das mich verraten hat?«

Oberon lehnte sich in seinem Thron zurück, als amüsierte ihn die Frage. »Glaubst du, ein König ist darauf angewiesen, dass seine Enkelin ihm erzählt, was in seinem eigenen Königreich vor sich geht? Deine Gegenwart war vom Moment deiner Ankunft an so offensichtlich wie ein glühendes Stück Kohle zwischen Schneeflocken.«

Sidra hatte ihr Zeitgefühl verloren. Wie lange wusste er schon, dass sie hier war, und hatte nichts unternommen? Wochen? Monate? Hatte sie den Fehler begangen, dieses Wesen aus Licht und Leichtfertigkeit zu unterschätzen?

»Ich bitte um Entschuldigung, Oberon.« Die Worte schmeckten wie Asche in ihrem Mund, doch ihr fiel nichts anderes ein, wollte sie ihr Verbleiben in diesem Reich sichern.

»Entschuldigung akzeptiert. Allerdings wird dir deine aufgesetzte Demut hier nichts nützen.«

Wut brodelte unter Sidras Haut auf und erfüllte sie mit kribbelnder Hitze. Wie würde ihre Magie im Land der *Fée* wirken? Gegen dessen König? Die Feuchtigkeit des Waldes und die Allgegenwart des Nebels ließen sie zögern. Was, wenn ihr Feuer nur schwelte und zischte …?

»Es ist nicht ihre Schuld«, erklärte Yvette in einem seltenen Anflug von Reue. »Ich war es. Ich habe Sidra einen Wunsch gestohlen, daher schuldete ich ihr einen Gefallen.

Sie war in einer Flasche verborgen, die ich für sie aufbewahrt habe, als wir hier gelandet sind. Das habe ich als Geheimnis für mich behalten, obwohl ich es dir hätte erzählen müssen.«

Sidra hob stolz ihr Kinn. »Wir sind dem Pfad eines Feueromens gefolgt.«

Oberon schien über diesen Einwurf nachzudenken, während er einen Geruch in der Luft witterte. »Ich bin mir der prophezeienden Fähigkeiten der Dschinn wohl bewusst«, sagte er, den Blick auf Sidra gerichtet. »Der Funke, aus dem deine Magie erwächst, mag vielleicht älter sein als die Quelle, aus der mein Volk entsprungen ist … doch solltest du im Kopf behalten, dass du hier nicht als Einzige fähig bist, in die Zukunft zu sehen.«

Der König stand auf und ging hinüber zu einer Vogeltränke, die zwischen zwei Steinen neben dem Thron aus Ästen stand. Ein Trio von Blumenelfen saß auf dem Rand, die Füße im Wasser, und lachte über die eigenen Grimassen, die es über der spiegelnden Wasseroberfläche schnitt. Oberon scheuchte die Geschöpfe kurzerhand weg. Sofort suchten sie Schutz in dem langen Mantel aus Moos, den der König trug. Für einen Moment folgten seine Augen einer Bewegung, die er über der Oberfläche des Wassers wahrnahm. Er lächelte in sich hinein, dann verzog er das Gesicht und sah mit hochgezogener Augenbraue zur Großmutter des Mädchens. Diese blickte wortlos zurück – bis ihr Lächeln verblasste, als der König einen Finger ins Wasser tauchte und ihn siebenmal kreisen ließ, worauf sich ein kleiner Strudel bildete. Oberon beobachtete das wirbelnde Wasser und ließ die Hand über die Oberfläche gleiten, als wollte er seiner eigenen Magie Einhalt gebieten. Mit einem Seufzen trat er wieder vor Sidra und Yvette. Hinter ihm kaute die Königin auf der Unterlippe.

»Die lange Spirale des Schicksals wird sich selbst verschlingen, wenn sie sich allzu lange im Kreis dreht«, sagte er. Der König ragte hoch über Sidra auf und sah sie unverwandt an. »Ein Hund, der seinen eigenen Schwanz jagt. Eine Schlange, die sich selbst frisst. Ein Ende, das von einem hungrigen Anfang gelöst wurde.« In seinen Augen glänzte das Licht der Prophezeiung, als wäre er immer noch halb in seiner Vision gefangen. »Auch wenn ich verstehe, dass deine Art gerne in den Schatten wandelt … Du gehörst nicht hierher. Du darfst dich nicht länger innerhalb der Grenzen meines Reiches verbergen«, sagte er, bevor er auf den Thron neben Titania zurückkehrte.

Das Feuer, das bis in Sidras Fingerspitzen gekrochen war, pulsierte, als bettelte es um Freiheit. Verflucht sollte dieser Elf für seinen Blick in die Zukunft sein. Hatte er ihren Schmerz und ihre hoffnungslosen Aussichten gesehen? War ihm ihr Schicksal so einerlei, dass er sie zertrat wie ein Blatt, das von einem seiner grotesken Bäume gefallen war? Die Kreaturen schossen kichernd unter seinem Mantel hervor, als wollten sie Sidra verspotten, und besaßen sogar die Dreistigkeit, an ihrem Gewand zu zerren.

»Aber was, wenn sie gute Gründe hat zu bleiben?«, gab Yvette in einem Ton zu bedenken, den nur eine Enkelin beherrschte.

Der König warf ihr einen zweifelnden Blick zu, der die Äste der Bäume erzittern ließ.

Sidra schnippte ein trockenes Blatt von ihrer Schulter. »Ich werde niemanden um Zuflucht anbetteln, wenn sie mir nicht freiwillig gewährt wird.«

»Aber du kannst nicht zurück. Dieser Widerling wird dich in Stücke reißen.«

»Ich habe es nicht nötig, dass du ein gutes Wort für mich einlegst, Mädchen.«

»Nun mach mal halblang, ich habe doch nur versucht, dir zu helfen. Aber meinetwegen, lass dich ruhig verbannen, dann sind wir dich wenigstens los!«

Eine Kreatur, nicht größer als ein Kolibri, flatterte vor Sidras Gesicht. Sie war völlig nackt, hatte sich kleine Kastanienzweige rechts und links an den Kopf gebunden, mit denen sie Oberons Geweih nachahmte. Das Wesen grinste, bevor es sein Wasser auf Sidras Kaftan abschlug.

»Ist das ein Beispiel für die berühmte Gastfreundlichkeit der *Fée*?«, fragte Sidra, als sie den besudelten Seidenstoff hob, um allen den Fleck darauf zu zeigen. »Dann ist es wirklich besser, wenn ich von hier verschwinde.«

Yvette verdrehte die Augen. »Es waren doch bloß ein paar Tropfen.«

Sidra blies heißen Atem auf die gemeine Kreatur. Damit verbrannte sie das Wesen zwar nicht, doch die Haare auf seinem Kopf verpufften in Rauch und das Geweih aus Zweigen zerfiel zu Asche, bevor dieser Stänkerer davonflatterte, um neben seiner Königin zu schmollen.

»Genug!« Oberon stand auf. Seine geflügelten Untertanen erstarrten in der Luft, um abzuwarten, aus welcher Richtung der wankelmütige, königliche Wind nun wohl blasen würde. »Auch wenn ich keinen Groll gegen deine Art empfinde, Dschinn, gehörst du doch nicht in diese Gefilde. Nicht, weil du nicht willkommen wärest, sondern weil das Schicksal deine Rückkehr in die andere Welt vorsieht. Die Folgen deines Tuns sind nicht aus der Welt, nur weil du vorübergehend einen sicheren Unterschlupf gefunden hast.«

»Ich werde den Gesetzen des Schicksals gehorchen. Aber ich weiß, dass mich lediglich der Tod erwartet, wenn ich in diese Stadt der Ungläubigen zurückkehre.«

»Jemand hat einen Fesselzauber auf sie gelegt«, fügte Yvette mit einem Seitenblick zu Sidra hinzu. »Sie neigt dazu, diese Art von Hass auf sich zu ziehen.«

Sidra fletschte die Zähne, doch diesmal hielt ihre Feindseligkeit nicht lange vor. Sie machte einen untypischen Rückzieher und wandte sich ab, als ihre Gefühle drohten, ihr Feuer zu dämpfen. »Ich kann nicht dorthin zurückkehren«, sagte sie entschieden, sobald sie die Selbstkontrolle zurückgewonnen hatte. »Fessele meine Flammen nicht, indem du mich zurück an diesen Ort schleuderst! Ich würde lieber für eine Ewigkeit auf den Boden meiner Flasche sinken, als erneut in diesen Wirbelwind aus Trauer geworfen zu werden.«

Oberon ergriff die Hand seiner Frau und schien den Appell der Dschinn abzuwägen. »Die Gesetze, denen wir alle folgen, gestatten dir nicht, in Passivität und Stagnation zu verweilen. Das Leben hält niemals jäh in der Mitte inne, sondern strebt stets seinem natürlichen Ende entgegen.«

Titania stieß ein fast unhörbares Geräusch aus, bevor sie die Hand vor den Mund hob und zu flüstern begann. Ihr König lehnte sich zu ihr, um zu lauschen. Einen Augenblick später richtete er sich wieder auf, und in seinen Augen funkelte eine aufkeimende Idee. Die Dschinn zog ihren leicht feuchten Kaftan um sich, als könnte sie das vor seinem Urteil schützen.

Seine geflügelten Lakaien brachten dem König der Elfen einen hölzernen Stab mit einem Kristall am Ende. »Nach sorgfältiger Abwägung billige ich die Flucht aus der Stadt, an die du gefesselt warst«, sagte er zu Sidras tiefer Erleichterung. Und dann fügte er ein »Allerdings …« hinzu, welches die Dschinn mit einem solchen Grauen erfüllte, dass sie sich wünschte, sich an irgendetwas festzuklammern.

Dieses Wort hing in der Luft – und es war das Letzte, woran sich Sidra erinnerte, bevor sie durch einen schmalen Spalt zwischen den Welten gepresst wurde, in dem glitzernde Lichter in ihren Augenwinkeln tanzten wie das Funkeln der Sonne auf dem Wasser.

2

Eine winzige, kleine Ranke entfaltete sich in Elenas Hand, klein und zerbrechlich zwar noch, doch innerhalb weniger Wochen würde sie zu einem festen Anker heranwachsen, der stark genug war, den Ast zu halten, selbst wenn schwere, dicke Trauben daran hingen. Elena legte ihre Hand auf den Weinstock und schloss die Augen, um auf das Leben darin zu lauschen. Zellen pulsierten leise, als Nährstoffe aus dem Boden die Wurzeln stärkten und die Energie sammelten, die für neues Wachstum nötig war. Zufrieden mit dem Zustand der Pflanze wickelte Elena die Ranke über den Stützstock und hängte ein Medaillon aus Senfsamen und Rosmarin daran, um diese Pflanzenreihe vor jedem Schattenzauber zu schützen, der des Nachts voller Hoffnung, einen Pilzbefall zu erzeugen, an die Wurzeln kriechen könnte.

Eine Biene brummte neben Elenas Ohr und äußerte ihre gute Meinung über den Weinberg.

»Ja, sie wachsen schnell dieses Jahr«, pflichtete sie dem Insekt bei. Die Sonne am Himmel hatte damit genauso viel zu tun wie die sanften, morgendlichen Regenschauer in den letzten drei Tagen. Insgesamt waren Elena und die Bienen sich einig, dass es ein ertragreiches Jahr werden konnte. Und das galt nicht nur für die Trauben. Der Weinkeller war gefüllt mit großen Fässern aus dem letzten Jahr. Ihr erster Jahrgang, seitdem sie den verhängnisvollen Fluch bezwungen hatte. Schon in ein paar Monaten konnten sie den Wein in Flaschen füllen und zum Verkauf anbieten – auf dem gesamten Kontinent, allen, die bereit waren, eine Kiste zu erwerben. Wenn ihnen das Glück hold war, würden sie genug verdienen, um das undichte Dach des Hauses zu reparieren, bevor die morschen Balken im Speicher nachgaben.

Drei Stockreihen entfernt war Jean-Paul ebenfalls damit beschäftigt, die Ranken sanft in der richtigen Position zu befestigen, um möglichst viele Trauben zu halten. Obwohl er ein Sterblicher war, besaß er eine natürliche Begabung für Wein. Er wusste es nicht, doch die Pflanzen neigten sich ihm leicht entgegen, wann immer er sich vorbeugte, um ihre Wurzeln zu säubern.

Nachdem Jean-Paul ein paar überflüssige Knospen abgeknipst hatte, nahm er seine flache Kappe vom Kopf. Die Arbeit war anstrengend, dreckig und wollte nie enden, aber es gab keinen Ort, an dem sie beide sich lieber aufhielten als zwischen den Weinstöcken, von ihrem Ehebett vielleicht abgesehen. Jean-Paul wischte sich mit dem Ärmel den Schweiß von der Stirn und nahm einen Schluck aus seiner Wasserflasche. Während er trank, fiel sein Blick auf den Hang des Hügels.

»Da ist er wieder«, sagte er und zeigte auf einen Punkt. »Dieser Hund, von dem ich dir erzählt habe.«

Elena folgte seinem Blick, sah aber nur noch einen braunen, geringelten Schwanz, weil das Tier sich sofort hinter die Weinstöcke zurückzog.

»Er treibt sich jetzt schon seit drei Tagen hier herum.« Jean-Paul setzte seine Kappe wieder auf, dann grinste er Elena an. »Einer von deinen Leuten?«

Er meinte es als Witz, doch Transmogrifikation war durchaus vorstellbar. Elena hielt sich schützend die Hand vor die Augen, um die Bewegungen hinter den Weinstöcken besser erkennen zu können. Ein Blatt zitterte, dann sah sie, dass das Tier sie aus seinem Versteck oben auf dem Hügel anstarrte, vielleicht hundert Meter entfernt. Seine Bewegungen wirkten unnatürlich schnell, selbst für einen Hund.

»Drei Tage, sagst du?«

»Könnte vom Anwesen von Du Monde kommen. Dort ist ein neuer Besitzer eingezogen.«

»Möglich.« Elena senkte die Hand und machte sich wieder daran, die Triebe zu befestigen, wobei sie darauf achtete, dass sie sich an das Rankgitter anschmiegten und damit den Wuchs sicherstellten. Ihr goldener Ehering glitzerte in der Sonne, als sie die Hand über die Äste gleiten ließ. Nachdem die Ereignisse des letzten Herbstes es ihr fast unmöglich gemacht hätten, ihren Lebensunterhalt als Weinhexe zu verdienen, gab sie sich mit jeder Aufgabe besondere Mühe, wusste sie jedes frische Blatt und jede sich entfaltende Knospe noch höher zu schätzen. Fast wäre sie dem Zauber der Blutlinie ihrer Mutter verfallen. Elena hatte sich tiefer und tiefer in die Kunst der Giftmischerei versenkt, bis jede Berührung eines Giftpilzes oder der harten Schale eines Belladonna-Samens tödliches Wissen in ihr aufgerufen hatte. Am Ende hatte sie der Verlockung widerstanden, indem sie dem Einfluss ihrer Mutter abgeschworen hatte. Die positive Energie, um die sie so hart gekämpft hatte, floss heute frei durch ihr Herz und ihre Hände, einzig dazu eingesetzt, Ranken zu versorgen und Trauben ins Leben zu locken.

Mit einem Mal rührte sich etwas in Elena. Ihre Intuition heischte Aufmerksamkeit. Erneut spähte sie zu dem Hund auf dem Hügel hinüber. Das Tier starrte sie unverwandt an. Seine Ohren blieben entspannt, aber wachsam gehoben, bis plötzlich das linke Ohr zuckte. Er hatte etwas gehört. Seine Nase schnellte in die Richtung des Geräusches. Er witterte. Elena reckte ihren Hals, um zu erkennen, was das Tier verstört hatte. Zwei Männer kamen die Straße zum Weinberg entlang. Der eine war mindestens dreißig Zentimeter größer als der andere und trug einen schwarzen Nadelstreifenanzug sowie einen Derby-Hut. Sein Gefährte war in eine lange, weiße Tunika gewandet, während seinen Kopf ein schlichter Strohhut bedeckte.

Ah, Bruder Anselm.

»Deine Intuition ist fast so gut, wie es die von Grand-Mère war«, lobte Elena den Hund, wobei sie mit einem Zauber dafür sorgte, dass ihre Worte seine Ohren erreichten. Das Tier zuckte leicht zusammen, als die Worte landeten, und drehte den Kopf, um sie erneut zu beobachten.

»Was hast du gesagt?«, fragte Jean-Paul.

»Wir haben Gesellschaft.«

Das Paar legte die *sécateurs* in einen Korb und trat zwischen den Reben heraus, um die Besucher im Hof von Château Renard zu begrüßen – dessen Name viel großartiger klang, als es das einfache Herrenhaus mit den sechs Zimmern und dem Blick über das Chanceaux-Tal wirklich war. Noch bevor die Männer nah genug waren, um sich mit ihnen zu unterhalten, trottete der Hund davon, Kopf und Schwanz gesenkt.

Jean-Paul tupfte sich mit seinem Halstuch abermals den Schweiß von der Stirn und band es sich gleich darauf wieder um. Bruder Anselm winkte ihnen von der Straße aus zu, doch der Mann neben ihm gab sich keinerlei Mühe, einen freundlichen Eindruck zu machen. Ganz im Gegenteil, dachte Elena, dieser Mann riecht nach Ärger. Und wie steif er in seinem Anzug wirkt …

Elena winkte zurück und wischte sich die Hände an ihrer Schürze ab – nicht, dass das gegen die grünen Verfärbungen unter ihren Daumennägeln geholfen hätte, die vom ständigen Abtrennen von Blättern stammten.

»*Bonjour*«, sagte der Mönch, als er sie erreichte, und nahm seinen Hut ab. Ein Kranz aus grauen Haaren zog sich über seinen Ohren entlang.

Elena küsste ihn zur Begrüßung auf beide Wangen. Wie gewöhnlich roch Bruder Anselm nach Hefe, Essig und gut gereiftem Käse. Sie trat zurück und wartete, während Jean-Paul den Mönch umarmte, um dann seine Hand zu schütteln. Der Fremde beobachtete sie leicht misstrauisch, zumindest, wenn sie seine zusammengekniffenen Augen richtig deutete.

»Ich entschuldige mich vielmals für diesen unangekündigten Besuch«, sagte Bruder Anselm, »aber dieser Herr hier meinte, seine Geschäfte wären dringend.« Der Mönch drehte seinen Strohhut in den Händen. »Darf ich euch Jamra …«

»Sie sind Elena Boureanu?« Der Mann streckte ihr weder die Hand entgegen noch schenkte er ihr einen freundlichen Blick.

»Mittlerweile Elena Martel«, entgegnete sie. Da er so groß war, musste sie den Blick heben, um ihn anzusehen.

»Ah, Gratulation, Madame.« Er räusperte sich, dann kam er umgehend zum Punkt: »Bitte verzeihen Sie die Störung, aber ich hoffe, jemanden zu finden, den Sie kennen.«

»Wenn ich Ihnen helfen kann …«, antwortete sie vage, doch ihr Instinkt wies sie bereits an, ihre Zunge bestmöglich zu zügeln. Elena konnte nicht wie Grand-Mère die Omen lesen, aber sie ahnte, dass die alte Frau beim Anblick dieses Mannes die Hände an die Brust gepresst hätte. Was hatte er an sich, das ihre Intuition in Alarmbereitschaft versetzte? Bei näherer Betrachtung wirkte der Teint des Mannes wie verdorbenes Fleisch – fettig, blass und schlecht genährt. Ob er an einem Magengeschwür litt und sich der Schmerz all der aufsteigenden, sauren Galle bereits im Erscheinungsbild seiner Haut niederschlug? Auf Heilung durfte er bei Elena mit ihren Kräutern aber nicht hoffen, da musste er sich an andere Hexen wenden, die dieser Kunst näherstanden.

»Ich denke schon, dass Sie mir helfen können«, sagte er, fast, als hätte er ihre Gedanken gelesen.

Bruder Anselm versuchte sich an einer Erklärung. »Jamra ist ein Geschäftsmann. Aus der Stadt. Ich glaube, er …«

»Sidra«, sagte der Mann und fiel dem Mönch in seiner Ungeduld ein weiteres Mal ins Wort. »Sie waren es doch, die ihr geholfen hat, aus der Stadt zu entkommen, nicht wahr? Sie müssen mir sagen, wo ich sie finden kann. Es ist sehr dringend.«

Der Gestank verbrannter Erde stieg unter den Füßen des Mannes auf. Zuerst dachte Elena, der Geruch stamme von der Asche aus einer *brouette*, die sie im Winter am Fuß der alten Reben ausgeleert hatte. Aber nein. Der Geruch stammte von diesem Mann. Mit scharfem Blick musterte sie seine Gestalt. Kein Auraspektrum, aber trotzdem übernatürlich. Während ihr eigenes Feuer ehrliche Wärme versprach, erinnerte seines an ein brennendes Dach kurz vor dem Einsturz.

»Welcher Art von Geschäften gehen Sie doch gleich nach?«, wollte Jean-Paul in eisigem Ton wissen

»Ich habe nicht mit Ihnen geredet.« Jamra bedachte ihn mit einem Blick, der diesen unmissverständlich vor weiteren Einmischungen warnte, und richtete seine Aufmerksamkeit dann wieder auf Elena. »Also, wo ist sie?«

O ja, dieser Mann kam mit finsteren Absichten und mit einem noch finstereren Temperament zu ihnen. »Ich bin mir nicht sicher, was Sie das angeht«, sagte Elena mit wenig Sympathie für diesen Fremden.

Jean-Paul biss die Zähne zusammen und trat neben Elena, um sich dem Mann entgegenzustellen, falls es nötig werden sollte. Eigentlich süß, wie er unverdrossen annahm, er könne sie besser beschützen als sie sich selbst. Aber sterbliche Männer hatten in der Regel eine recht übersteigerte Meinung von ihren eher durchschnittlichen Fähigkeiten.

»Du wirst mir sagen, was ich wissen will«, erklärte der Mann. Elena fühlte ein Zucken in ihrem Instinkt, als hätte der Fremde versucht, in ihre Erinnerungen einzudringen. Was für ein grober Klotz!

Bruder Anselm räusperte sich auf seine typische, bestimmte Weise. »Anscheinend habe ich einen Fehler begangen«, sagte er mit einem strengen Blick auf den Fremden, ehe er sich wieder an Elena und Jean-Paul wandte. »Ich entschuldige mich, falls ich mit diesem Besuch heute irgendwelchen Ärger verursacht habe.«

Jedem weiteren Imponiergehabe der Männer kam Elena mit einer Frage zuvor: »Woher kennen Sie Sidra?«

Jamras kohlschwarze Augen richteten sich wieder auf Elena. »Sie ist durch Eheschließung meine Schwester. Ich fürchte, sie steckt in Schwierigkeiten, die sie überfordern.«

Hm, möglich. Doch Elena hatte nicht das Gefühl, dass er die volle Wahrheit sagte. »Ich fürchte, Sie sind den weiten Weg umsonst gekommen«, entgegnete Elena. »Sidra informiert mich nicht über ihr Tun und Lassen. Wenn sie die Stadt verlassen hat, dann aus eigenem Antrieb.«

»Nein, Hexe, ich versichere dir, dass ihr das nicht möglich gewesen wäre.« Der Mann starrte sie an, als hielte er sie für eine Lügnerin.

Jean-Paul hatte langsam genug. Gastfreundlichkeit bedeutete nicht, sich von einem Fremden im Hof des eigenen Hauses beleidigen zu lassen. »Meine Frau hat Ihnen gesagt, was sie weiß«, meinte er. »Daher denke ich, die Zeit für Ihren Aufbruch ist gekommen.«

Der beißende Geruch von glühenden Kohlen erfüllte die Luft. Jamra lächelte wie eine Schlange, die jeden Moment zubeißen wollte.

Und dann brach sich seine Rachsucht Bahn.

Jamra schob sich an Jean-Paul vorbei und stieß ihm dabei hart vor die Brust. Dieser setzte ihm sofort nach. Seine Wut sprach aus jedem der schweren Schritte auf dem Pflaster, doch er konnte den Mann im schwarzen Anzug nicht einholen. Der Dschinn stoppte vor der nächstgelegenen Reihe von Reben. Vor den alten Stöcken, die Grand-Père in seiner Jugend gepflanzt hatte … »Ihr wollt mir nicht erzählen, was ihr wisst? In Ordnung.« Der Dschinn fuhr mit der Hand durch die Luft, die Finger gespreizt, den Teller nach vorn gekehrt.

»Nein! Bitte nicht«, rief Anselm.

Die Reihe der Rebstöcke vertrocknete, wurde braun und schwarz wie die leere Hülle eines Käferpanzers, während die trockenen Blätter zu Boden rieselten und in tausend Stücke zerfielen.

Elena spürte einen scharfen Schmerz unter den Rippen, als hätte ihr jemand gegen die Brust geschlagen. Die schiere Niedertracht, die nötig war, um etwas so Wunderbares, etwas so Verehrtes zu töten, überraschte sie. Einen Moment lang konnte sie nur schockiert dastehen und blinzeln. Als ihr das wahre Ausmaß der Vernichtung klar wurde, bündelte sie ihre Wut in einem Wirbelsturm aus Energie. Das Gefühl brodelte in ihr, stieg höher und höher auf, bis ihre Haut kribbelte. Jean-Paul trat zur Seite und hob einen Arm vor die Augen, als hätte er die Energie gespürt, die von ihr ausging. Anselm wich ebenfalls ehrfurchtsvoll zurück.

»Wind und Feuer, in Wirbel verbunden,
gebt frei die Macht, die in mir ich gefunden.«

Elenas Finger zitterten, als sich auf der einen Handfläche Feuer, auf der anderen die Macht des Windes materialisierten. Sie ließ die Hände kreisen, um die beiden Kräfte zu vereinen, bis sie als Tornado in der Luft standen. Dann schickte sie diesen mit der gesamten Kraft, die ihr zu Gebote stand, gegen den Mann. Sobald sie die Magie freigegeben hatte, strich sie sich die Haare aus den Augen, bereit, erneut zuzuschlagen, bevor der Dschinn sich erholen konnte – entdeckte ihn aber drei Meter rechts von sich, die Hand ausgestreckt, um die Macht ihres Zaubers in die zweite Rebenreihe abzulenken. Lächelnd verfolgte er, wie ein halber Hektar alter Weinstöcke in Flammen aufging.

Jean-Paul presste sich die Hände an die Schläfen und stieß ein Geräusch aus, das an ein waidwundes Tier in Gefahr erinnerte.

»Du kannst kein Feuer gegen mich einsetzen und hoffen, damit einen Sieg zu erringen«, sagte Jamra und rieb sich langsam die Hände. »Ich frage dich zum letzten Mal: Wo finde ich Sidra?« Er kniff die Augen zusammen, als studierte er Elenas offenkundiges Entsetzen darüber, was ihr Feuer angerichtet hatte. »Sag es mir, und ich werde dir den Schmerz ersparen, den dir die Vernichtung dieser Pflanzen offenbar verursacht.«

Welche Magie beschwor er mit der Hitze und dem Knistern zwischen seinen Händen? Welche Gedanken las er, die sie nicht vor ihm hatte verbergen können? Wenn Jamra jetzt verschwand, konnte sich das Weingut von dem Schaden erholen. Sie und Grand-Mère hatten durch Hagelstürme schon größere Schäden erlitten und neu anpflanzen müssen, nachdem die Reben zerschlagen worden waren. Sie und Jean-Paul könnten das ebenfalls schaffen.

Bruder Anselm legte eine Hand an ihren Ellbogen, als wolle er sie ermutigen. »Wenn du weißt, wo diese Sidra ist, wäre es dann nicht das Beste, es ihm zu sagen?«, fragte er. »So ersparst du dir zumindest weiteren Ärger.«

»Ich kann nicht verraten, was ich nicht weiß.« *Und selbst wenn ich es wüsste, würde ich es ihm nicht sagen*, dachte sie, wobei sie den Irren mit dem schwarzen Derby-Hut anstarrte, als wollte sie ihn mit ihrem Bick in die Flucht schlagen.

»Dann hast du deine Wahl getroffen«, sagte der Dschinn.

Mit der Geschwindigkeit eines jagenden Falken stürzte er sich auf Jean-Paul und presste ihm die Hände an die Schläfen. Jean-Paul setzte alles daran, sich aus dem Griff des Dschinn zu befreien, doch noch ehe Elena einen zweiten nutzlosen Zauber wirken konnte, sank ihr Ehemann zu Boden.

3

Der durchdringende, stechende Geruch von blühenden Mimosen erfüllte die Luft und beschwor vertraute Bilder herauf. Sidra schüttelte die Erinnerung an den Lichttunnel ab, der ihr die Reise zwischen den Welten ermöglicht hatte. Sie blinzelte, dann ergriff Grauen Besitz von ihrem Herz. Wasser löschte das Feuer in ihren Adern, als sie ihre Umgebung bewusst wahrnahm. Rote Ziegeldächer, Palmen, die sich der großzügigen Sonne entgegenreckten, und die unendlich weite See am Horizont – fast wie jenes Meer, das auch die Küsten ihres Heimatlandes umspülte. Hätte ihr Herz den Wunsch dazu verspürt, hätte sie ihre Augen dazu bringen können, den lange zurückgelassenen Kontinent in der Ferne scharf zu stellen. Stattdessen zog Sidra ihr Gewand enger um sich und wandte sich ab.

»Ich kann nicht glauben, dass er uns beide rausgeschmissen hat!« Yvette schüttelte ihr Kleid aus, an dessen Saum staubige Erde haftete. »Mein eigener Großvater!«

Er hatte etwas im Wasser erblickt. Sidra hatte den alten König für einen Narren gehalten, doch Oberons Augen sahen mehr, als er sich anmerken ließ. Welches Bild im Becken hatte ihn bewogen, sie *hierher* zu schicken? Noch dazu mit diesem gelbhaarigen Mädchen? Konnte sie denn gar nichts dagegen tun, dass ihr Schicksal sie immer wieder an Tollköpfe fesselte?

»Schau dir das bloß an!« Yvette legte eine Hand über die Augen und ließ den Blick über die in der Mittagssonne glitzernde See schweifen. »Was glaubst du, wo wir gelandet sind?«

Sidra musste nicht raten. Sie waren auf einem Hügel ungefähr dreißig Kilometer landeinwärts gelandet. Der Ausblick, den man von hier über das ruhige, blaue Meer hatte, konnte einem das Herz brechen, wenn man zu lange in Betrachtung verweilte. »Wir sind im Süden deines Landes.«

»Riechst du das? Rosen und Orangen und …«

»Jasmin.« Sidra hatte das seltsame Duftgemisch der Brisen fast vergessen, die über die blühenden Felder strichen und all die Aromen die Hügel hinauftrugen. Der Geruch hatte sich in ihr Gedächtnis eingebrannt wie nichts anderes. Egal, wie viele Jahre auch vergangen waren, dieser Duft war der Inbegriff der Trauer.

»Stimmt, die Blumenfelder. Und der Turm der Kathedrale. Die Berge. Ich weiß jetzt, wo wir sind. Wir sind hier immer durchgekommen, als ich noch beim Jahrmarkt war.« Yvette rümpfte die Nase. »Aber wieso hat er uns in eine Stadt geschickt, in der Parfüm hergestellt wird? Was denkt er denn, was wir hier tun können?«

»Wir?« Verdammt sollten Oberon und sein Eingreifen sein! »Es gibt kein *wir*. Geh also zurück in dein nebeliges, feuchtes Zuhause! Hier wirst du nämlich nicht gebraucht.«

»Ich habe noch nicht gelernt, mich zwischen den Welten zu bewegen.« Das Mädchen verschränkte die Arme und starrte Sidra böse an. Ihre Haut leuchtete vor Ärger. »Deshalb musst du dich schon in Rauch auflösen, denn ich habe nicht die geringste Lust auf deine Pöbelei.« Yvette musterte sie von oben bis unten. »Oder bist du dazu gar nicht imstande?«

Gute Frage …

Der Zauber, der sie zuvor in den Stadtgrenzen festgehalten hatte, konnte sie doch nicht immer noch fesseln, oder? Sidra war ihm schließlich entkommen, war durch einen Spalt von Raum und Zeit geglitten und hatte sich ziemlich clever ins Elfenland eingeschmuggelt. Schicksal und Glück hatten sie an einen sicheren Ort gebracht, der Ruhe und Vergessen verhieß. Daher hatte sie gehofft, auch selbst vergessen zu werden. Doch Oberon hatte sie mit einem Streich zurückkatapultiert an diesen Ort samt seinen duftgeschwängerten Erinnerungen. Schon jetzt rankten sie sich um ihr Herz und ließen Sidra vermuten, sie würde bald erneut gefesselt sein.

»Also?« Die junge Frau verdrehte die Augen, bevor sie begann, den Hügel nach unten zu gehen. »Dachte ich's mir doch.«

»Ich kann verschwinden, wann immer ich es wünsche.« Doch selbst Sidra wusste, dass ihre Worte so hohl klangen wie Winterkürbisse, an denen der Wind zerrte. Vergangenheit und Zukunft hielten sie in ihrem Bann. Und sie fand sich an dem Ort wieder, der sich als Wiege ihres Niedergangs erwiesen hatte.

Yvette wirbelte herum. »Weißt du, ich war glücklich, wo wir waren. Besser hatte ich es noch nie. Ich habe endlich gelernt, über meinen *Glamour* zu gebieten. Bis du dann alles ruiniert hast, indem du für unseren Rausschmiss gesorgt hast.« Sie deutete mit dem Finger auf die Dschinn. »Also schuldest du jetzt mir einen Gefallen.«

Dieses Mädchen und ihre Familie sollten verflucht sein zu einem Leben in *Jahannam*. Sie hatte recht. Das Rad des Schicksals drehte sich immer weiter, sodass Bettler erst zu Prinzen wurden und dann wieder zu bettelnden Narren.

Ein kratziger Ast geriet zwischen die Bänder von Sidras Sandalen und raubte ihr den letzten Funken Geduld. »Wir müssen nicht wie Maultiere durchs Unterholz stampfen«, stieß sie aus. Wäre es Sand gewesen, hätte sie das Gefühl der warmen Quarzkörner auf ihrer Haut genossen, doch das Piken von Zweigen und Dornen mochte sie überhaupt nicht.

Yvette rief über die Schulter zurück: »Was schlägst du denn vor? Willst du uns auf einem magischen Teppich in die Stadt fliegen?«

Der Gedanke, sich in die Luft zu erheben, war verlockend – nur dass Sidra fürchtete, Yvette dann mit dem Kopf voran auf das steilste Dach fallen zu lassen. Doch ob sie wollte oder nicht, sie brauchte sie noch, damit diese unselige Vorhersage sich erfüllte. Damit sich ihr Schicksal erfüllte.

»Nein, Mädchen«, rief sie. »Komm her und pack meinen Ärmel, es gibt nämlich einen besseren Weg.«

Yvette zögerte kurz, dann stieg sie den Hügel wieder nach oben und vergrub ihre Finger in den seidigen Stoff. »Du solltest mich besser nicht noch mal in einen Vogel verwandeln, oder ich schwöre, ich werde dir …«

Es war ein ganz eigenes Vergnügen, die Nervensäge zum Schweigen zu bringen, und sei es nur für eine kurze Verschiebung von Raum und Zeit. Die Verwandlung war nichts. Feuer und Rauch. Dunst und Luft. Daraus bestanden Dschinn, das war die Quelle ihres Seins. Das Mädchen wäre lediglich ein wenig benommen, wenn sie sich wieder materialisierten. Aber wo sollte sie landen? War die Wohnung noch sicher? War der Alte noch in der Nähe?

Sidra und Yvette glitten über die Dächer im Süden der Stadt, sichtbar nur als kleiner Wolkenfetzen. In diesem Zustand fiel es der Dschinn schwer, abzuschätzen, welche Risiken sie auf dem Boden erwarteten. Wäre das Mädchen nicht gewesen, hätte Sidra sich weiterhin verborgen, hätte alles beobachtet und in einer versteckten Ecke gewartet, wie ihresgleichen es bevorzugte. Doch sie konnte die *Fée* in ihrem momentanen Zustand nicht lange tragen. Wäre Yvette noch die dreckige Straßenhexe gewesen, für die Sidra sie einst gehalten hatte, hätte sie ihren Körper im Äther verdorren lassen wie einen getrockneten Fisch. Doch mit jemandem, der zu Oberon gehörte, konnte sie sich das nicht erlauben. Obendrein sollte man stets das Gleichgewicht in diesem und im nächsten Leben bedenken.

Wabernd wie der Rauch einer gelöschten Kerze brachte Sidra sie zwei durch eine schmale Gasse, die von zweistöckigen Gebäuden gerahmt wurde, deren Wände im sanften Ocker von Sand und Muscheln gestrichen waren. Sie glitt unter einem Torbogen hindurch, der die Gebäude zu beiden Seiten der Straße miteinander verband. Dahinter wartete die Eckwohnung auf sie. Die Fensterläden waren geschlossen, um das gleißende Licht auszusperren. Kein Geruch von Brot und Orangen drang unter der Tür der Küche hindurch. Der Kaftan, der immer noch an seinem Haken hing, roch nicht mehr nach Sandelholz. Trotzdem musste sie die Wohnung betreten, und sei es nur, um für eine Nacht in Sicherheit zu sein.

Sie glitt durch das Schlüsselloch in der schweren Holztür und drang in die abgestandene Luft des Raums ein, zog dort einen Kreis und verschaffte sich dabei in der Dunkelheit einen ersten Eindruck von der Lage. Die Energie, die sie spürte, war überall kühl, in den Ecken ebenso wie unter den Dachbalken oder über dem Bett. Die Wohnung sah aus, wie sie sollte. Doch das Wissen, dass in der Zeit, in der sie leer gestanden hatte, jede Wärme verpufft war, stimmte Sidra traurig. Mit einem Seufzen materialisierte sie sich und brachte so auch das Mädchen mit sich.

»… die Augen auspicken«, beendete Yvette ihren Satz. Sie schwankte leicht auf den Füßen, bis ihr klar wurde, dass ihre Reise bereits abgeschlossen war. »Oh, wir sind da.« Sie stützte sich an dem halbrunden *majlis*-Sofa ab und nahm blinzelnd ihre neue Umgebung in sich auf. »Wo genau sind wir hier?«

Sidra strich mit dem Finger durch die Staubschicht auf dem mit einem Mosaik verzierten Tablett, auf dem eine Messing-*dallah* und *finjan* aus Glas standen. »In meinem Zuhause«, sagte sie. »Vielmehr in meinem ehemaligen Zuhause.«

Yvette stieß überrascht die Luft aus. »Du hast hier gelebt? In dieser Wohnung?« Sie machte eine Geste in Richtung der Wandteppiche aus Seide und Wolle, des niedrigen Sofas und der runden Sitzkissen aus Leder. »Die ist ja wunderhübsch …«

Eine Schüssel mit Feigen und Orangen darin erschien auf dem kleinen, achteckigen Tisch neben dem Sofa. Es war eine Frage der Gastfreundlichkeit, dem Mädchen etwas davon anzubieten. Das verlangten die guten Sitten, sozusagen. Allerdings war ihr nicht ganz klar, ob diese Wohnung noch immer als ihr Zuhause gelten durfte. War das mit nur einer Bewohnerin überhaupt möglich? Sidra trat tiefer in den Raum, bis ihr der würzige Duft in die Nase stieg, der immer noch in den Stoffen hing.

»Wir können über Nacht hierbleiben. Notfalls wohl auch länger.« Sie beschwor eine dampfende *dallah* voller aromatischem Kaffee herbei. »Bedien dich ruhig am Obst, ich werde dich nicht vergiften, versprochen.«

Yvette schnappte sich eine Orange und begann sie zu schälen. Sie setzte sich aber nicht, was die Dschinn nervös machte, sondern wanderte durch das Zimmer und musterte die einzelnen Einrichtungsgegenstände: die Hängelampen aus Messing, in die farbige Glaspaneele eingelassen waren, die gewebten Wandteppiche in Schattierungen von Rot, Blau und Gold, die Räucherschale mit dem *bakhoor* darin und schließlich das Männergewand, das über einem abgetragenen Paar schwarzer *balgha* aus Leder an einem Haken hing.

Yvette wirbelte herum und ihre Augen sprühten in ihrem

fahlen Elfengesicht aufgeregte Funken. »Und wem gehören die?«, fragte sie mit einem Blick auf die Pantoffeln.

Sidra hob den Blick, ihr Herz im Griff unsäglicher Trauer. »Dem Mann, den ich getötet habe«, sagte sie und sackte aufs Sofa, ihrem Schmerz ausgeliefert wie ein Holzscheit dem Feuer.

4

Elena kniete auf den Pflastersteinen des Hofes neben Jean-Pauls schlaffen Körper. In ihren Adern brauste das Adrenalin. »Er brennt förmlich.« Sie funkelte den Dschinn an, als könnte sie ihn mit ihrer Wut verbrennen. »Was hast du ihm angetan?«

»Sein Geist wandert in der Wüste meiner Art.« Jamra winkte nur ab, als wäre das kaum von Bedeutung. »Es liegt an dir, ob er den Weg zurückfindet oder nicht.«

Elenas Herz raste, als sie in ihre Tasche griff, um Zweige von Rosmarin und Kamille herauszuziehen. Sie zerdrückte die Blätter mit zitternden Fingern und ließ sie auf Jean-Pauls Stirn rieseln.

Als selbst ihre Magie ihren Ehemann nicht aufweckte, wischte sie ihm mit ihrer Schürze die Schweißperlen von der Stirn. Bruder Anselm fühlte nach Jean-Pauls Puls, die Finger an dessen Hals gepresst.

»Deine Hexenworte können gegen meine Magie nichts ausrichten.«

Bruder Anselm stand auf und bekreuzigte sich. »Ich werde eine Schale kaltes Wasser und einen Lappen holen.«

»Genauso wenig wie deine sterblichen Gesten des Glaubens«, sagte Jamra herablassend, als der Mönch zur Pumpe neben dem Kellereingang rannte.

Elena erhob sich. Sie hatte der Magie ihrer Mutter abgeschworen, doch gegen Versuchungen war sie nicht gefeit – nicht, wenn Wut in ihr kochte und das Verlangen nach Rache in ihr brodelte. Sie befahl der dunklen Energie, in ihre Handflächen zu strömen, um in ihr das Brennen von Nesseln, das Kratzen von Dornen und das Piken von Rosen einzufangen.

»*Kratz und beiß, wild und heiß!*
Stich den Dschinn, mach nur hin!«

Die Magie riss ihr die Finger auf, als sie Jamra ihre Wut ins Gesicht schleuderte. Doch der Dschinn öffnete lediglich den Mund und saugte die Energie in sich ein. Er kaute und schluckte, denn grinste er sie gierig und rachsüchtig an und gab damit den Blick frei auf eine Reihe von Zähnen, auf denen kupferne, von Grünspan gefärbte Schnörkel glänzten. Die grüne Färbung ließ das Lächeln vor seiner teigigen Haut nur noch bösartiger wirken.

»Ich kann dir nicht helfen!«, schrie sie. »Ich weiß nicht, wo Sidra sich aufhält. Und jetzt nimm gefälligst den Zauber von diesem Mann! Er ist ein Sterblicher. Er hat nichts mit dir oder deinem Groll gegen Sidra zu tun!«

»Groll?« Der Dschinn presste erst die Handflächen aneinander und legte dann die Finger an seine Stirn, als kämpfe er um Contenance. »Hast du irgendeine Vorstellung davon, zu was diese *jinniyah* fähig ist? Was sie meiner Familie angetan hat?«

»Was auch immer sie getan hat, es ist geschehen, bevor ich sie kennengelernt habe.« Elena kehrte an Jean-Pauls Seite zurück und bettete seinen Kopf in ihrem Schoß.

»Aber bald darauf hast du sie kennengelernt. Im Gefängnis. Du hast dich mit ihr angefreundet, obwohl du wusstest, dass sie eine Mörderin ist.«

Sidra hatte einen Mann getötet. Das war der Grund gewesen, warum sie hingerichtet werden sollte, bevor ihr die Flucht durchs Feuer geglückt war. Was hatte es damit auf sich? »Der Mann, den sie getötet hat … wer war er?«

Der Dschinn pulte sich einen Dorn aus den Zähnen. »Mein Bruder.«

Aha … Das also war des Pudels Kern!

»Sie hat Hariq getäuscht und ihn dann dem Jenseits überlassen. Sie hat unsere Familie verflucht, indem sie unseren Clan und damit unseren Kampf gegen die Ungläubigen geschwächt hat. Deshalb wirst du mich zu ihr führen, damit ich sie für immer vom Antlitz der Erde tilgen kann.«

»Wie soll ich das anstellen?! Sidra ist fort! Wenn sie sich nicht länger in der Stadt aufhält, dann im Äther. *Du* hast bessere Chancen, sie zu finden, als ich.«

»Nur dass sie die Stadt nicht ohne magische Hilfe verlassen konnte. Wenn du sie von den Fesseln befreit hast, die ich ihr angelegt hatte, dann steht sie in deiner Schuld und wird sich deinen Befehlen nicht widersetzen. Ruf also herbei!«

»Was für Fesseln?«

Die Lippen des Dschinn kräuselten sich leicht unter seinem schmalen Schnurrbart. »Willst du mich für dumm verkaufen, Hexe?« Er starrte sie mit funkelnden Augen an, in denen sie deutlich den Schmerz erahnen konnte, den er ihr jeden Moment zufügen konnte.

»Beim Leben meines Ehemannes, ich weiß nicht, wovon du redest! Sidra hat erwähnt, dass sie in der Stadt gleichsam gefangen war, aber ich habe keine Ahnung, wie sie sich befreit hat.«

Der Dschinn atmete tief durch, als er abwog, ob Elena ihm die Wahrheit oder eine Lüge auftischte. Unterdessen kehrte Bruder Anselm mit dem Wasser zurück. Jamra wich drei Schritte nach hinten aus und rieb sich den dürren Kinnbart.

Der Mönch kniete sich neben Jean-Paul, der trotz des Schüttelfrosts, der seinen Körper erfasste, scheinbar ruhig atmete, und legte ihm einen kühlen Lappen auf die Stirn. Gegen Elenas Erwartung verzog Jamra, der beide die ganze Zeit über beobachtete, nicht höhnisch das Gesicht.

»Ich wusste, dass Sidra in die Stadt zurückkehren würde«, sagte er und baute sich nun im Rücken der drei auf, »wie eine Katze, die sich auf der Suche nach Abfällen in eine Gasse schleicht. Ich trage nach unserer letzten Begegnung immer noch die Male ihres Feuers, mit dem sie auf meinen Rücken eingepeitscht hat. Die Spuren davon verblassen und verschwinden nämlich nicht so leicht.« Er enthüllte eine hässliche Verbrennung an seinem Nacken. Elena empfand bei dem Anblick keinen Funken Mitgefühl.

»Das hat sie getan, nachdem sie meinen Bruder ermordet hatte. Glaub mir, sie stellt eine Gefahr dar, die unbedingt aufgehalten werden muss!« Er wanderte in Richtung des Kellereingangs und presste die gespreizten Finger gegen die schwere Tür aus Eichenholz, als suchte er nach verborgenen Energien. »Zum Glück kenne ich aber Zauberer. Deshalb konnte ich Sidra an die Stadt binden … Durch einen Zauber, gesprochen über dem Feuer und unter Verwendung ihres wahren Dschinn-Namens.« Er hob die Hand vom Holz und lächelte, scheinbar angetan von seiner eigenen Verschlagenheit. »Der Zauber war darauf angelegt, sie zunächst in die Stadt eindringen zu lassen … Sobald sie das getan hatte, schnappte die Falle zu. Da zog sich die Schlinge zusammen. Doch kurz bevor ich mir Sidra schnappen konnte, ist sie verschwunden.«

In all seiner Arroganz musste ihm ein Fehler unterlaufen sein. »Ein Makel im Zauber?«, fragte Elena.

Fast hätte er sie geschlagen. »Nein! Dergleichen passiert mir nicht! Allerdings war die Magie etwas zu breit angelegt. Es ist schwer, Rauch mit den Fingern einzufangen.« Jamra schüttelte die Hände in der Luft, als müsse er etwas loswerden, das die Tür auf seiner Haut hinterlassen hatte.

»Und doch glaubst du, ich hätte Sidra zur Flucht verholfen?«

»Ohne Hilfe von außen hätte sie die Stadtgrenzen niemals überwinden können, weder mithilfe von Magie noch mit nackter Gewalt.« Er nickte Elena zu. Eine fast hochachtungsvolle Geste … »Ich habe in den Flammen der Prophezeiung eine Vision von dir und ihr gesehen. Sidra hätte sich niemals aus eigener Kraft befreien können. Sie ist noch zu jung, zu impulsiv. Doch vielleicht hat jemand mit hexenmagischer Erfahrung einen Weg gefunden, den Zauber kurze Zeit außer Kraft zu setzen, sodass sie entkommen konnte.« Er richtete den Blick auf Elena. »Es geht das Gerücht, dass du einen Fluch bezwungen hast, der auf dir gelegen hatte. Dass du selbst in deiner verwandelten Gestalt Magie gewirkt hast. Eine Frau, die das vermag, ist vielleicht auch clever genug, eine Straßenkatze aus einer Falle zu befreien.«

Aber das hatte Elena nicht getan. Damals, als ihr klar geworden war, dass Sidra in der Stadt gefangen war. Damals, als sie in diesem mit Magie belegten Zelt auf dem Hügel in der Stadt einen Kaffee mit ihr getrunken hatte … Nicht einmal Hilfe hatte sie der Dschinn angeboten. Doch war sie von Sidra auch nicht darum gebeten worden. Jetzt, wo sie wusste, dass es dieser unangenehme Kerl gewesen war, der Sidra in eine Falle gelockt hatte, bereute sie ihre Entscheidung. Elena dachte an die letzte Begegnung mit Sidra zurück. An die Nacht im Museum, in der Yvette mit ihrer Familie aus dem Land der *Fée* vereint worden war. Seltsame Umstände, in der Tat. Und seitdem hatte sie Sidra weder gesehen noch von ihr gehört … Nachdenklich runzelte Elena die Stirn.

Das entging Jamra nicht.

»Was ist? Ist dir etwas eingefallen?« Seine Tenorstimme senkte sich zu einem bedrohlichen Flüstern.

Elena wog ihre Möglichkeiten ab und gab nach. »Ich habe ihr nicht geholfen. Aber es wäre möglich, dass ich weiß, wo Sidra zu finden ist.«

»Wo? Sag es mir! Sofort!«

Bruder Anselm nahm den Lappen von Jean-Pauls Stirn und tauchte ihn erneut ins Wasser. Als er den Stoff auswrang, legte Elena den Kopf ihres Mannes sanft von ihrem Schoß auf die harten Steine, küsste Jean-Pauls Stirn und seine Wange, wobei sie die Hitze seiner Haut an ihren Lippen spürte, und flehte ihren alten Freund schließlich mit einem Blick an, auf ihn aufzupassen. Der Mönch nickte ihr beruhigend zu.

»Zuerst wirst du meinen Mann von dem Leid befreien, mit dem du ihn geschlagen hast«, sagte sie, als sie sich zu dem Dschinn umdrehte.

Jamra grinste fast amüsiert. »Nein.« Er zuckte kopfschüttelnd mit den Schultern. Offensichtlich genoss er die Macht, die er über Elena besaß. »Aber ich verspreche dir, ihn nicht auf der Stelle zu töten … wenn du beweisen kannst, dass du mich nicht anlügst.«

»Lass ihn gesunden …« – sie hob eine Hand, um jedem Widerspruch des Dschinn zuvorzukommen – »… oder du wirst Sidra niemals finden. Denn wenn sie sich wirklich dort aufhält, wo ich es vermute, befindet sie sich außerhalb deiner Reichweite.«

Sie ging ein Risiko ein, doch sah sie keine andere Möglichkeit, um ihren Ehemann zu retten, als das in die Waagschale zu werfen, was sie besaß: Informationen. Sie verschränkte die Arme und wartete auf seine Antwort.

»Tu, was ich verlange, und deinem Mann wird es nicht schlechter gehen! Finde die *jinniyah*, und ich lasse sein Fieber verschwinden.« Jamra wedelte mit der Hand, als wolle er die Abmachung besiegeln, dann schob er einen Finger vor Elenas Gesicht. Sein Atem traf sie wie heißer Dampf aus einem brodelnden Kessel. »Aber ich werde ihm das Hirn von innen heraus mit den Flammen Tausender Feuer verbrennen, wenn ich herausfinde, dass du mich anlügst.«

Elena nickte, erleichtert, dass das Fieber gesenkt werden konnte, und schloss den Handel mit dem Dschinn. Bruder Anselm bekreuzigte sich.

5

Sidra zappelte nie nervös, kaute nie an den Fingernägeln, grübelte nie über Dinge, die sie nicht ändern konnte. Sie war der festen Überzeugung, dass ihr Schicksal unbeirrt die schmale Straße seiner Bestimmung entlangschritt. Doch sich wieder zwischen ihren Besitztümern aufzuhalten – zwischen *seinen* Besitztümern – dämpfte das Feuer in ihrem Blut, bis sie Kälte an ihrem Nacken spürte. Sie fühlte sich entblößt. Verletzlich. Als wartete sie immer noch darauf, dass die scharfe Klinge von *la demi-lune* sie traf.

Verflucht sollte Oberon sein! Sie hatte sich gewünscht, nie wieder etwas empfinden zu müssen. Und doch war sie jetzt hier, in einer Grube voller Gefühle, die wie kühle Schlangen über ihre Haut glitten.

»Willst du mir vielleicht erzählen, warum Grand-Père uns ausgerechnet hierher geschickt hat?« Yvette ließ sich neben Sidra aufs Sofa fallen. »Ein ziemlicher Zufall, findest du nicht auch? Ich meine, woher wusste er das überhaupt?«

Sidra rieb sich den Nacken. Das Mädchen war nicht so dumm, wie sie oft gedacht hatte. Das wusste sie spätestens, nachdem sie gesehen hatte, wie Yvette im Ringen mit dem magischen Wunsch auf den Straßen der Stadt überlebt hatte, ohne in ihre alten Angewohnheiten zurückzufallen und wieder zu stehlen. Es hätte ihr, Sidra, das Leben leichter gemacht, wären ihre Vorurteile wahr gewesen. Obendrein wäre sie glücklicher, besäße dieses Mädchen ein eigenes Schicksal, statt im wirren Netz des ihren gefangen zu sein.

Sidra starrte die verlassenen Pantoffeln neben der Tür an. »Dein Großvater hatte recht damit, uns hierherzuschicken. Hier beginnt der Pfad, den wir beschreiten müssen, auch wenn die nächsten Schritte schwer sein mögen.«

»Jaja, ihr beide liebt eure Prophezeiungen einfach.« Yvette aß ihren letzten Orangenschnitz. »Also! Wer war er? Der Mann, den du … du weißt schon …« Sie nickte in Richtung der Schuhe und fuhr sich gleichzeitig mit dem Zeigefinger quer über den Hals.

Sidra wandte sich ab, um ein Spinnennetz anzustarren, das im Fenster zitterte. Kurz schloss sie die Augen. »Mein Ehemann.«

Ja! Sie hatte es gesagt. Und es hatte sie nicht umgebracht.

»Du bist verheiratet? Oder, na ja, warst es zumindest.« Yvette lehnte sich verblüfft zurück und ließ den Blick im Lichte dieses neuen Wissens noch einmal durch den Raum gleiten. »*Merde.*«

Sidra sprang vom Sofa auf. Sie wollte sich auflösen. Verschwinden. Die Wohnung niederbrennen. Stattdessen zog sie ihr Halstuch über den Kopf und schlang sich die Enden fest um die Arme.

»Wie lange warst du verheiratet?«

Bei dieser Frage fand ein zartes, fast unmerkliches Lächeln den Weg auf Sidras Lippen. »Dreihundert Jahre.«

»Oh, là, là. Wie ist das überhaupt möglich?« Yvette goss sich Kaffee ein und bewunderte die goldenen Einlegearbeiten auf der Keramiktasse, bevor sie diese an die Lippen hob.

»Drei Jahrhunderte sind für meine Art nicht lang. Wir waren immer noch Frischvermählte.«

Der Duft von Orangenblüten drang durch die Risse im Fensterrahmen und unter der Tür hindurch und erfüllte den

Raum mit alten Erinnerungen. Sidra hatte bisher nicht gewusst, dass ein Herz auf die Größe einer Rosine verkümmern und sterben kann, während Geist und Körper trotzdem Jahrhunderte weiterlebten.

Yvette stieß einen leisen Pfiff aus. »Was ist geschehen?«

»Wir hätten uns nicht verlieben dürfen. Aber wir haben es getan. Wir haben versucht, uns dem Plan des Allsehenden zu entziehen, doch am Ende hat er uns eingeholt.«

Yvette hakte nach, doch für Sidra gab es keinen Grund, die Einzelheiten der Geschichte preiszugeben. Ihr Herz auszuschütten wie eine gewöhnliche Sterbliche, die keine Vorstellung von der Liebe besaß – sondern einzig von dem vulgären, einfachen Tauschgeschäft, bei dem körperliches Vergnügen gegen Geld gewechselt wurde.

»Ich muss kurz weg«, sagte Sidra, weil sie das kribbelige Gefühl in ihren Adern plötzlich nicht mehr zu ertragen vermochte. »Bleib hier und trink deinen Kaffee, verlass die Wohnung aber nicht! Innerhalb dieser vier Wände wirst du bis zu meiner Rückkehr sicher sein. Sie sind mit speziellem Schutz aufgeladen. Aber sobald du die Wohnung verlässt, kann ich dich nicht mehr beschützen.«

Yvette stellte ihre Tasse ab. »Ein spezieller Schutz gegen was?«

Sidra verzog die Lippen und ließ ihren Finger quer über den Hals sausen. »Gegen einen sicheren, qualvollen Tod.«

Die Brise ließ die höchsten Baumwipfel schwanken – ein Omen, das auf Veränderung deutete. Sidra segelte auf den Luftströmungen, eine unsichtbare Rauchschwade vor einem wolkenlosen Himmel. Der Tarnungszauber, den sie um die Wohnung gelegt hatte, war immer noch so stark wie am Tag, an dem sie ihn mit guter, solider Magie gewirkt hatte. Yvette sollte also in Sicherheit sein, solange sie wie vereinbart im Haus blieb. Aber bei ihr wusste man nie, welchem Impuls sie als Nächstes folgen würde. Waren sie deswegen für diese Reise aneinandergekettet worden? Es gab im Leben immer einen Platz für das Unvorhersehbare, doch Sidra gefiel diese Vorstellung nicht. Kein bisschen.

Sie schwebte über ein Feld mit aufblühenden Rosen hinweg und nahm im Fliegen den Duft der Blüten auf. Das blumige Aroma hob Sidras Laune, sodass sie nun eher Entschlossenheit als Verzweiflung empfand. In ihrem früheren Leben hätte sie zwischen diesen wunderbaren Düften verweilt, solange ihr Herz es wünschte, doch heute musste sie weiterfliegen. Sie wandte sich nach Westen, in Richtung der Hügel.

Die Öffnung zur Höhle, einst perfekt verborgen in der felsigen Umgebung, wurde inzwischen von einem monströsen, steinernen Monument und einem hölzernen Tor markiert. Sterbliche zerstörten alles, was ihnen in die Quere kam. *Führungen*, nannten sie das. Trotzdem weigerte sich der Alte, diesen Ort zu verlassen. Er hatte sich lediglich tiefer zurückgezogen – weit genug, um vor aufdringlicher Neugier geschützt zu sein.

Das Tor war bereits verschlossen, doch solche Schlösser waren für ungeschickte Sterbliche gedacht. Wenn das Licht eindringen konnte, konnte Sidra das auch. Sie glitt durch den Spalt am Eingang, wo das hölzerne Tor und der Stein des Berges nicht glatt abschlossen. Innen erstreckte sich die Höhle, ein riesiger Saal erfüllt von kühler, weitläufiger Leere. Sie nahm eine Öllampe von der Wand, entzündete den Docht und blies ihre Feuermagie in das Glas, sodass die Funzel strahlte wie zehn Laternen. In dem erleuchteten Bereich vor ihren Füßen erhob sich eine Reihe Stalagmiten mit rosa Färbung wie die Zähne eines mystischen Tieres, das die Welt verschlungen hatte. Eine lange Zunge aus festem Untergrund, für staunende Touristen frisch aus dem Fels geschlagen, zog sich tief ins Berginnere. Um Antworten zu finden, würde sie dorthin vordringen und den Alten finden müssen. Dort, jenseits der Reichweite der Sterblichen und ihrer groben Werkzeuge …

Sidra wirkte ein Kissen aus Luft und setzte sich im Schneidersitz darauf. Langsam und stetig schwebte sie durch die Dunkelheit, ihre Laterne vor sich ausgestreckt, und schlängelte sich so durch große und kleine Öffnungen im Fels. Immer wieder streifte sie die Kalksteinwände mit dem schlammigen Schleim darauf und den alten Fossilien aus der Urzeit darin. Sie mochte Feuchtigkeit nicht. Und auch wenn ihre Art die Verlockung verspürte, sich in dunklen Orten zu verstecken, hatte sie selbst die Dunkelheit nie geschätzt. Nicht, bis das Gewicht des Todes ihres Ehemannes sie nach unten gezogen hatten. »Lebe nur lang genug«, hatten ihr diejenigen gesagt, die älter waren als sie, »und eines Tages wirst auch du einen Hohlraum am Boden der Welt suchen, um deine Sorgen darin zu vergraben.«

Sie kam ihrem Ziel näher. Die würzigen Düfte von Kurkuma und Kreuzkümmel begannen, den feuchten Strandgeruch des Kalksteins zu vertreiben. Sie glitt immer tiefer, brachte den Müll hinter sich, den die Touristen zurückgelassen hatten, und auch die tropfende, wasserführende Schicht, bis sie schließlich eine Höhle innerhalb der Höhle erreichte, einen Seitentunnel, dessen rötliche Färbung von Eisenoxid stammte, der Farbe, die auch ein Talisman für Glück und Mut zeigte.

Die Luft bewegte sich. Ein Geräusch, als wäre ein kleiner Stein über eine Kante gerollt, drang aus den Tiefen an ihre Ohren. *Ah, gut. Er ist bereits wach.* Sie stellte die Füße wieder auf den Boden und schwächte das Licht ihrer Laterne auf ein erträgliches Maß ab. Selbst ein Dschinn brauchte Zeit, damit sich seine Augen nach so langer Zeit in den Schatten an das Licht gewöhnten. Besonders ein Dschinn, der so alt war wie Rajul Hakim.

Sidra näherte sich dem Eingang, einem Vorhang aus Dunkelheit, gewebt aus Fäden kosmischer Magie. »*As-salaam-alaykum*«, sagte sie, als sie durch den Vorhang trat.

Im Inneren war die Luft trocken und angenehm warm. Ein kleiner Wirbelwind aus Sedimenten und winzigen Kieseln tanzte über den felsigen Boden. Sie konnte sich erinnern, wie der Alte bei ihrem ersten Besuch in der Höhle einen grimmigen Wirbelsturm entfesselt hatte. Doch die Zeit raubte selbst dem erfahrensten Krieger irgendwann den Furor.

Rajul Hakim, der seit vielen Jahrhunderten der Weise genannt wurde, weil er ein überreiches Wissen in den Falten seines Kaftans zusammengerafft hatte, materialisierte sich vor ihr. Er war erneut geschrumpft. Einst war er ein Gigant gewesen, doch das Alter hatte ihm diverse Zentimeter geraubt, sodass er Sidra nun kaum noch überragte. Sein goldgelbes Gewand sammelte sich in Pfützen aus Stoff um seine Füße und sein ergrauendes Haar brauchte einen Schnitt – besonders seine Brauen, die über seinen Augen abstanden wie gespreizte Taubenflügel. Trotz seines zerzausten Auftretens wusste Sidra allerdings, dass seine Geisteskraft sich durch den Zwang, in einem kleineren Körper zu leben, nur noch verdichtet hatte. Er war nach wie vor ein formidabler Dschinn, vor dem man sich in Acht nehmen musste.

»*As-salaam-alaykum*«, erwiderte Rajul Hakim den Gruß, obwohl er die Augen noch nicht geöffnet hatte. Vielleicht brauchte er etwas mehr Zeit, sich an das Licht zu gewöhnen, als sie geglaubt hatte. Sidra dunkelte die Laterne noch ein wenig stärker ab.

Der alte Mann blinzelte und kratzte sich seinen zotteligen Bart. »Ah, Sidra.« Er schien erfreut, sie zu sehen – bis sich Falten der Verwirrung auf seiner Stirn bildeten. Er warf einen Blick zur Wand seiner Höhle, wo mehrere gewundene Markierungen in den Kalkstein gekratzt worden waren, eine

Art kosmischer Kalender, anhand dessen er den Überblick über die Außenwelt behielt. »Dein Tribut ist erst in sechzig Jahren fällig«, sagte er. »Wo ist Hariq? Hat er dich nicht begleitet?«

»Nein.«

Nun schien sich Rajul Hakim zu erinnern, was mit ihrem Ehemann geschehen war. Seine Miene zeigte ein angemessenes Maß an Reue, als er erneut auf seinen Kalender sah. Nach einer kurzen Berechnung nickte er und bedeutete Sidra feierlicher als gewöhnlich, Platz zu nehmen. Als sie ihm ein schwaches Lächeln schenkte, weil es keine Hocker gab, um sich zu setzen, murmelte er einige Worte, mit denen er sich für seinen alternden Geist entschuldigte, und schuf die Illusion von Gemütlichkeit, indem er unter einem seidenen Baldachin zwei weiche Sitzkissen herbeibeschwor. Eine Messing-*dallah* voller Kaffee erschien auf einem Tisch, flankiert von einer Schüssel voller gedörrter Datteln. Sidra setzte sich und nahm den Geruch von Kardamom in sich auf, der von der Tasse aufstieg. Tief in ihre Lunge ließ sie das Aroma eindringen. Die Datteln ignorierte sie, weil sie davon ausging, dass sie von einem uralten und überholten Zauber stammten.

Der alte Dschinn schlug die Beine auf dem Sitzkissen übereinander. »Du bringst mir also keinen Tribut … Warum bist du dann gekommen?« Er wedelte mit einem Finger, und sofort erschienen drei Hängelampen über ihren Köpfen. Im helleren Licht wirkte seine Haut grau und blass. Wie die einer Echse …

»Du solltest zur Abwechslung mal diese Höhle verlassen«, ermahnte sie ihn sanft. »Besuche einen Basar. Gönne dir in einem Straßencafé ein wenig Sonne und Wüstenwind.«

»Ich gehe aus. Wann immer ich die kleinen, sterblichen Kinder auf einer ihrer Führungen durch die Höhle schreien höre, schicke ich einen Windstoß aus, der ihre Hinterköpfe trifft und ein Heulen in ihren Ohren erzeugt.« Der alte Mann lachte, bis er husten musste. »Sie drehen jedes Mal sofort um und fliehen.«

»Das habe ich nicht gemeint.«

»Pah.« Er wedelte mit der Hand. »Ich habe genug gesehen von der Erde und ihren Bewohnern. Die Welt dort oben ist finsterer als hier unten in meiner Ecke der Unterwelt. Hier sehe ich, was ich sehen muss … nicht mehr, nicht weniger.«

»Rufen die Leute dich nicht? Bitten sie niemals mithilfe ihrer Talismane um deine Hilfe?«

»Ein paar, doch das Rufen ist nicht mehr das, was es einst war. Zu viele unserer Leute vernachlässigen die alten Sitten.« Er bewegte zwei Finger, als ahmte er zwei Beine beim Gehen nach. »Jetzt sind sie weg.«

Nicht alle, dachte Sidra, ließ das Thema aber ruhen. Rajul Hakim war älter und weiser als die meisten Dschinn, die sie kennengelernt hatte. Alt genug, um noch diejenigen begleitet zu haben, die vor Jahrhunderten nach Norden aufgebrochen waren und zusammen mit dem Gepäck auf ihren Rücken auch den Glauben in ihrem Herzen sowie ihre Gebräuche in dieses fremde Land mitgebracht hatten. Der Dschinn war der Aufforderung gefolgt, sich diesen Sterblichen anzuschließen, da er, wie er sagte, im Feuer gesehen hätte, dass er für diese Reise bestimmt war. Die Reisenden hatten den Dschinn um Schutz, Anleitung und seinen Segen im irdischen Gefilde gebeten, während sie auf unvertrauter Erde ihre neuen Leben aufbauten. Jetzt war es Sidra, die sich mit der Bitte um Anleitung und Zuspruch an ihn wandte.

Eine Pfeife aus Glas und Metall erschien neben dem alten Dschinn. Er schob sich das Mundstück der *Shisha* zwischen die Lippen und sog daran, bevor er für einen Moment genüsslich die Augen schloss. »Also«, sagte er, als läse er Worte ab, die auf der Innenseite seiner Augenlider standen, »du bist frei bis zu meiner Tür gesegelt … und doch bist du immer noch durch einen Zauber gebunden.«

Diese Wahrheit laut ausgesprochen zu hören sorgte dafür, dass Hitze über ihren Rücken schoss. »Das bin ich.«

Er öffnete die Augen und lehnte sich ins Licht, sodass sie sehen konnte, dass die grauen Schleier vor seinen Augen sich verstärkt hatten. Doch auch wenn er inzwischen fast höhlenblind war, blieb seine *Sicht* davon unbeeinflusst. »Die Fehde geht also weiter.«

»Jamra hat einen Zauber um diese nördliche Zitadelle gelegt. Für eine Weile konnte ich diesen stinkenden Ort nicht verlassen.« Sidra spielte nervös am Saum ihres Kopftuches herum, bis es fast von ihrem Scheitel gerutscht wäre. »Er hätte mich vielleicht aufgespürt, hätte ich diesmal nicht einen dritten Fluchtweg gefunden.«

»Du warst immer einfallsreich. Und die Behörden?«

»Sind wenig mehr als Lehmfiguren, die nach Rauch haschen.«

»Und doch haben sie dich einmal festgesetzt.«

Der gerissene Alte!

»Ich war zu tief in meiner Trauer versunken, daher habe ich die Schlinge nicht bemerkt, bis sie sich zugezogen hat.«

»Hm. Und jetzt?«

»Sie suchen immer noch nach mir, doch ihr Herz schlägt nicht mehr für die Jagd.« Sie dachte an den bleichen, gelbhaarigen Inspektor Chardon und den Ausdruck der Kapitulation auf seinem Gesicht, als sie vor seinen Augen verschwunden war. Diese Miene war eine Erinnerung, die sie in Nächten aufrief, wenn sie sich mit etwas Angenehmem ablenken musste.

Rajul Hakim schien erfreut über ihren Bericht und nickte. Er sog ein weiteres Mal an seiner Pfeife und nahm den Tabakrauch genüsslich auf wie ein Mann, der seinen Hunger befriedigt. Er nickte abermals, nun allerdings nachdenklich. »So leicht wirst du Jamra kein zweites Mal entkommen. Sein

Hass ist wie ein Ölfeuer, das nur umso heißer brennt, je mehr du dich bemühst, die Flammen zu löschen.«

Die Fehde zwischen Jamras Clan und dem ihren tobte bereits seit einem Jahrtausend. Wunden des Stolzes waren geschlagen und wieder aufgerissen worden, bis sie schwärten – bei denjenigen im Land des Sonnenaufgangs ebenso wie bei denen im Land des Sonnenuntergangs im Westen. Zwei Dschinn-Häuser, entzweit durch ihre Ideologie, die sich unter dem Blick des Allsehenden in Scharmützeln ergingen. Doch sie, geboren im Osten, und Hariq, geboren im Westen, hatten sich über den alten Unmut zwischen ihren Familien erhoben und in den Armen des anderen Liebe gefunden. Dafür waren sie bestraft worden. Gnadenlos. Ausgestoßen von den Mitgliedern beider Clans – weil sie sich in der Fehde nicht aufseiten der eigenen Familie stellten. Sie hatten auch das ertragen und sich mitten im Sturm ihre eigene Oase geschaffen.

Bis das Unaussprechliche geschehen war.

Hariq hätte nicht sterben dürfen. Er war weise und strahlend und schön. Mit seinem Charme und seinem Frohsinn hatte er sie zum Lachen gebracht wie niemand sonst, mit harmlosen Streichen, die er Menschen spielte, einzig um sie, Sidra, zu unterhalten, während sie gemeinsam durch den Äther schwebten. Mal hatte er einem Mann auf dem Bahnsteig auf die Schulter getippt, sodass er sich umsah, mal eine Kaffeetasse verschoben, während ihr Besitzer in einem Café die Zeitung las, mal alle Hemden einer Wäscherin auf der Leine gedreht, sodass sie kopfüber hingen. Sie hätten noch tausend sorglose Jahre miteinander verbringen sollen … doch man konnte nie sagen, welcher Stein auf der Straße einen zum Stolpern bringen würde.

»Jamra wird kommen«, sagte sie. »Das tut er immer. Doch das allsehende Auge hat meine Füße hier wieder auf den Boden gestellt. Bei dir. Erfüllt von der Erinnerung an Hariq.« Sidra musterte mit vager Neugier die Spiralen an der Wand.

»Einst habe ich hier großen Frieden gefunden, doch jetzt ist der Ort die Quelle meiner tiefsten Trauer. Es wird mir eine Freude sein, mich meinem Feind in solcher Einöde zu stellen.«

Der alte Dschinn stieß einen Rauchring aus. Seine Augen erzitterten in einer Vision, und er legte den Kopf schief. »Und die anderen Fesseln?«

Andere?

»Dir folgt eine aufgeputzte, gelbe Kreatur, oder nicht?«

Sidra nickte. »Das Schicksal hat uns aneinandergebunden, mit einem Knoten, den ich nicht zu lösen vermag. Da ist noch eine andere, auch wenn ihre Magie die Fesseln hin und wieder fast wert ist.«

Während er darüber nachdachte, schaute er weit hinaus in den Kosmos. »Das ist gut«, sagte er und legte seine Pfeife zur Seite. »Jamra wird kommen, aber du wirst nicht allein sein.«

So hatte sie das noch nie betrachtet. Bisher hatte sie die Anwesenheit des Mädchens immer als Bürde gesehen. Ein Hemmnis auf dem Weg zu klaren Gedanken und innerem Frieden. Doch im Rückblick konnte sie erkennen, dass Yvettes Anwesenheit in der Wohnung sie davon abgehalten hatte, in eine tiefe Verzweiflung zu sinken, die sie dazu gebracht hätte, einfach nur die Vorhänge zu schließen und eine Ewigkeit lang die blanke Wand anzustarren.

»Das ist gut«, stimmte sie zu.

Neben ihr verschwand die *dallah* voller Kaffee. Der seidene Baldachin und die Lampen lösten sich auf. Das Sitzkissen unter ihr verpuffte, sodass sie schweben musste. Die Pfeife des Alten verwandelte sich in Rauch, dem der Dschinn sogleich folgte. Sidra stand noch einen Moment in der Dunkelheit, ihre Gedanken nur erhellt vom sanften Leuchten ihrer geborgten Laterne. Das *war* gut, versicherte sie sich noch einmal. Es *musste* gut sein. Denn sie wusste, was Jamra jenseits ihres Lebens noch von ihr haben wollte.

6

Sie legten Jean-Paul im Salon auf ein Sofa, ein Kissen unter seinem fiebrigen Kopf, eine Decke über seinem Körper und einen mit Rosmarin umwickelten Amethyst in seiner Jackentasche. Auch wenn Elena nicht wusste, welchen Nutzen er haben würde, sprach die Hexe einen Schutzzauber, um Jean-Paul vor weiterem Schaden zu bewahren, bevor sie Bruder Anselm die Hand drückte, dankbar für seine Zustimmung, zu bleiben und über Jean-Paul zu wachen. Da ihr die Zeit fehlte, das Buch der Sieben Sterne zu konsultieren, konnte sie wenig tun, um die Magie des Dschinns aufzuheben. Glücklicherweise glaubte sie zu wissen, wo sie Sidra finden konnte. Dieser Fetzen Information war das einzige Druckmittel, das sie besaß.

»Danke, dass du meinen Ehemann in der Fürsorge meines Freundes zurücklässt«, sagte sie zu Jamra, als er sie erneut in den Hof führte.

»Wie kannst du diesen Mann zum Freund haben?«

O ja, für einen Außenseiter musste die Freundschaft zwischen einer Hexe und einem Mönch seltsam anmuten. Aber Bruder Anselm war Jean-Paul sehr ähnlich – er verschloss seinen Geist nicht aufgrund seines Glaubens vor der Existenz des Übernatürlichen. Nun ja, nicht mehr. Bei beiden Männern war am Anfang etwas Überzeugungsarbeit nötig gewesen. Doch Elena vermutete, dass ihre natürliche Neugier, kombiniert mit dem Gewicht unbestreitbarer, empirischer Beweise, sie dazu bewogen hatte, die Wahrheit zu akzeptieren, in welcher Form sie auch auftreten mochte.

»Er ist ein guter Mann. Anders als manche«, sagte sie spitz und marschierte schnurstracks zum Weinkeller. Sie hatte zugestimmt, Sidra zu finden und den Dschinn im Austausch gegen Jean-Pauls Leben zu ihr zu führen, doch sie musste dabei nicht freundlich sein. Sie öffnete die Tür zum Keller und entzündete mit einem Fingerschnippen eine Lampe.

Der Dschinn spähte in die Dunkelheit jenseits ihrer Flamme. »Was ist das für ein Ort?«

»Hier lagert der Wein. Mein Arbeitsraum ist ebenfalls hier unten. Wenn du willst, dass ich Sidra finde, brauche ich mein Zauberbuch und ein paar andere Dinge«, erklärte sie, ohne sich umzusehen. Falls er sie deswegen niederstreckte, dann sollte es eben so sein. Doch sie würde sich keinen Moment länger der Tyrannei dieses Dschinns unterwerfen.

Nachdem Jamra seine Zustimmung bekundet hatte, presste Elena, begleitet von seinem Schniefen, die Handfläche an das Schloss an der Tür zu ihrem Arbeitsraum und flüsterte: »Vinaria.« Die Tür öffnete sich knarzend. Im Inneren ließ sie rasch die Fingerspitzen über ihre Gläser voller Kräuter, alter Libellenflügel und einen Beutel Salz gleiten. Ja, einiges davon sollte sie mitnehmen. Aber was noch?

»Wieso brauchst du ein Zauberbuch? Liegt die Quelle deiner Magie nicht in dir selbst?«

Funktionierte so die Dschinn-Magie?

»Nein, ich … Hexen leiten die Magie, die sie formen, lediglich, auch wenn sie diese so mühelos herbeirufen können, als wäre sie ein Teil von ihnen. Doch manche Zauber sind komplizierter als andere. Sie erfordern die richtige Kombination aus Worten und Gaben, um das erwünschte Ergebnis zu erzielen. Um Sidras Aufenthaltsort zu bestimmen, könnte womöglich ein zusätzlicher Zauber nötig sein, der meine Fähigkeiten verstärkt.« Eine Lüge.

Jamra griff nach dem Zauberbuch auf ihrem Werktisch, um es sich anzusehen. Elena flehte das Buch stumm an, sich zu benehmen, während er es in Händen hielt. Außerdem hoffte sie, dass die Berührung des Dschinn dem armen Ding nicht die Kanten verbrennen würde. Einmal war ihr das Grimoire aus Versehen in der Nähe des Küchenherdes aus den Händen geglitten. Das Buch hatte sich anschließend eine Woche nicht öffnen lassen.

Der Dschinn drehte das Buch wenig beeindruckt in den Händen, dann gab er es ihr zurück. »Pack zusammen, was du brauchst, um Sidra zu finden! Aber beeil dich! Wir verschwenden Zeit.«

»Natürlich«, sagte sie, schob das Zauberbuch in ihre Ledertasche und warf sich den Riemen über die Schulter.

Das Einzige, was sie wirklich brauchte, war Yvettes Haarnadel. Minister Durant vom Ministerium für Abstammung und Lizenzen hatte ihr diese zurückerstattet, sobald er keinen Einfluss mehr auf ihre Zukunft nehmen konnte. Elena nahm die Nadel aus einer Schublade, zusammen mit einer Handvoll anderer Dinge, die sich vielleicht noch als praktisch erweisen konnten – unter anderem ihr Athame –, und ließ alles in ihre Tasche gleiten.

Der Dschinn legte eine Hand auf ihren Unterarm. Die Hitze seiner Berührung drang ihr bis in die Knochen. »Ich sage es noch einmal: Tu, was ich verlange, und dein Mann gesundet. Betrüg mich oder widersetze dich mir, und er stirbt. Und jetzt lass uns gehen.«

Jamra stahl eine Flasche Wein aus dem Keller, bevor er Elena zurück in den Hof eskortierte und ihr befahl, ihre Magie zu wirken. Sie zögerte, in seiner direkten Nähe in die Schattenwelt zu gleiten. Sobald ihre Sicht einem anderen Ziel galt, war sie verletzlich – doch nur auf diese Weise konnte sie sicher feststellen, ob Sidra und Yvette sich wie vermutet im Land der *Fée* aufhielten. Falls ihre Schattensicht sie überhaupt so weit sehen ließ …

Falls nicht, gab es immer noch den Zeremonialdolch. Soweit sie wusste, bluteten Dschinn nicht minder schlecht als Hexen.

Elena setzte sich auf die Bank neben der Tür, auf der Jean-Paul oft seine schlammigen Stiefel auszog, bevor er das Haus betrat. Wahrscheinlich sollte sie ihrer Tasche außer der Haarnadel noch andere Dinge entnehmen, damit das Ganze stärker wie ein Zauber aussah. Kurzerhand legte sie einen Kalzitkristall und eine Feder neben sich auf die Sitzfläche. Während der Dschinn jede ihrer Bewegungen mit scharfem Blick beobachtete, schloss sie die Augen und konzentrierte sich auf Yvettes Haarnadel. Kribbelnde Energie tanzte über ihre Handflächen und ermunterte sie, ihrer Spur zu folgen.

Bald schon zeigte ihr inneres Auge ihr einen Blick auf eine Wiese neben einem Bach. In der Mitte einer Lichtung wurde ein Steinkreis sichtbar, umstanden von Bäumen. Neben einem steinernen Becken warteten zwei Sessel aus geflochtenen Ästen. Doch hier war niemand. Der Wald war gespenstisch still. Kein Vogelgesang, kein Blätterrascheln. Elena fühlte heißen, nach Kohle stinkenden Atem in ihrem Nacken und glaubte für einen Moment, sie wäre in die reale Welt zurückgekehrt. Dann aber näherte sich am Bildrand eine Frau. Sie trug ein metallisch-grünes Kleid, das Elena an die Käferpanzer erinnerte, die sie bei ihren Spaziergängen manchmal neben einem vermodernden Baumstamm aufsammelte. Das schimmernde Kleid der Frau schwebte ein winziges Stück über dem Immergrün, das die Erde bedeckte. Auf dem Kopf trug die Frau eine Krone aus winzigen Perlen und Libellenflügeln, und um ihren Hals hing eine silberne Kette mit einem Achat von der Größe eines Daumens daran. Die Frau lächelte mit funkelnden Augen.

»Willkommen«, sagte sie und sah Elena nun so fest an, als stünde sie tatsächlich vor ihr. »Ich habe deine Ankunft erwartet.«

»Titania?« Elena war sich nicht sicher, ob sie den Namen laut ausgesprochen hatte oder nicht.

Die Elfenkönigin nickte, dann sah sie über Elenas Schulter hinweg, als finge sie den Blick einer anderen Person ein. Für einen winzigen Moment veränderte sich ihr Aussehen, schlug von unbeschreiblicher Schönheit in etwas gespenstisch Beängstigendes um. Doch schon einen Wimpernschlag später war sie wieder sie selbst.

Die Hitze in Elenas Nacken intensivierte sich bei dem Anblick. Jamra. Ein hässlicher Trick des Dschinns, mit dem er sich an ihre Vision angehängt hatte. Elena würde sich eine Woche lang mit Salz reinigen müssen, um jede Spur von ihm aus ihrem Geist zu tilgen. Titania hatte ihn bemerkt und den Dschinn mit ihrer bizarren Transformation irgendwie zum Rückzug bewegt. Besaß diese Königin genug Macht, um den Dschinn in die Flucht zu schlagen? Die Frauen tauschten ein schiefes Lächeln in der Schattenwelt, als dieselben Gedanken sie erfüllten.

»Yvette und ihr Gast sind nicht mehr hier«, sagte die Königin, die den Grund für Elenas Eindringen erahnt hatte.

Also hatte sie recht gehabt mit ihrer Vermutung, dass Sidra mit Yvette ins Land der *Fée* geflohen war. Das erklärte, wie sie Jamras Fesselungszauber entkommen war. Fahrlässig von ihm, den Zauber nur auf die irdische Welt zu begrenzen. Dumm für den Dschinn, aber gut, dass die einfallsreiche Sidra einen Ausweg gefunden hatte.

Elena wollte die Elfenkönigin gerade fragen, ob sie wusste, wohin die beiden gegangen waren, als Titania einen Finger an die Lippen hob.

»Ich kenne den sterblichen Ortsnamen nicht, aber ich kann es dir zeigen. Sie und meine Enkelin sind zusammen dort«, sagte Titania und hob ihren Ärmel. Elena streckte ihre körperlose Hand aus, und kurz darauf flog ihr Geist über Felder voller Blumen, die in ordentlichen Beeten wuchsen. Weite Hügel voller Rosen, Flieder, Iris, Veilchen und Jasmin. Auch wenn ihr Körper nicht wirklich anwesend war, berauschte der köstliche Duft der Blumen Elena mit seinem wunderbaren Aroma, als sie die südliche Luft zwischen den Bergen und der See einatmete.

Sobald Elena sich den Ort eingeprägt hatte, verblasste die Szene an den Rändern. Ihre Schattensicht hatte Grenzen. Titania, die vielleicht spürte, dass die Verbindung abzureißen drohte, äußerte eine Bitte. »Meine Enkelin wurde eilig weggeschickt, sodass ich sie nicht umfassend über das Risiko aufklären konnte.« Die Königin sah sich um, als wollte sie sich vergewissern, dass sich wirklich niemand in ihrer Nähe aufhielt. »Bitte, du musst sie warnen.«

Danach wurde die Verbindung im Nu gekappt. Elena keuchte, als sie zurückgeschleudert wurde in ihre eigene Zeit und Gegenwart. Sie erwachte aus ihrer Trance und schwankte leicht auf der Bank, während sie sich erneut an ihre Umgebung gewöhnte.

Jamra stand vor ihr, den Arm ausgestreckt, als hätte er sie mit einer Dschinn-Magie zurückgerufen. Er entspannte die Finger und verschränkte die Hände hinter dem Rücken. »Die Hexenkönigin hat dir mitgeteilt, dass die beiden nicht dort sind. Wieso also bist du bei ihr geblieben?«

»Wie hast du es geschafft, auch dort aufzutauchen?«

Er beugte sich vor, bis seine stechenden Augen direkt vor den ihren schwebten. »Dschinn sind Meister im Reisen des Geistes und fähig, jeden Gedanken zu sehen, wenn er nicht gebührend abgeschirmt wird.«

Seine Prahlerei beunruhigte Elena. Doch dem Allwissenden sei Dank, er hatte sich aus ihrer Vision zurückgezogen, bevor der Rest enthüllt worden war. Sie könnte ihm alles erzählen, ihn überall hinführen. Auch wenn sie Sidra in ihrer Vision nicht gesehen hatte, wusste sie jetzt, dass die Dschinn in der südlichen Provinz weilte. Dort, wo die Parfüm-Hexen ihre berühmten Duftkreationen schufen. Titania hatte behauptet, sie würde auch Yvette bei Sidra finden. Aber warum waren sie *dorthin* gegangen?

Elena musste sich schnell etwas einfallen lassen. »Ich kenne ihre Enkelin«, sagte sie, als sie aufstand und ihren Rock glatt strich. »Ich habe ihr geholfen, wieder zu ihrer Familie im Land der *Fée* zu finden. Titania wollte mir für meine Hilfe danken.«

»Aber wo ist Sidra? Die Hexenkönigin muss wissen, wohin die beiden gegangen sind.«

»Wieso gerade diese Stadt?«, fragte Elena völlig zusammenhanglos.

»Bitte?!« Jamra starrte sie an, als wäre sie eine Stechmücke, die vor seiner Nase herumschwirrte.

Sein Verdruss wuchs immer mehr. Sie musste vorsichtig sein. »Die Falle, die du für Sidra aufgestellt hast … Wieso ausgerechnet dort? Wieso in der Stadt? Wieso warst du dir so sicher, dass sie dort auftauchen würde?«

»Ganz einfach, dort lebe ich hin und wieder selbst, um die Sitten der Sterblichen zu studieren. Der Zauber diente also genauso sehr meinem Schutz, wie er eine Falle für Sidra war.«

»Du dachtest, sie würde dich suchen kommen?«

Sein Blick wurde so scharf wie der eines Falken, der nach Beute Ausschau hält. »Es gibt eine Blutfehde zwischen unseren Clans. Keiner von uns kann es ertragen, dass der andere auf Erden wandelt. Aber sie, so unerfahren sie auch sein mag, hat mich verletzt wie niemand sonst.«

»Weil du glaubst, dass *sie* deinen Bruder getötet hat?«

»Nein, Hexe, weil er sich in eine Frau aus den Reihen unserer Feinde verliebt hat. Und dann hat sie von seinem

Leichnam ein Objekt unermesslichen Wertes gestohlen. Eines, mit dem sie mich weiterhin verhöhnt. Doch das werde ich zurückholen.«

Jamras Geduld war am Ende. Bevor Elena verstand, wie ihr geschah, wurden ihre Füße vom Boden gerissen. Ihr Körper knallte rücklings gegen etwas Weiches, das sich nichtsdestotrotz fest anfühlte und sich gleichzeitig zu bewegen schien. Ihre Beine hingen über den Rand des – sie senkte den Blick – Aubusson-Wandteppichs aus ihrem Salon?

Erschrocken klammerte sie sich am Rand des Teppichs fest, der sich über den Schornstein von Château Renard erhob und dann beschleunigte. Der Dschinn saß mit geradem Rücken im Schneidersitz neben ihr, offensichtlich erfreut über die Panik, die er mit dem Abheben gen Himmel in Elena ausgelöst hatte.

»Bring uns zurück auf den Boden!«

Jamra drückte sich seinen Derby-Hut tiefer in die Stirn. »Zu spät. Ich habe genug von deinen Spielchen, Hexe.« Der Teppich bog scharf nach rechts ab. Elena schrie, und ihre Fingernägel bohrten fast Löcher in die eng gewebten Wollfäden. »Sag mir jetzt sofort, wo sich diese lügnerische *jinniyah* aufhält, oder ich fliege noch schneller.«

Sie spürte, wie der Wind um ihre Ohren an Kraft gewann. Ihr Magen hob sich. Ohne nachzudenken, schrie sie: »Im Süden! Ich schwör beim Allwissenden, dass sie sich im Süden aufhält.«

»Siehst du, die Wahrheit zu sagen ist doch gar nicht so schwer.«

Besiegt und wütend auf sich selbst, weil sie ihrer Angst nachgegeben hatte, rollte Elena sich wie ein Kind im Mutterleib zusammen, während der Wind an ihrem Haar zerrte. Sie klammerte sich fest, bis ihre Knöchel weiß hervortraten, und verfluchte die Stunde, in der dieser Irre in ihr Leben getreten war. Erfüllt von leichter Übelkeit und enormer Angst, versuchte sie, sich mit dem Wissen zu beruhigen, dass Jean-Paul außer Gefahr war. Zumindest so lange, wie sie kooperierte … Das war zwar nur ein geringer Trost, aber mehr war ihr auf diesem winzigen Stück Wollstoff, der auf unsichtbaren Luftströmungen dahinglitt, nicht vergönnt.

Der Dschinn zog mit den Zähnen den Korken aus der Flasche gestohlenem Wein und lenkte den Wandteppich lachend nach Süden. »Jetzt werden wir sehen, wessen Magie die bessere ist.«

7

Die trockene Luft über dem Marktplatz summte förmlich, erfüllt von einem Gemisch aus zu vielen Farben und Düften. Die Hitze, die von den Pflastersteinen aufstieg, drang durch die Sohlen von Sidras Sandalen, und über ihrem Kopf schwankten die Palmen. Wären da nicht die einheimischen Frauen mit ihren weißen Leinenkleidern und breitkrempigen Strohhüten gewesen, hätte Sidra fast glauben können, sich wieder in ihrem Heimatland aufzuhalten.

Yvette hielt ihre Nase in die Duftwolke, die von einem Teller mit rotem Safran aufstieg. »Ich dachte, es wäre nicht sicher, die Wohnung zu verlassen.«

Die Dschinn zog drei Münzen heraus und ließ sie im Tausch für ein Paket mit den würzigen Fäden in die Hand der Verkäuferin fallen. Der Duft allein übte jenen positiven Effekt auf sie aus, der sich auch einstellte, wenn sie durch das hohe Gras neben dem Fluss lief, nachdem es Bekanntschaft mit der Sense geschlossen hatte. Sidras Laune verbesserte sich ein wenig, als sie sich daran erinnerte, wie sehr sie es liebte, an einem sonnigen Morgen durch die gewundenen Gassen dieser Stadt zu schlendern. Im Grunde bin ich wie die Safranblume, schoss es ihr durch den Kopf. Auch sie blühte in der Sonne auf, nicht im Schatten, wie so viele ihrer Art. Hariq war genauso gewesen, voller Lust, zwischen den

Menschen zu wandeln und die irdischen Freuden zu genießen, als gäbe es nichts Besseres. Sidra wusste von Dschinn, die ihr gesamtes Leben versteckt in dunklen Ecken verbrachten und höchstens die Berührung kannten, wenn ein Passant mit dem Finger ihren Nacken streifte. Manchen reichte das Leben in den Schatten. Für sie indes galt das nicht.

»Stimmt, für dich wäre es nicht sicher, draußen herumzulaufen«, sagte sie. »Aber nur, wenn du allein bist.« Sidra ließ ihren Einkauf in den Falten ihres Kaftans verschwinden. »Wenn ich aber in der Nähe bin, besteht durchaus die Möglichkeit, dass dein gelber Kopf auf deinem dünnen Hals bleibt. Jedenfalls vorerst.«

Das Mädchen hüpfte neben ihr her. »Wie ist es eigentlich dazu gekommen, dass du hier gelebt hast? Ich dachte, ihr Dschinn lebt in der Wüste.«

»Mein Herz schlägt nach wie vor in der Oase meiner Heimat, aber ich kann dort nicht mehr leben.«

Sidra bog in eine Seitengasse ab. Die goldenen Armbänder an ihren Handgelenken klimperten, als sie ihr Kopftuch zurechtrückte. Yvette bummelte schweigend hinter ihr her, doch ihre Gedanken summten wie ein Bienenstock. Die brummende Energie, die sie ausstrahlte, war nicht unangenehm, aber sie riss niemals ab. Und die Sterblichen – Männer und Frauen – drehten ihr die Köpfe zu und starrten sie mit offenem Mund an, als wäre sie eine zierliche, wunderschöne Göttin aus einer anderen Zeit. Es ist reine Selbstverliebtheit, dass Elfen ständig glühen, damit auch ja jeder von ihnen Kenntnis nimmt, dachte Sidra und verdrehte die Augen. Andererseits passte es wirklich gut zu Yvette. Je länger sie diesen neuen Mantel aus Licht trug, desto heller schien er zu strahlen. Wie poliert. Die Narbe und die Patina aus Dreck, die sie einst so stolz getragen hatte, waren verschwunden. Und ihre frisch gewonnene Auffassungsgabe – auch sie funkelte, als wäre sie neu geboren.

»Aber warum hier?«, fragte Yvette.

Sie schlenderten an einer Palme vorbei, deren buschige Krone sich über die Terrakotta-Dächer erhob. In einem Tontopf wuchs ein Olivenbaum, an dessen Ästen bereits die ersten Früchte heranwuchsen. Rechts und links von ihnen erhoben sich zwei- und dreistöckige Gebäude, uralt und mit durchhängenden Balken, die Fassaden sandstein- oder ockerfarben verputzt. Jede dritte Tür war blau angemalt, als Abwehr gegen Unglück. In manchen Bereichen erinnerten die Gassen an Wüstencanyons, die von Windstößen und seltenen Regenfällen gegraben worden waren. Und doch hatte Yvette ihre Frage gestellt …

»Sieh dich bloß mal um, Mädchen! Meine Leute haben in jeder Straße hier ihre Spuren hinterlassen.« Sidra blieb vor einer bogenförmigen Tür stehen, die an schweren, schwarzen Angeln hing. »Ich passe hierher, denn hier kann ich mich vor aller Augen verbergen.«

Die Elfe musterte Sidra mit ihrem üblichen, fragenden Blick. »Also hat Grand-Père dir einen Gefallen getan, als er dich hierher zurückgeschickt hat?«

»Das hat er nicht. Er hat mich vielmehr einem Problem entgegengetrieben, dem ich eigentlich aus dem Weg gehen wollte.«

»Deswegen willst du mich nicht allein aus der Wohnung lassen? Weil du immer noch von *les flics* gesucht wirst?« Yvette drehte sich um, als hielte sie nach einem Verfolger Ausschau. Wenn sie auch nur ahnte, was sich in den Schatten zwischen den Gebäuden verstecken könnte, würde sie zurücklaufen in die Wohnung und sich ein Kissen über den Kopf ziehen. »Aber warum bin *ich* dann hier?«

Eine gute Frage. Sidra war davon ausgegangen, dass Yvette mitgeschickt worden war, um ihr auf ihrem Schicksalsweg beizustehen. Aber angesichts der realen Todesgefahr war es durchaus möglich, dass Oberon eine andere Aufgabe für das

Mädchen im Sinn hatte. »Vielleicht wollte dein Großvater einfach nur mal eine Weile von deinem Zigarettengestank verschont bleiben«, sagte sie, bevor sie an die Tür im Torbogen vor sich klopfte.

Nach einem Moment öffnete sich diese mit einem Knarzen. Eine ältere Frau in einer einfachen Baumwoll-*abaya* mit *hijab* wurde sichtbar. Sie hielt eine Ziege unter dem Arm, die lautstark meckernd gegen diese Form der Behandlung protestierte.

»Ich hatte mich schon gefragt, wann ich dich wiedersehen würde.« Der Blick aus den mit Kohle umrandeten Augen huschte über die zwei Besucherinnen.

Die Frau bat die beiden nicht ins Haus, wie es den Sitten entsprochen hätte. Stattdessen verbarrikadierte sie den Eingang mit ihrem Körper. Immer noch auf der Türschwelle, löste Sidra einen ihrer goldenen Armreifen von ihrem Handgelenk und hielt ihn der Frau hin. Diese sah sie forschend an, nahm dann das Schmuckstück an sich und schloss die Tür. Einen Moment später kehrte sie zurück und warf einen kurzen, neugierigen Blick zu Yvette, bevor sie Sidra eine kleine, bernsteinfarbene Phiole mit Zibetöl übergab.

»Drei Tropfen sollten reichen, aber es ist ein wenig mehr. Die Sterne sagen, dass du es brauchen wirst.«

Die Frauen nickten sich zu, dann schwang die Tür wieder zu. Eine Sekunde später öffnete sie sich wieder, und die Frau winkte Yvette näher heran, um ihr einen kleinen Lederbeutel in die Hand zu drücken. »Für später«, sagte sie und schloss die Tür. Das Schloss klickte.

»Gehört sie auch zu euch?« Yvette schnüffelte am Inhalt des Beutels – er sah aus wie zwei vertrocknete Feigen – und zog eine Grimasse. Eilig knotete sie die Bänder wieder zu. »Das stinkt.«

»Sie ist näher an Elena. Aber vielleicht auch ein wenig wie du«, antwortete Sidra. »Auch sie stiehlt immer ein bisschen von ihren Arbeitgebern, um ihre Magie zu wirken.« Sidra hob die Phiole gegen das Licht, bevor sie diese ebenfalls in den Taschen ihres Kaftans versenkte. »An deiner Stelle würde ich auf ihre kleine Gabe aufpassen. Sie irrt sich nur selten.«

Yvette ließ den seltsam riechenden Beutel in den unendlichen Tiefen ihrer Tasche verschwinden. »Oh, là, là, nun pass mal auf, was du sagst! Ich stehle nicht mehr!«

»Aber du kannst es gut, richtig?«

»Wahrscheinlich. Ich konnte es immer. Also, wofür ist das Öl? Und was meinte sie damit, dass du ein wenig mehr brauchen wirst?« Yvettes Haut begann zu glühen, ein Zeichen für den Aufruhr ihrer Gefühle.

»Das erfährst du, wenn die Zeit kommt, Mädchen. Wenn die Zeit kommt. Zunächst müssen wir einen unehrlichen, einbeinigen Mann finden.«

»Ein Kinderspiel. So einen findet man auf jedem Markt, wenn man weiß, wo man ihn suchen muss.«

»Beruhige dich und folge mir! Deine Fähigkeiten sind nämlich gefragt. Es gibt da etwas, das ich brauche.« Sidra führte sie eine steinerne Treppe hinauf, die aussah, als wäre sie in den Felsen geschlagen worden, bevor die Gebäude drumherum errichtet worden waren. Sie stiegen hintereinander auf, bis sie einen Platz erreichten, der ein wenig abseits der Stadt lag. Dort gab es einen zweiten Markt, auf dem die üblichen Körbe voller Blüten und Gewürze genauso angeboten wurden wie eine Reihe von Zutaten, nach denen eine Dschinn in Schwierigkeiten vielleicht Ausschau halten würde.

Sidra trat unter die Arkaden, die sich am Rand des Marktes entlangzogen, und musterte die Menge. Frauen in hellen, blau-weißen Kleidern und mit breitkrempigen Strohhüten auf dem Kopf schnüffelten an Krügen voller aromatischer Tränke. Auf dem Gehweg drängten sich geflochtene Körbe, groß wie Fischreusen, in denen Unmengen pinkfarbener

Magnolienblüten in der Nachmittagshitze langsam vor sich hin welkten. Ihr Duft erfüllte die Luft mit dem Versprechen wohlriechender Liebestränke. Ein Junge schob die Finger in eine Schüssel voller Kaurischnecken, bevor er die Schneckenhäuser an sein Ohr hielt, um das eine zu finden, das ihm seine Zukunft verriet. Und dort, in der Ecke, saß ein Mann mit nur einem Bein. Auf seinem elenden Kopf ruhte eine abgetragene *taqiyah*.

»Ist er das?«, fragte Yvette mit einem Nicken in Richtung des Alten. »Der Typ, der sich gerade kratzt?«

»Wie ein Kamel mit Flöhen. Ja, das ist er. Yanis der Unehrliche.«

Der Mann bot an seinem Stand ein halbes Dutzend kleiner Räuchergefäße feil – harmlose Souvenirs für Touristen – sowie Netzbeutel voller Kräuter und abgezogener Baumrinde. Außerdem schwammen flauschige gelbe Blüten in Krügen voller Marula-Öl. Die Mimenblüten stammten von Mimosen. Manche nannten sie Todesspötter. Doch Sidra wusste, dass die angebliche Macht der Blüte eine Lüge war.

»Achte darauf, dass er uns erst bemerkt, wenn wir vor ihm stehen«, sagte sie. »Der Feigling würde sonst Zeter und Mordio schreien. Und ich möchte nicht über einen geschäftigen Markt gejagt werden.« Wären die Menge und das Mädchen nicht gewesen, hätte sie sich aufgelöst und wäre in den Stand des Mannes gewabert, um ihm eine Geschichte von einem Insekt ins Ohr zu flüstern, das klein genug war, um im Schlaf durch die Nase einzudringen und sich dann am weichen Gewebe des Hirns zu laben. Ein grauenvoller Tod. Einen, den sie ihm tausend Mal wünschte.

Der Mann mit einem Bein beschäftigte sich damit, duftendes Mariengras für Räucherzeremonien zu Bündeln zu binden. Er sah erst auf, als sie bereits direkt vor seinem Stand standen. Sidra genoss seine Miene, als er ihrer ansichtig wurde – ein Ausdruck, als hätte ihn jede Hoffnung verlassen.

Er riss die Hände hoch, die Finger gespreizt, bereit, sein Leben zu verteidigen.

»Es muss ein Unfall gewesen sein«, beteuerte Yanis, wobei seine Stimme sich mit jeder Silbe höherschraubte. »Der Trank hatte in beiden Fläschchen dieselbe Wirksamkeit. Du musst mir glauben.«

»Aber genau das tue ich nicht.« Sidra wollte Yanis mit Feuer niederstrecken. Ihm die Kopfhaut bis auf die Schädelplatte verkohlen, seine Augen schmelzen lassen wie Kerzenwachs und … Er trug Mitschuld daran, dass alles schiefgelaufen war. Doch das Schicksal sollte verflucht sein – sie brauchte diese vermaledeite Karikatur eines Zauberers noch. Ohne den Blick von dem Mann abzuwenden, wies sie Yvette an, hinter den Tisch zu treten und nach einem Krug mit Räucherwerk zu suchen.

»Wie sieht er aus?« Der Mann riskierte es, kurz mit dem Finger auf einen Behälter rechts neben seinem Holzbein zu zeigen. »Herzlichen Dank«, sagte Yvette und lächelte leicht. Sie hatte nicht mal ihre Zähne enthüllt – doch Yanis erwiderte ihr Lächeln ungeachtet der Situation wie ein liebeskranker Welpe.

»Pack einen Becher davon in diesen Stoff und binde alles zu einem Beutel.« Sidra stellte sicher, dass der Mann den Blick lange genug von Yvette abwandte, um die Abzeichen auf dem Stück Seide zu sehen, das sie mit Kraft auf den Tisch geknallt hatte. Der Stoff hatte Hariq gehört.

»Es gab nichts, was ich hätte anders machen können«, jaulte Yanis. »Ein Trank, zwei Fläschchen. Alles entsprach genau dem Plan.«

Dieser jämmerliche Pseudohexer! Wenn er nicht aufhörte, über jenen Tag zu sprechen, würde sie ihm die Lippen mit Mariengras zunähen. »Nur, dass es eben nicht so war. Und jetzt wirke deinen Zauber«, stieß sie durch ihre goldverzierten Zähne hervor. »Den für den Geruch.«

»Alles, was du willst«, stammelte er, dann erhob er sich von seinem Hocker und hüpfte auf seinem gesunden Bein zum Tresen, während er mit dem Holzstumpf wie ein Watvogel das Gleichgewicht hielt. »Gib mir eine Minute.«

Während der Zauberer seine Arbeit tat – kleine braune Samen in einem Mörser zerstieß und mit Tropfen von verschiedenen Ölen vermischte, wobei er allerlei unverständliche Worte zu Magie und Dschinn vor sich hin murmelte –, verschloss Yvette das Stoffstück voller Räucherwerk.

»Ich bin mir sicher, du wirst mir auch verraten, wofür das ist. So wie du es bei den letzten zwei Zutaten getan hast.« Yvette zog den Knoten noch etwas enger.

Sidra rückte ihr Kopftuch so heftig zurecht, dass ihre Armreifen klimperten. »Es ist für eine Beschwörung. Sobald dieser Ziegenhintern seine Zaubermischung fertig hat, können wir anfangen.«

»Sidra, du musst mir glauben«, sagte Yanis und hob den Blick von seiner Arbeit. »Es lag an etwas anderem als dem Trank. Lass mich dir das erklären …«

»Genug!«

Mit einem Seufzen schlug der Zauberer die angefertigte Mischung in braunes Papier ein und reichte ihr das Bündel. Daran war eine Karte mit Anweisungen für die Benutzung befestigt. Sidra musterte den Mann abfällig, und die Haare an seinen Armen begannen zu rauchen. Er bemühte sich eilig, das Brennen zu löschen, indem er über die Stelle rieb.

Zurück in der Wohnung legte Sidra die Gegenstände vom Markt in eine polierte Muschelschale und goss drei Tropfen des stinkenden Zibetöls darauf. Sie öffnete den Umschlag mit den duftenden Samen, die der Zauberer in seinem Mörser zerstoßen hatte, und hielt sie mit einem Lächeln unter Yvettes Nase. Beide Frauen seufzten, als das wunderbare Aroma von Vanille und Kardamom aufstieg.

»Du hast mich vorhin gefragt, wieso ich ausgerechnet in

dieser Stadt gelebt habe und nicht in meinem eigenen Land.« Während sie sprach, entzündete die Dschinn mit einer einzigen Berührung ihres Fingers eine dicke Kerze. Die Flamme glänzte in ihren Augen, als sie das Tanzen des Feuers beobachtete. »Dieser Ort besitzt eine einzigartige Magie. Schützende Magie. *Geruchs*magie.«

Yvette beugte sich vor. Ihr hauchdünnes Kleid glänzte auf ihrer strahlenden Haut. »Du meinst die Hexen, die Parfüm herstellen? Bevor ich meine Eltern gefunden habe, habe ich in der Stadt eine von ihnen getroffen.«

»Bei der Magie der Parfümhexen geht es um reines Vergnügen. Ihre Zauber sind auf Verlockung ausgerichtet. Sie konzentrieren sich auf Anziehungskraft und Verführung. Das ist gut und richtig, jedenfalls im passenden Moment.« Sidra schüttete den Inhalt des Papierbeutels, den sie von dem Zauberer erhalten hatte, zusammen mit den anderen Zutaten in die Muschelschale, dann hielt sie die Schale über die Kerzenflamme. »Aber wir haben es auf etwas Stärkeres abgesehen. Etwas, das den Hund verwirrt, der den Fuchs jagt. Ein Abwehrmittel. Einen dunklen Mantel in der Finsternis.«

»Du meinst *les flics*?«

»Pah. Die könnte ich mit einem einzigen Hauch niederstrecken.«

Die Dschinn schüttelte den Kopf, während sie den Inhalt der Schale über dem Feuer schwenkte, damit das Zibetöl sich gleichmäßig erwärmte.

»Das stinkt so schlimm wie das Zeug, das die Hexe mir gegeben hat.« Yvette wedelte mit der Hand vor der Nase herum. »Also, um wen geht es?«

Sidra fügte noch eine Prise zerstoßenen Kardamom hinzu. »Jamra. Um ihn geht es.« Das Gewürz verpuffte in einer Wolke goldenen Duftes. Zur Sicherheit gab sie noch einen Tropfen Zibetöl und ein wenig Räucherwerk in die Schale. Der Duft von Kiefern und Zitronen erfüllte die Luft.

»Wer ist das?«

»Derjenige, der mich an die Stadt gebunden hat«, antwortete die Dschinn, wobei sie die Muschelschale langsam über der Flamme schwenkte. »Unsere Familien gehen sich schon an die Kehle, seitdem es Kehlen gibt.« Sidra schnupperte an der Mischung. »Er ist der Bruder meines Ehemannes.«

Nun schien Yvette alles zu verstehen. Sie setzte sich und starrte die Männerkleidung neben der Tür an. »Dein Ehemann war einst dein Feind.«

»Bis wir uns verliebt haben.«

»Oh, là, là!«, sagte Yvette, bevor sie einen Pfiff ausstieß. »Erzähl mir mehr!«

Sidra hielt in ihrer Bewegung inne. Wie sollte sie diesem gerade mal zwanzig Jahre alten Mädchen erklären, was es für eine ätherische Wesenheit bedeutete, vor über dreihundert Jahren mitten in einem andauernden, imperialen Eroberungsfeldzug auf einen anderen Dschinn zu treffen? Hariq war von den Gefechten der sterblichen Männer angezogen worden, die vom Pferderücken aus um neue Gebiete kämpften … Sidra dagegen von der Mühsal, welche die Frauen zu ertragen hatten, sobald die Pferde vorbeigesaust waren. Beide hatten sich an den Rändern der Geschehnisse herumgetrieben, beide hatten tapfer der Versuchung widerstanden, sich einzumischen und den Ausgang der Gefechte in ihrem Sinne zu beeinflussen.

Sie war an einem kühlen Abend nach einer heftigen Schlacht auf ihn gestoßen, als die Stimmung der Sterblichen zwischen Erleichterung und Elend schwankte. Beide hatten sich als winzige Singvögel getarnt, um über die Scharmützel hinweggleiten und das Voranschreiten des Krieges auszuspionieren zu können. Danach hatten sich beide auf verschiedenen Bäumen niedergelassen, um zu singen – sie, um die Verwundeten in den Schlaf zu lullen, er, um denjenigen, die nicht mehr erwachen würden, ein anderes Leben zu versprechen. Getarnt, wie sie waren, hatten sie einander nicht als Feinde erkannt. Sie hatte sich einen Spaß daraus gemacht, von einem Baum zum nächsten zu flattern, nur um von Hariq verfolgt zu werden. Jedes Mal war er ein wenig näher neben ihr gelandet, bis sich ihre Flügel schließlich berührten. Er hatte seine menschliche Gestalt zuerst enthüllt und sie angefleht, dasselbe zu tun, damit ihnen endlich mehr möglich war, als einzig ihre Schultern aneinanderzupressen.

Sobald sie sein Gewand, sein Haar und den Krummdolch an seinem Gürtel gesehen hatte, wusste sie, dass er zum Clan der Sonnenuntergangsstämme gehörte. Ihr Feind, so sicher wie Blut und Feuer! Ihr Instinkt drängte sie, ihn anzugreifen und den verfluchten Dschinn tot auf dem Haufen der Soldaten zurückzulassen, über die sich bereits die Geier hermachten. Doch dann hatte er ihr ein Lächeln voller Freundlichkeit geschenkt und sie damit verlockt, sich ihm zu erkennen zu geben. Ein Mann voller Neugier und Mitgefühl, aber ohne Hass und Streitlust. Ein flatternder Impuls in ihrer Brust hatte ihr verraten, dass sie ihm trauen konnte, und den Wunsch bezwungen, ihm Schaden zuzufügen. Und so hatte sie sich als Frau neben ihm materialisiert.

Doch als er in ihr eine Gegnerin erkannt hatte, war er nicht zum Angriff übergegangen, sondern auf einen Ausweg aus dem Dilemma verfallen. Er hatte die Hand gehoben und sie gebeten, dasselbe zu tun. Dann hatte er geschworen, dass sie vom Stamme des Sonnenaufgangs und er vom Stamme des Sonnenuntergangs gemeinsam nur Harmonie erfahren sollten, denn kein Tag unter dem Himmel sei jemals vollkommen, sähen sie die Sonne nicht gemeinsam auf- und untergehen. »*Tawazun*«, hatte er gesagt und seine Handfläche gegen ihre gepresst.

Danach hatte sie sich nie wieder vor ihm verborgen. Er hatte sie auf eine Weise angeschaut, die sie niemals für möglich gehalten hätte. Ein Verlangen dieser Art war den meisten Dschinn fremd, doch Sidra hatte schnell festgestellt, dass das Vergnügen seiner Blicke alles war, was sie sich im Leben wünschte. Noch bevor die Sterblichen das nächste Gefecht aufnehmen konnten, hatte sie gewusst, dass sie keinen Tag würde weiterleben können, wenn sein Gesicht nicht das Erste war, das sie im Morgengrauen sah.

»Er hatte ein wunderschönes Lächeln«, sagte Sidra zu Yvette, und dabei ließ sie es bewenden.

»Und jetzt ist dieser Jamra-Kerl hinter dir her? Wegen …« Sie nickte in Richtung der Männerkleidung.

»Die Sache ist zwar ein wenig komplizierter als ein einfacher Rachefeldzug, aber im Grunde ja.«

Yvette griff nach der Karte mit den Anweisungen, die an dem Beutel mit den Kräutern befestigt gewesen war. »Und dieser Zauber kann dich vor ihm verbergen?«

Sidra grinste. »Für meine Art ist es ganz natürlich, sich in Rauch und Duft aufzulösen. Aber wenn man diesen Zauber hinzufügt, wird die duftgeschwängerte Magie mit ihrem Parfüm meine Geruchsfährte verstecken«, sagte sie. »*Per fumum*. Durch den Rauch. So verberge ich mich.« Mit der Spitze ihres Zeigefingers verrührte sie die Zutaten in der Muschelschale, unbeeindruckt von der Hitze der Flamme. »Ich habe Yanis den Zauber so anpassen lassen, dass die Quelle der Magie verborgen wird. Es ist nicht narrensicher, aber es hat mich Hunderte von Jahren gut geschützt.«

Die Dschinn verrührte die verschiedenen Zutaten und erhitzte das Zibetöl so weit, bis der schreckliche Gestank in aromatische Verlockung umschlug. Hin und wieder sah sie auf die Karte und folgte den Anweisungen des Hexers, um eine Prise hiervon und einen Hauch davon hinzuzufügen. Schließlich erfüllte Wohlgeruch den Raum – pikant, erdig, aber mit der Süße der Vanille. Wie der Markt um Mittag herum, wenn die Kochfeuer brannten und die Gewürze, die von Verkäufern an Käufer übergeben worden waren, ihre

Bestimmung in cremigen Soßen für Fisch oder Lamm fanden.

»Es ist vollbracht. Die Duftwolke wird sich in der Stadt verbreiten. Zusammen mit den Blumenfeldern der Umgebung sollte das genug Verwirrung stiften, um meine Anwesenheit zu verschleiern, und es Jamra unmöglich machen, meine Witterung aufzunehmen. Damit wärest auch du hier sicher.« Sidra atmete tief ein und schloss die Augen. Sie konnte Yvette auch durch die Lider strahlen sehen. »Hast du auch das andere, worum ich gebeten hatte?« Sie öffnete ein Auge, während sie auf die Antwort wartete.

Yvette warf einen bronzenen Talisman auf den Tisch. Das Medaillon fiel klappernd auf das Holz, als wolle es verkünden, wie viel der Diebstahl ihrem geläuterten Gewissen abverlangt hatte.

»Auch das dient unserem Schutz«, versicherte ihr Sidra.

Die Strahlende schien die Tat gegen den Gewinn abzuwägen und zu der Einsicht zu gelangen, dass es die Mühe wert gewesen war. Sie trommelte mit den Fingern auf den Tisch und ließ den Blick über die restlichen Dinge dort gleiten. »Was ist mit dem Safran?«, fragte sie schließlich. »Wieso hast du ihn nicht wie alles andere in den Zauber getan?«

Sidra zog das Päckchen mit dem Gewürz aus ihrem Kaftan und warf es grinsend dem Mädchen zu. »Der«, sagte sie, »ist für unseren Reis. Fache den Herd an! Ich bin am Verhungern.«

»Du kannst uns nicht einfach irgendwas herbeibeschwören?«

»Und uns damit um den Genuss des köstlichen Duftes bringen, während der Reis kocht? Nein! Schnapp dir einen Topf.«

8

Irgendwo über den südlichsten Ausläufern des Chanceaux-Tals gewann Elena ihr Selbstbewusstsein zurück und wagte es, eine Hand vom dünnen Rand des Teppichs zu lösen. Jamra flog nicht mehr ganz so schnell, auch wenn er sie deutlich spüren ließ, wie sehr die durch Elenas Anwesenheit aufgezwungene Langsamkeit der Reise ihn verdross. Er kaute Oliven, die er für sich selbst in einer Messingschale herbeibeschworen hatte, und spuckte ihr die Kerne vor die Füße. Elena schob sie mit dem Absatz ihrer klobigen Holzschuhe vom Teppich. Sie hatte diesen Wandbehang mit dem von Blumen gerahmten Bild eines Fuchses, der durch ein Feld rannte, aufrichtig geliebt, doch inzwischen ging sie davon aus, dass der Teppich das Innere ihres Salons nie wieder erblicken würde. Ob sie selbst Jean-Paul jemals wiedersehen würde?

Was, wenn sein Zustand sich verschlechterte, während sie fort war? Was, wenn …?

Elena betrachtete ihren Ehering, der so neu war, dass das Gold immer noch hell glänzte, und ermahnte sich selbst, ihren Gedanken Einhalt zu gebieten und nicht wegen angstgeschwängerter Eventualitäten in Verzweiflung zu versinken. Noch nicht. Trotzdem erlaubte sie es sich, dem Dschinn einen bösen Blick zuzuwerfen, um ihn wissen zu lassen, wie sehr es *sie* verdross, von einem derart rüpelhaften Mistkerl entführt zu werden. Sie hielt die Fassade einer unerschrockenen Frau aufrecht, bis sie vor sich eine tiefe Schlucht entdeckte und eilig in die Mitte des Teppichs rutschte, um auf keinen Fall herunterzufallen.

»Es ist wirklich amüsant, dass in den Sagen der Sterblichen Hexen häufig die Fähigkeit des Fliegens zugeschrieben wird«, sagte Jamra und spuckte einen weiteren Olivenkern aus. »Aber du bist verängstigt wie eine Katze, die in einem Baum festhängt. Wo ist dein Besen? Deine magische Flugsalbe?« Er ließ den Teppich ein paar Haken schlagen, um seinen Spott zu unterstreichen.

Sie konnte sich gut vorstellen, dass Jamra als Kind hilflose Tiere auf Bäume gejagt hatte, nur um zu beobachten, wie sie dort oben litten, weil sie nicht wussten, wie sie wieder herunterkommen sollten. Falls Dschinn eine Kindheit hatten. Aber Jamra hatte trotzdem nicht unrecht. Obwohl sie nicht davon ausging, dass sie von diesem improvisierten, fliegenden Teppich fallen würde, fand sie es höchst beunruhigend, sich in der offenen Luft so weit über dem Erdboden zu bewegen – noch dazu, ohne dass ihr ein Handlauf ein Gefühl von Sicherheit vermittelt hätte. Ihre Angst wurde zudem von der sehr realen Tatsache verstärkt, dass die Sonne bald untergehen und sie beide folglich im Dunkeln über den Wolken zurückbleiben würden. Kein Ort, an dem sie sich aufhalten wollte. Was, wenn sie gegen einen Baum oder einen Berg stießen oder in den Propeller an einem Flugzeug der Sterblichen gerieten und in Stücke gehackt wurden?

»Ich würde jetzt gerne landen. Es wird bald dunkel, und ohne Licht kann ich uns nicht länger führen.« Das war eine Lüge, aber Elena hätte darauf gewettet, dass Jamra bei Hexen Wahrheit nicht von Erfindung unterscheiden konnte. Obendrein fror sie, war hungrig und brauchte festen Boden unter den Füßen.

Der Dschinn spuckte einen weiteren Kern in ihre Richtung. »Wir sind noch nicht da.«

»Wir werden heute Nacht unser Ziel gar auf keinen Fall erreichen. Ich bin nicht wie du. Ich brauche nachts Ruhe und Wärme. Und außerdem etwas zu essen«, sagte sie mit einem Blick auf die Oliven, die er nicht mit ihr geteilt hatte.

Jamra stieß frustriert den Atem aus. »In Ordnung. Aber nur, weil wir uns der Stadt am Zusammenfluss von zwei Flüssen nähern. Dort gibt es ein kleines Restaurant, in dem Lamm so gegrillt wird, wie ich es mag, mit genau den richtigen Gewürzen. Du darfst ebenfalls etwas essen«, meinte er, als er den Teppich auf einen grasbewachsenen Hang senkte.

»Zu freundlich.«

Er reagierte auf ihre sarkastische Antwort, indem er den Teppich ein wenig zu hart auf den Boden knallen ließ. Elena wurde in die Luft katapultiert und landete kopfüber im Gras. Jamra besaß die Frechheit zu lachen, als ihr der Rock über die Knie rutschte. In diesem Moment – als sie den Saum wieder nach unten zog und ihre Besitztümer wieder in ihre Tasche stopfte – schwor sich Elena, dass sie einen Zauber finden würde, mit dem sie diesen unerträglichen Dschinn in den kleinsten Behälter bannen konnte, der ihr zur Verfügung stand, um ihn dann für tausend Jahre darin verrotten zu lassen.

Jamra rollte den Teppich allein mit einer entsprechenden Bewegung seiner Finger zusammen und schob ihn zwischen die Äste einer Erle. Anschließend vollführte er eine Geste, als zöge er einen Vorhang zu und bedeutete Elena, den Weg in die Innenstadt einzuschlagen. »Nach dir«, sagte er.

Statt die Hauptstraße am Fluss zu nehmen, bestand Jamra darauf, dass sie sich ins Innere der Stadt begaben, wo sie in einer Seitenstraße das Café fanden, eingeklemmt zwischen einem Tabakladen und einem Geschäft für Seidenstoffe. Die Sonne war bereits untergegangen, und die Laternen wurden gerade entzündet. Sie betraten das malerische Restaurant, in dem das Lampenlicht die Wände golden schimmern ließ.

Irgendwann zwischen ihrer unsanften Landung mit dem fliegenden Teppich und dem Moment, als sie sich in dem hübschen Café neben dem Kamin niederließen, hatte Jamra ihr Aussehen verändert. Elena trug nun nicht länger Arbeitskleidung und klobige Holzschuhe, sondern ein geschmackvolles blaues Kleid mit Spitzenkragen. Einfach, aber doch angemessen für ein Abendessen in diesem kleinen Café. Jamra sah in seinem Anzug und mit dem Hut auf dem Kopf aus wie jeder andere Geschäftsmann, der sich die lokale Küche schmecken lassen wollte.

»Netter Trick«, sagte Elena und fächerte ihre Serviette auf, um sie sich in den Schoß zu legen.

Jamra bestellte für sie beide eine Flasche Rotwein. Einen guten Rotwein, mit deutlichen Untertönen von Pflaume, Rauch und Kirsche sowie mit einem Hauch von Eichenfass. Die Trauben waren im Süden gewachsen, wo die Sonne die harte Erde verbrannte und die Reben zwang, ihr Überleben durch tiefe Wurzeln zu sichern. Elena beobachtete den Dschinn beim Trinken und fragte sich, wie jemand, der andere mit der Zerstörung von Eigentum, Hirnfiebern und Entführung foltern konnte, trotzdem wie ein ganz normales Wesen an einem Tisch sitzen konnte, um köstlichen Wein und gegrilltes Fleisch zu bestellen, als befände er sich im Urlaub.

Das Fleisch brutzelte noch auf den Tellern, als der Kellner es ihnen samt Karotten und Kartoffeln brachte. »Es gibt wenig, was die Sterblichen gut können, aber ihr Talent, Lamm mit den richtigen Gewürzen zu schmoren, ist bewundernswert«, bemerkte Jamra.

Elena strich ein wenig Butter auf eine Scheibe knuspriges Brot. »Du hast keine besonders hohe Meinung von Sterblichen, oder?«, fragte sie, bevor sie abbiss.

»Hin und wieder findet man einen, der die Luft wert ist, die er atmet.« Er pikte mit dem Messer ein Stück Fleisch und eine Kartoffel auf, schob sich beides in den Mund und kaute dann lächelnd. »Ich schwöre, der Küchenchef in diesem kleinen Café wird nie zu Schaden kommen«, sagte der Dschinn, sobald er den Bissen geschluckt hatte.

Elena legte ihr Messer zur Seite. Hier saß sie nun, in einem Café, mit einem köstlichen Essen vor sich und in einem neuen Kleid, während Jean-Paul von einem Fieber ans Bett gefesselt wurde. Und ihr gegenüber saß der Dschinn, der in ihr Leben eingedrungen war und ihr das Glück gestohlen hatte, für das sie so hart gearbeitet hatten – das ihm aber nicht mehr bedeutete als die paar Brösel, die er gerade vom Tischtuch strich. Elena mochte hungrig sein, aber sie brachte es nicht länger fertig, ihr Mahl mit ihrem Entführer zu teilen. Sie wünschte, es gäbe eine Möglichkeit, eine Weile allein zu sein mit ihren Gedanken. Für wenige Minuten nur, damit sie in die Schattenwelt gleiten und nach Jean-Paul sehen konnte. Aber wie sollte sie das anstellen, ohne dass Jamra es bemerkte? Denn wenn er das tat, würde er zweifellos versuchen, sich an ihre Vision zu hängen. Doch darauf, erneut seinen heißen Atem in ihrem Nacken zu spüren, konnte sie getrost verzichten. Obendrein war ihr nicht klar, ob sie sich überhaupt frei bewegen konnte. Jamra hatte nicht versucht, sie zu fesseln oder ihre Bewegungen einzuschränken, nachdem sie in der Stadt gelandet waren. Selbstverständlich hatte sie trotzdem keinen Fluchtversuch unternommen. Das Wissen, dass der Dschinn Jean-Paul aus einer Laune heraus töten konnte, stellte die solideste Fessel dar. Das wusste er genauso gut wie sie.

Jamra hob erneut sein Glas. »Du isst ja gar nichts.«

»Es ist sehr würzig«, sagte sie, während gleichzeitig der Funke einer Idee in ihr aufflackerte. »Das macht mich durstig.«

Der Dschinn leerte sein Weinglas, bevor er es wieder füllte. Elena streckte ihm ihres ebenfalls entgegen. Ja, die Idee könnte funktionieren, dachte sie, als sie den Wein im Glas kreisen ließ. Sie durfte nichts überstürzen. Noch musste sie warten.

Sie hatte keine Erfahrung mit stummen Beschwörungen, doch es gab Wege, einen Zauber zu formen, ohne ein Wort zu sprechen, denn was zählte, war die Absicht. Die Worte laut auszusprechen oder sie niederzuschreiben bedeutete nur, sie auf präzise Weise in die Welt zu bringen. Solange sie ihren Vorsatz aber fest im Kopf behielt und sich nicht ablenken ließ, sollte sie fähig sein, die Magie an ihr Ziel zu lenken, ohne dass ihr Gegenüber etwas davon bemerkte.

Elena bewegte das Glas, bis der Wein darin wirbelte wie ein Sturm. Das Aroma der vergorenen Früchte erhob sich und schwängerte die Luft zwischen ihnen. Ja, mithilfe des Weins konnte es ihr gelingen.

Ein kleiner Schluck auf nackter Zung'.
Ein zweiter noch, der Zauber ist jung.
Verdünn das Blut mit reinem Wein,
am Boden des Glases wirst müde du sein.

Sie sprach die Worte des Zaubers dreimal still im Kopf, um ihre Absicht zu bestärken, während sie sich gleichzeitig auf die Stärke des Weins sowie auf den Dschinn konzentrierte, der ihn trank. Das Kerzenlicht flackerte über die tiefrote Oberfläche des Weins, fast hypnotisierend in seiner Schönheit. Sie sandte dieses schwindelnde Gefühl in Jamras Richtung. Ganz langsam. Der Zauber sollte sich nach und nach in seinem Blut auflösen, während der Alkohol durch seine Adern floss und schließlich sein Herz ebenso wie sein Hirn erreichte.

Der Dschinn schnippte herrisch mit den Fingern. »Findest du diese kuriose Eigenschaft der Sterblichen, für Essen zu bezahlen, nicht auch putzig?«, wandte er sich dann an Elena. Als der Keller mit der Rechnung an ihren Tisch trat, zog Jamra seine Finger über die Handfläche wie ein einfacher Straßenmagier bei seinen Tricks. Ein Turm Münzen erschien. Er warf sie gedankenlos auf den Tisch und überließ es dem Kellner, das Geld zu ordnen.

»Ich bin mir nicht sicher, ob die Sterblichen es auch so handhaben«, sagte Elena und formte danach mit den Lippen eine stumme Entschuldigung in Richtung des Kellners, ehe sie Jamra nach draußen folgte.

Bisher deutete nichts darauf, dass er ihren Zauber bemerkt hatte. Ob die stumme Beschwörung doch misslungen war? Oder, schlimmer noch, Jamra verfehlt und stattdessen jemand anderen im Café getroffen hatte? Dieser Gedanke ließ Elena kurz zusammenzucken, gewann aber rasch die Kontrolle über sich zurück. Als sie gemeinsam über den Gehweg gingen, wurden Jamras Schritte endlich unregelmäßig. Die Magie, mit der er ihr Aussehen verändert hatte, verblasste, sodass sie erneut ihren blauen Wollrock und die schmutzigen Holzschuhe trug. Und auch der Dschinn veränderte sich. Jackett, Hemd und Krawatte glühten in einem orangefarbenen Feuer, das die Fäden verschlang, bis sie zu Asche zerfielen. Kichernd schlug er sich den Ruß von der Brust, dann stolperte er weiter, nunmehr in eine locker fallende Tunika gewandet. Einzig seine maßgeschneiderte Hose, der schwarze Derby-Hut und seine Oxford-Schuhe überlebten.

Sie hatten einen Teil des Viertels erreicht, wo sich drei Straßen in einem seltsamen Winkel trafen – fast, als hätten die alten Baumeister den Ort mit dem Buchstaben Y schmücken wollen. Links von ihnen befand sich eine kurze Seitenstraße, eher eine Gasse, um genau zu sein, allerdings mit einem seltsamen Tor am Ende. Bei den anderen Türen schien es sich ausnahmslos um die Hinterausgänge von Cafés oder kleinen Läden zu handeln, die aber, wie die Spinnweben an den Türrahmen vermuten ließen, nur selten genutzt wurden. Am hinteren Ende trottete ein streunender Hund umher, sonst wirkte die Gasse völlig verlassen.

»Voilà!«, verkündete Jamra laut, dann lachte er über seinen eigenen Versuch, den örtlichen Akzent zu imitieren. »Ich liebe dieses Wort.«

Er stolperte in die Gasse und vollführte eine ausladende Geste. »Ihr Nachtquartier, Madame.«

Ein majestätisches Zelt, das sich von einer Wand der Gasse zur anderen erstreckte, erschien vor Elenas Augen. Außerstande, ihrer Neugier zu widerstehen, schob sie die Zeltplane vor dem Eingang zur Seite und trat ein. Sie wurde empfangen von sanftem Licht, das verschiedenfarbige Lampen spendeten, die vom Zeltdach herabhingen. Auf dem Boden lagen ein dicker Teppich und eine schmale Matratze voller Kissen, die aber auf jeden Fall so groß war, dass sie bequem darauf schlafen konnte. Auf einem kleinen, achteckigen Tisch warteten eine Waschschüssel aus Messing, eine Haarbürste und ein Spiegel auf sie. Real konnte all das nicht sein. Nicht mitten in der Innenstadt. Und doch fühlte sie den Zeltstoff aus Baumwolle und Seide ebenso zwischen den Fingern wie die Wolle und das Leder des Teppichs, der Kissen und des kühlen Metalls vom Spiegelgriff.

»Hier soll ich schlafen? Mitten in der Stadt? Wird da nicht jemand die Illusion entdecken?«

Jamra war ihr nach innen gefolgt und auf die Kissen des Bettes gesunken, die Augen bereits halb geschlossen durch den Effekt der Mischung aus Wein und Zauber. »Ich erschaffe Illusionen innerhalb von Illusionen innerhalb von …« Er rülpste. »… Illusionen. Stell meine Magie also niemals infrage, Frau.«

»Und du meine auch nicht«, murmelte Elena.

Sie war davon ausgegangen, dass sie zu ihrem Landeplatz

mit dem Teppich im Baum zurückkehren würde, um nicht von Sterblichen gesehen zu werden. Doch das Zelt wirkte warm und einladend und so viel verlockender als die Aussicht, auf dem kalten Boden zu schlafen. Andererseits befand sich Jamra hier, im selben Zelt! Selbst wenn er vorgehabt haben sollte, sich eine eigene Unterkunft zu zaubern – wie jeder *anständige* Mann es getan hätte –, war es jetzt zu spät dafür. Seine Lider schlossen sich, und sein Kopf sank in die Kissen. Ihr Zauber hatte seine volle Wirksamkeit entfaltet.

Elena zog ein Kissen von der Matratze, um sich damit auf den Boden zu setzen. Sie wartete eine Minute, da sie sehen wollte, ob Jamra noch einmal aufwachte, doch sobald sein Mund sich öffnete und er anfing zu schnarchen, schloss auch sie die Augen. Sie brauchte inzwischen nichts mehr, was Jean-Paul gehörte, um ihn zu finden. Ihre Liebe hatte einen silbernen Faden geschaffen, der sich durch den Äther zog. Die Verbindung war klar zu erkennen, sobald sie die Schattenwelt betreten hatte. Ein vielversprechendes Zeichen …

Am Ende des Fadens sah sie ihn. Jean-Pauls Kopf ruhte auf einem weißen Kissen. Seine Brille lag neben einem Glas Wasser auf dem Beistelltisch. Das Fieber schien nachgelassen zu haben. Sie versuchte, ihm näherzukommen, doch eine andere Energie hielt sie fern. Bruder Anselm. Er saß auf einem Stuhl in der Ecke des Raums und las ein illustriertes Buch mit den Erzählungen von Scheherazade. Zweifellos hatten der Dschinn und seine Macht Bruder Anselms Neugier geweckt, und jetzt hoffte er, in den Seiten des Buches Antworten zu finden. Elena betrachtete abermals Jean-Paul. Auch in der Bewusstlosigkeit, die der Fluch des Dschinns ausgelöst hatte, wirkte er kaum anders als bei einem kurzen Mittagsschläfchen an einem anstrengenden Arbeitstag. Ein Zittern überlief seinen Körper, und sofort lehnte Bruder Anselm sich vor, um die Decke zurechtzuziehen und den feuchten Lappen auf der Stirn des Fiebernden zu wechseln. Elena wusste nicht, wie die Magie des Dschinns Jean-Pauls Geist in die Wüste geschickt hatte, doch sie bat das Allwissende darum, ihn in eine kleine Oase zu führen, wo er Ruhe finden konnte, bis sie zurückkehrte.

Elena sandte Jean-Paul ihre Liebe, dann kehrte sie in ihren Körper zurück. Sie öffnete die Augen und kontrollierte sofort, ob Jamra erwacht war. Doch nein, er hatte sich auf die Seite gerollt, sein Gesicht in der Matratze vergraben, sodass sein Derby-Hut schief auf seinem Kopf saß. Der reinste Gentleman-Gangster – wenn auch stockbetrunken.

Elena trommelte mit dem Fingern auf ihr Knie und wog ihre Möglichkeiten ab. Sie konnte gehen. Fliehen. Versuchen, zu Jean-Paul zurückzukehren, bevor Jamra ihr Ziel erriet. Doch sie könnte niemals so schnell nach Château Renard zurückkehren, wie der Dschinn sich durch den Äther zu bewegen vermochte. Wie sähe denn seine Vergeltung aus? Elena wusste noch immer nicht, wie sie sich und ihr Zuhause gegen den Dschinn verteidigen sollte.

Außerdem fragte sie sich, ob Jamras Macht über Jean-Paul vielleicht schwächer wurde, je weiter er sich von ihrem Ehemann entfernte. Möglich war das durchaus. Manche Zauber brauchten Nähe. Ebenso gut war möglich, dass Jamra sich als Mann erwies, der, so widerwärtig er auch sein mochte, zu seinem Wort stand und Jean-Paul folglich freigab, wenn sie mit ihm zusammenarbeitete. Viel sprach zwar nicht für diese Variante, auszuschließen war sie aber auch nicht. Soweit sie wusste, empfanden Dschinn ein tiefes Gefühl der Schuld gegenüber denjenigen, die ihnen geholfen hatten. Auf jeden Fall hatte sie keine andere Wahl, als zu bleiben.

Und das wiederum bedeutete, dass Elena sich entscheiden musste, ob sie Jamra wirklich direkt zu Sidra führen sollte oder nicht. Nachdem er sie zunächst so unhöflich von den Füßen gerissen und entführt hatte, war sie fest entschlossen gewesen, ihn in die Irre zu führen und zu behaupten, sie habe nur ein vages Richtungsgefühl. Sie hatte vorgehabt, ihn an die südliche Küste zu bringen, wo sich zackige Bergspitzen erhoben wie Wolfszähne. Sollte er dort doch selbst herausfinden, in welchem der hundert Ortschaften sich Sidra aufhielt. Oh, Elena wusste genau, wo sie die Dschinn finden konnte. Diese weitläufigen Felder voller Blüten waren unverwechselbar.

Vorerst blieb Elena nur eines übrig, nämlich abzuwarten, bis ihr zauberbetrunkener Entführer wieder erwachte. Deshalb rollte sie sich mit ihrem Kissen auf dem Boden zusammen und hoffte zur Abwechslung einmal, dass Jamras angeberische Worte über seine Magie der Wahrheit entsprachen. Sie würde trotzdem unruhig schlafen, doch es war beruhigend zu wissen, dass sie vor den neugierigen Augen nächtlicher Besucher geschützt war. Katzen natürlich ausgenommen.

9

Sidra legte ein Stück *bakhoor* in das Räuchergefäß und blies sanft Flammen darauf, bis das Harz sich entzündete. Sie ließ sich ins Sofa zurücksinken, mit gut gefülltem Magen und den Gedanken in den Wolken. Was auch immer sie dem Mädchen erzählt haben mochte, der Duftzauber, der ihre Anwesenheit hier verbarg, würde nicht ausreichen. Nicht gegen Jamra. Er hatte ihren Aufenthaltsort schon einmal fast aufgespürt – was der Grund gewesen war, weshalb sie und Hariq extreme Maßnahmen ergriffen hatten, um endlich frei zu sein. Hätte sie den Preis ihrer Handlungen im Voraus gekannt, hätte sie damals natürlich einfach aufgegeben.

Diese Überlegungen erlaubten ihr natürlich nicht, die Vergangenheit anders zu gestalten. Oder die Gegenwart. Damals hätte der Alte in der Höhle die Gefahr, der sie sich aussetzten, klarer definieren müssen. Und auch heute war er nicht so hilfreich gewesen, wie er hätte sein können. Er hatte irgendetwas gesehen. Eine Vision. Die spezielle Art und Weise, in der er den Rauch seiner Pfeife ausgestoßen hatte – ein Ring innerhalb eines Ringes umschlossen von einem Ring, während sie sich gemeinsam der Illusion von Gemütlichkeit hingaben, die er geschaffen hatte –, hatte sie aufmerken lassen. Doch es war nicht gut, zu viel über die eigenen, ungelebten Tage zu erfahren. Damit sich das Leben auf die vorbestimmte Weise entfaltete, war es gewöhnlich besser, den Haken und Windungen des Lebens ohne das Wissen von Prophezeiungen zu folgen.

Andererseits war es närrisch, sich Jamra zu stellen, ohne auch nur die leiseste Ahnung von der Zukunft zu haben. Der Kerl war hinterhältig und bösartig, stets bereit, ihr und unzähligen anderen Schaden zuzufügen. Was verheimlichte ihr der Alte also? Sie vermutete, dass es in der Vision um Jamra gegangen war, doch würde sie den Alten nie zum Reden bringen, wenn Sturheit ihn leitete. Dann würde er ihr nur empfehlen, auf den Allsehenden zu vertrauen.

Trotz allem stand die Konfrontation mit Jamra unmittelbar bevor. Sie und Yvette würden etwas Mächtigeres zu ihrem Schutz brauchen als einen Hauch von Duft und Rauch. Sidra tastete ihren Kaftan nach dem Messing-Talisman ab, den das Mädchen für sie gestohlen hatte.

»Wofür ist das?«, fragte Yvette und schüttelte ihr Kissen aus. Die Kaschmir-Decke, mit der sie sich zudecken konnte, lag schon bereit. Sie hatte sich beschwert, dass die Nachtluft kalt war. Elfen und Hexen ähnelten mit ihren körperlichen Bedürfnissen viel zu sehr den Sterblichen. Gewisse Annehmlichkeiten – Nahrung, Wasser, eine weiche Decke – zu *wollen* war durchaus angemessen, wenn einem gerade der Sinn danach stand, aber diese Dinge zu *brauchen* zeugte einzig von Schwäche.

»Es ist ein Talisman«, erklärte sie. »Für Glück oder Reichtum.« Sidra ließ die Fingerspitzen über die vertraute Gravur gleiten – ein Ornament aus neun Quadraten innerhalb eines Kreises. In jedes Quadrat war ein anderes Symbol eingeritzt. Der Stern in der oberen rechten Ecke wies Sidra als eine der Dschinn aus, die der Besitzer dieses Kleinods um Beistand bitten konnte. Der Alte war in der linken oberen Ecke mit dem Symbol eines Auges dargestellt. Und Hariq unten rechts, als Flügel eines Vogels. Es gab ein viertes Symbol, einen

Mond, der für eine alte Dschinn von der anderen Seite des Ozeans stand, die schon vor langer Zeit ins Jenseits übergegangen war. Niedergestreckt von dem Marid, mit dem sie einst verheiratet gewesen war.

»Wieso kann ich das Gefühl nicht verdrängen, dass du mit mehr Ärger rechnest, als du zugibst?«

»Keine Sorge!«

Der Wind pfiff klappernd durch lose Ziegel auf dem Dach. Yvette starrte an die Decke, als rechne sie damit, den Lärm einer drohenden Invasion zu hören. Als nichts geschah, kuschelte sie sich tiefer unter die Decke. Oh, aber die Bienen summten weiter in ihren Gedanken, und ihre Finger trommelten ruhelos auf dem Bett.

»Was genau ist passiert?« Yvette hatte die Kleidung von Sidras Ehemann angestarrt. »Was ist schiefgelaufen? Hat er dich geschlagen? Dich bestohlen? Sich in eine andere Frau verliebt?«

»Nein.«

»Was hat dich dann verrückt genug gemacht, um ihn … du weißt schon … umzubringen?«

Sidra hatte bereits begonnen, sich in Nebel aufzulösen, um sich zu verbergen und damit den nächtlichen Schatten der Wohnung zu entgehen, doch die hartnäckigen Fragen des Mädchens lockten sie aus der Reserve. Elfen hatten ein unbändiges Interesse an Gefühlen. Als wären auch sie für das leibliche Wohl ihrer Körper notwendig.

Aber gut …

Sie materialisierte sich wieder und setzte sich an ein Ende des Sofas, die Beine unter den Saum ihres Kaftans gezogen. Das Licht der Messinglampe glühte sanft über ihrem Kopf. »Wir haben einen Todespakt geschlossen«, sagte sie.

Yvette setzte sich alarmiert auf. »Ihr wolltet euch umbringen? Aber warum?«

Sidra dimmte das Licht der Lampe mit einer kurzen

Handbewegung. »Unsere Familie haben unsere Verbindung nicht gutgeheißen. Deswegen sind wir hierher geflohen und haben die Duftmagie eingesetzt, um uns zu verbergen. Aber Jamra … er kann es nie gut sein lassen. Er hat weiterhin nach uns gesucht. Hariq hat erklärt, wir würden niemals Frieden finden, wenn es uns nicht gelänge, seinen Schakal von Bruder zu täuschen. Wir wollten eine Familie gründen.«

»Hättet ihr Jamra nicht aufspüren können? Euch ihm stellen? Schließlich wärt ihr zwei gegen einen gewesen.«

Solche Naivität. Solcher Optimismus. Närrisches Mädchen.

»Jamra hat sich mit denjenigen verbündet, die die Welt und die Menschen darin gerne zu einem Haufen Asche verbrennen würden. Und genau das wird er tun, wenn sich ihm die Gelegenheit bietet. Für uns hieß das zwei gegen eintausend.«

»Herrjemine! Also dachtet ihr, es wäre besser, tot zu sein, als von diesem Widerling quer durch die Wüste gejagt zu werden?«

Sidra löste ihr Halstuch und ihren Zopf, bevor sie ihr Haar ausschüttelte, sodass es in langen Locken über ihre Schultern fiel. Sie breitete ihre Mähne aus, damit der Duft des *bakhoor* in ihr Haar eindringen konnte. »Wir dachten, wenn Jamra *glaubte*, wir wären tot, würde er aufgeben, und wir könnten in Frieden leben. Zumindest lautete so der Plan.«

Yvette riss den Mund auf. »*Glaubte*? Du meinst, ihr wolltet euren Tod vorspielen?«

Eigentlich hatten sie Jamra sogar glauben machen wollen, dass mehr verloren war als nur ihre Leben – doch dieser Teil der Geschichte durfte nicht erzählt werden. Noch nicht.

»Es gibt einen Ältesten unseres Volkes, der vor vielen Generationen mit den Menschen hierhergekommen ist. Wir zahlen ihm Tribut«, erklärte sie. »Einen Ältesten, der im

Kampf zwischen unseren Familien Neutralität gewahrt hatte. Wir haben ihm anvertraut, was wir um des Friedens willen planten. Er meinte, es gebe einen Weg, das zu vollbringen. Doch die Magie müsse sehr stark sein, damit sie jemanden überzeugte, der so von Hass erfüllt ist wie Jamra und seine Kohorten.«

Yvettes natürliches Leuchten verblasste, bis sie im Dämmerlicht nur noch als Schatten erschien. »Welche Art von Magie?«

Und Sidra – vielleicht bezwungen von der unverfälschten Neugier des Mädchens, vielleicht erfasst von dem Bedürfnis, darüber zu reden, was sie von innen heraus zerfraß – senkte den Kopf und erzählte ihre Geschichte.

Noch im Land der tausend Blüten hatte der alte Dschinn von einer Blüte mit einer einzigartigen Eigenschaft erfahren. Sie wurde die Mimenblüte genannt, weil ihr Nektar, gepaart mit einem Zauber, einen atemlosen, fahlen Tod vorspiegeln konnte. Ein Tropfen des Trankes in jedes Auge eingebracht, setzte das körperliche Leben für Stunden aus, während das innere Ich sicher in einer Zwischenwelt schwebte. Es schien die Erfüllung ihres sehnlichsten Wunsches.

»Habt ihr das wirklich durchgezogen? Wart ihr nicht starr vor Angst?«

»Ich bin einen solchen Zustand gewöhnt. Wir wechseln ständig nach Belieben zwischen Äther und Körperlichkeit. Doch die Verbindung zwischen den beiden Ebenen zu durchtrennen, während beide Entitäten weiterleben – und sei es nur für ein paar Stunden –, hat uns zögern lassen, letztendlich haben wir dem Plan aber zugestimmt. Um frei zu sein. Deswegen sind wir in diese stinkende Stadt voller Ungläubiger gereist, damit Jamra mühelos von unserem Schicksal erfahren würde.«

Yvette saß schweigend da, die Decke an ihr Kinn gezogen, als könne sie sich so vor der Kälte schlechter Neuigkeiten schützen. Sie sah erneut zu der Kleidung an dem Haken neben der Tür. »Er ist nicht zurückgekehrt?«

Sidra schüttelte den Kopf. »Irgendetwas ist schiefgelaufen. Die Dosis. Der Zauber. Ein Symbol, das auf die eine statt auf die andere Weise gezeichnet worden war.«

»Und dir wurde die Schuld zugewiesen?«

»Ich war diejenige, die wieder aufgewacht ist. Dieser närrische Inspektor hat mich schon wenige Tage später für den Mord an Hariq verhaftet. Doch nicht, bevor ich Jamra gegenübergetreten war.« Sidra ließ den Daumen über die Gravuren auf dem Talisman gleiten und spürte, wie die Zeichen unter ihrem Finger kribbelten. »Ich hätte ihn getötet, aber er war stärker als ich.« Sie schenkte dem Mädchen ein boshaftes Lächeln. »Immerhin ist es mir gelungen, ihm eine Wunde zuzufügen, die er nie vergessen wird. Deswegen hat er mich mit diesem Fesselungszauber belegt, als ich in die Stadt zurückgekehrt bin.«

»Die ganze Zeit saßen wir zusammen im Gefängnis, und nie hast du irgendetwas davon erzählt …«

»Es ist seltsam, dass uns das Schicksal an diesem Ort miteinander verbunden hat«, meinte Sidra. »Und dass du und ich nach unserer Flucht ausgerechnet in diese Stadt zurückgeworfen wurden.«

»Vergiss Elena nicht! Auch sie ist plötzlich im Gefängnis aufgetaucht. Ich wünschte, sie wäre jetzt hier, um die Geschichte zu hören.«

Sidra zügelte ihre neugierigen Gedanken. »Sei vorsichtig mit deinen Wünschen, Mädchen.« Sie richtete ihre Aufmerksamkeit wieder auf den Talisman und fragte sich, ob ihre Vorsichtsmaßnahmen ausreichen würden.

Zwei der vier Dschinn, deren Namen auf dem Talisman prangten, waren bereits tot. Nur sie und der Alte waren noch übrig – was bedeutete, dass eine größere Chance bestand, dass die Energie des Talismans sich mit ihr verband, falls jemand um einen Gefallen bat. Doch wenn sie alle verbliebenen Talismane in ihren Besitz bringen konnte, wäre jede Verbindung zwischen ihr und diesem vermaledeiten Ort endlich durchtrennt. Es kam also nur darauf an, sich zu erinnern, wer einen Talisman besaß.

Sidra drehte das Medaillon in ihrer Hand, entschlossener als je zuvor, sich gegen Jamra zu verteidigen.

»Woher wusstest du, dass der Einbeinige das Ding bei sich tragen würde?«, fragte Yvette.

»Die Menschen … sie bitten um Hilfe. Sie gravieren die Namen der Dschinn ins Metall, in der Hoffnung, dass wir antworten.« Sie deutete auf den Stern. »Das bin ich.«

»Aber ich dachte, er wäre bereits ein Zauberer. Welche Art von Hilfe könnte er von einem Dschinn erbitten?«

»Yanis? Er kennt ein paar Zauber. Doch selbst Zauberer haben Momente des Zweifels. Wie alle anderen halten sie nach Vorzeichen Ausschau. Nach Omen. Vielleicht nach einem Stups in die richtige Richtung, wenn sie sich nicht zu einer Entscheidung durchringen können, welchen Weg sie im Leben einschlagen sollen.«

Yvette musterte sie mit fast bewunderndem Blick. »Und? Antwortest du ihnen?«

»Manchmal.« Sidra wollte nicht kokettieren, aber die Antwort war kompliziert. Ein Stups in die falsche Richtung konnte ein Leben auf gefährliche Pfade katapultieren. Manche Dschinn, wie Jamra und seinesgleichen, waren nur zu begierig danach, auf schädliche Weise Einfluss zu nehmen und so das Leben eines Mannes durch die Laune eines falschen Gedankens oder zerstörerischen Selbstzweifels in Staub zu verwandeln. »Zwei Straßen entfernt wohnte eine Frau in einer Wohnung. Ich habe sie nicht oft gesehen, doch sie gehört zu denjenigen, die um Hilfe bitten. Sie will wissen, ob sie bei ihrem Ehemann bleiben soll, der sie schlägt, wann immer er zu viel getrunken hat.«

»Woher weißt du das? Kannst du ihre Gedanken hören?« Yvette wurde bleich. »Moment mal! Kannst du am Ende etwa auch meine Gedanken hören?«

»Das kann ich nicht, dem Allsehenden sei Dank«, antwortete Sidra mit angewidert verzogenem Mund. »Aber diese Frau kann an quasi nichts anderes denken.« Sie schob den Talisman in die Tasche ihres Gewandes, wobei sie sich selbst ermahnte, am nächsten Morgen ein gutes Versteck dafür zu finden. »Es gibt Gedanken und es gibt Verlangen. Verlangen sammelt sich im Körper, sodass Hitze und Geruch von der Haut aufsteigt. *Das* kann ich spüren. Und diese Frau will an einem Tag bleiben und am nächsten Tag gehen. Welchen Hinweis soll ich ihr geben? Sorge ich dafür, dass sie ein längst vergessenes Foto von ihrem Ehemann und sich in glücklicheren Zeiten findet, sodass ihr Geist zur Entscheidung kommt, sie müsste nur den Sturm aussitzen, dann würde sich irgendwann alles ändern? Oder sorge ich dafür, dass ihr Blick auf ein Pamphlet der Suffragetten über weibliche Emanzipation fällt, das sie aus ihrer Unschlüssigkeit reißt und auf den Pfad der Selbstständigkeit führt? Um solche Dinge bitten die Leute manchmal. Sie wollen unsere Gunst. Und manchmal antworten wir. Manchmal aber auch nicht.«

»Wie mein Wunsch?«

Nachdenklich atmete Sidra tief ein. »Wünsche sind etwas anderes. Sobald sie gewährt worden sind, sausen sie wie Kometen dahin. Sie können nicht aufgehalten werden. Ich bin mir immer noch nicht sicher, wie es zu deinem Wunsch kam. Aber ich vermute nach wie vor, dass dein Herz den Wunsch gestohlen hat, während meine Magie im Wandel war.«

Yvette runzelte die Stirn. Das Licht in ihr war zu neuem Leben erwacht, auch wenn es so sanft leuchtete wie der Mond. »Dieser Wunsch hat mir das Leben gerettet.«

Zur Abwechslung dramatisierte das Mädchen mit dieser Aussage einmal nicht. Sidra erkannte die in der Äußerung mitschwingende Dankbarkeit mit einer seltenen Geste der Bescheidenheit an, indem sie den Kopf senkte und nur einmal kurz nickte. Hoffentlich war Yvettes Wunsch nicht sinnlos gewährt worden. Wenn ihre Bemühungen, sich gegen Jamra zu schützen, versagten, würden sie wahrscheinlich in naher Zukunft beide sterben.

10

Für die Nacht hatte Elena sich auf ihrem riesigen Kissen zusammengerollt. Verlockende Gedanken an Flucht tobten in ihrem Kopf, doch letztendlich entschied sie, dass nur ihre Kooperationsbereitschaft Jean-Paul retten konnte. Trotzdem wollte sie, *durfte* sie, diesen widerwärtigen Kerl nicht direkt ans Ziel führen – wo ihre Freundinnen sich aus ungeklärten Gründen aufhielten. Sie würde ihn nach Süden führen und behaupten, sie kenne Sidras genauen Aufenthaltsort nicht … und im Anschluss ihre Freilassung und Jean-Pauls Genesung erflehen.

Schau ihn dir an, dachte sie, wie er da mit offenem Mund und nach Wein stinkend auf dem Rücken liegt, bewusstlos in einem Meer von Seide. *Oh, ein letztes Schnauben …* Ihr Entführer erwachte langsam. Jamra hob einen Arm zur Decke des Zeltes und streckte sich, bevor er die Augen öffnete. Er gähnte und blinzelte, richtete sich dann aber abrupt auf, weil er Elena nicht sofort neben sich entdeckte. Als er sie in ihrer Ecke sah, entspannten sich seine Schultern sichtlich, auch wenn er sie aus zusammengekniffenen Augen musterte. »Du hast etwas in mein Getränk gemischt.«

»Ich habe nichts in der Art getan«, entgegnete sie und setzte sich auf. »Du bist einfach nicht an die Wirkung eines guten Weins gewöhnt. Und du hast quasi die ganze Flasche allein getrunken.«

Jamra brummte, dann senkte er den Blick auf seine unordentliche Kleidung. Er rückte seinen Hut zurecht und sorgte mit einer Handbewegung dafür, dass Hemd, Krawatte und Anzugjackett die verknitterte Tunika ersetzten. »Genug von diesen Annehmlichkeiten der Sterblichen. Wir müssen aufbrechen.«

Elena langte nach ihrer Umhängetasche und erhob sich von ihrem Kissen. Das Zelt verschwand, als wäre es von einer Brise fortgeweht worden, sodass sie erneut in einer kalten, feuchten Gasse standen, in der es nach regennassem Hund stank.

»Ergreif meinen Ärmel«, wies er sie an.

Elena sah keine andere Möglichkeit, als ihre Finger im Stoff des Nadelstreifenanzugs zu vergraben. Sofort fühlte sie ein Zerren, als zöge sie jemand mit unglaublicher Geschwindigkeit durch Zeit und Raum. Die Gasse verlor sich in einem kaleidoskopischen Tunnel hinter ihr. Die Bewegung ließ sich nur mit dem Moment vergleichen, als sie zum ersten Mal in diesem Automobil gesessen hatte, mit dem Yvette in Höchstgeschwindigkeit über die Chanceaux-Tal-Straße geschossen war. Elenas Haar hatte im Wind geflattert, ein beängstigendes, aber gleichzeitig unglaublich befreiendes Gefühl. Jetzt bewegte sie sich allerdings noch zehnmal schneller. Licht und Formen verschwammen ihr vor Augen, und ihre Lunge sehnte sich nach Luft. So plötzlich, wie alles begonnen hatte, endete es auch wieder. Elenas Füße berührten erneut festen Boden, und sie erkannte die grasbewachsene Lichtung, auf der sie gestern Abend gelandet waren. Sie spürte die Versuchung, sich zu erkundigen, wie er sie derart schnell hatte transportieren können, obwohl sie lediglich seinen Ärmel berührt hatte, doch die Nachfrage hätte wahrscheinlich bloß zu neuerlicher Angeberei geführt.

Deshalb gab sie sich möglichst unbeeindruckt, während sie versuchte, wieder zu Atem zu kommen. »Mir scheint, du schaust dir beim Reisen nicht gerne die Umgebung an.«

Statt ihr zu antworten, starrte Jamra mit vor der Brust verschränkten Armen auf den Baum, in dem er ihr Transportmittel verstaut hatte. Der zusammengerollte Teppich war verschwunden.

Jemand oder etwas hatte ihn im Verlauf der Nacht aus den Ästen gezogen. Diese hinterhältige Tat machte Jamra zu schaffen, zumindest legte das Knirschen seiner Zähne dies nahe. Allerdings konnte seine schlechte Laune auch eine Nachwirkung des Katers von Wein und Zauber sein. So oder so, Elena hatte nicht die Absicht, das Thema anzusprechen.

»Der Wind?«, fragte sie und machte Anstalten, das Gras des Hügels nach Hinweisen auf den verschwundenen Teppich abzusuchen. Sie hielt es für wahrscheinlicher, dass ein zufälliger Dieb ihren schönen Wandbehang mit dem Rahmen aus olivgrünen und puderblauen Blüten um den wunderschönen, über ein goldenes Feld rennenden Fuchs mitgenommen hatte.

»Ja wohl eher ein Dieb!«, schnaubte Jamra. »Ich werde ihn für diese Tat für alle Ewigkeit in Flammen leiden lassen.«

»Könnten wir uns nicht …«, setzte sie an. Als ihr der richtige Ausdruck nicht einfiel, beschloss sie, eine Anleihe bei Yvettes Wortschatz zu nehmen. »… einfach wegploppen, wie wir es gerade getan haben?«

»Ich kann dich nicht so weit durch den Äther tragen, ohne dich umzubringen. Glaub mir, ich habe das mit deiner Art schon früher ausprobiert. Du würdest den Erstickungstod erleiden, weil deine Lunge austrocknet, wenn wir uns mehr als ein paar Meilen auf diese Weise bewegen.«

Elena presste sich die Hand an die Brust. »Oh … In diesem Fall danke ich dir dafür, dass du an mich gedacht hast.«

»Deine Wegbeschreibung wird mir wenig helfen, wenn du vorzeitig stirbst.«

Vorzeitig?

Dank der auch am Tag sichtbaren Sterne vermochte Elena ihre Position einzuschätzen. Sie befanden sich ungefähr auf halber Strecke zur Küste. Wahrscheinlich könnte der Mistkerl einfach ein weiteres Transportmittel schaffen, mithilfe von … nun ja, ein wenig Stroh oder einer hölzernen Kiste. Warum also regte er sich so über den Verlust dieses speziellen Teppichs auf? Sie war diejenige, die aufgrund des Diebstahls untröstlich sein sollte, nicht er.

»Hast du ihn mit einem Zauber geschützt, damit er nicht gefunden wird?«, fragte sie aus einer Eingebung heraus.

»Für jeden Sterblichen wäre er unsichtbar gewesen«, antwortete Jamra, bevor er einmal um den Baum schritt, den Blick nach wie vor in die Äste gerichtet. Erst danach suchte er den Boden ab. Jamra schnupperte, als hätte er einen vertrauten Geruch wahrgenommen, aber die Witterung gleich wieder verloren. »Genug. Wir müssen hier weg«, sagte er nach einem letzten Blick auf die Umgebung. Elena hatte keine Ahnung, wonach er Ausschau hielt, doch er wirkte fast verängstigt.

Seltsam. Irgendetwas hatte Jamra aufgeschreckt. Oder irgendjemand. Elena versuchte, etwas Ungewöhnliches in der Luft wahrzunehmen, doch sie bemerkte lediglich die Feuchtigkeit des Flusses und den Gestank von Fisch. Und vielleicht das dumpfe Aroma der Würmer im feuchten Boden unter ihren Füßen.

Wieder packte sie seinen Ärmel, wenn auch widerwillig, nachdem sie an seine Worte über ihre Lungen hatte denken müssen. Bevor sie es sich aber anders überlegen konnte, riss Jamra sie davon. Er brachte sie wieder in den alten Teil der Stadt und materialisierte sie unter einem Torbogen zwischen zwei Häusern. Ein *traboule*. Er scheuchte Elena durch den dunklen Korridor, bis sie ein Schaufenster erreichten, in dem feinste Seidenstoffe ausgestellt waren. Der Laden hatte noch nicht geöffnet, aber das hielt Jamra nicht davon ab, die Hand gegen die Eingangstür zu schlagen. Es gab eine Explosion, und die Tür schwang auf. Von einem bedachtsamen Umgang mit Magie hatte er wirklich noch nie etwas gehört …

Im Innenraum rollte sich ein Ballen mit rotem Damast aus. Farbe und Stoff waren exquisit, zu fein, um ihn mit ihren ungewaschenen Händen zu berühren – und mit Sicherheit zu fein, um ihn auf dem Boden auszurollen. Doch Jamra riss kurzerhand gut drei Meter davon ab und ließ den Rest mit ausgefransten Enden auf dem Boden liegen.

»Steig auf«, sagte er.

»Das ist nicht dein Ernst! Dieser Stoff ist viel zu dünn. Der trägt uns auf gar keinen Fall!«

Der Kater und der Diebstahl stellten an diesem Morgen offenbar eine Herausforderung zu viel für Jamra dar. Seine Wut kochte über, und ein gefährliches Glitzern trat in seine Augen. Er riss den Arm zum Angriff hoch. Elena wusste nicht, ob er sie mit Magie attackieren wollte oder nur mit dem Handrücken ohrfeigen. Doch kurz bevor der Schlag sie treffen konnte, spürte sie ein Ziehen in ihrem Rücken, denn sie wurde in einem Wirbel davongerissen.

Diesmal blitzten helle Lichter in ihren Augenwinkeln auf, bis sie in einem weiteren, überdachten *traboule* landete. Sie stand in einem Gewirr aus roten Ziegelbögen vor einer Reihe kleiner Fenster, die über den Bahnhof hinwegsahen. Elena konnte in dem dunklen Gang niemanden entdecken, doch sie wusste, dass sie nicht allein war. Eine Fahrkarte für den Zug erschien in ihrer Hand, und eine körperlose Stimme flüsterte ihr ins Ohr: *»Steig ein!«*

»Ich kann nicht«, antworte sie der unbekannten Präsenz, in Gedanken bei Jean-Paul und dem Zauber des Dschinns, der immer noch seinen Geist kontrollierte. »Was, wenn ich entkomme und mein Ehemann stirbt?« Doch die wie auch immer geartete Magie, die sie von Jamra fortgeholt hatte, akzeptierte kein Nein als Antwort. Ein harter Windstoß pfiff aus Norden heran und sammelte sich in dem Gang wie ein Wirbelwind. Elena wurde fast von den Füßen gerissen, als der Wind sie zum Ausgang des *traboule* schob.

Sie wollte nicht fliehen, nicht auf diese Weise. Aber ihr Instinkt wies sie an, ihrem unbekannten Fluchthelfer zu gehorchen, also tat sie genau das. Kaum war sie in den Zug gestiegen, erklang ein scharfes Pfeifen. Grauer Rauch erhob sich über die Dächer, als die Lok den Zug aus dem Bahnhof zog. Dampf waberte aus den Kolben und hüllte die Waggons in eine weiße Wolke. Im Schutz des weißen Nebels wagte es Elena, aus dem Fenster zu spähen und nach Jamra Ausschau zu halten. Der Dampf benahm ihr die Sicht, also senkte sie das Fenster ein paar Zentimeter, um auf Schreie oder Flüche zu lauschen, während der Zug aus dem Bahnhof tuckerte. Als sie nichts hörte, schloss sie das Fenster wieder. Dabei entdeckte sie einen zotteligen Hund, der am Rand des Bahnsteigs saß, den Blick auf die vorbeigleitenden Waggons gerichtet. Bevor sie das Tier auf die Gegenwart eines Schattens prüfen konnte, gewann der Zug an Geschwindigkeit und trug sie davon.

Elena senkte den Blick auf ihr Ticket und las den Namen des Zielbahnhofs. Der Zug fuhr nach Süden, in den Ort, an dem Sidra und Yvette sich aufhielten. Sie konnte nur hoffen, dass ein Freund und kein Feind ihr den Hund gesandt hatte – auch wenn die Grenzen zwischen den beiden in letzter Zeit seltsam verschwommen waren.

II

Sidra und Yvette standen auf dem Dach der Kathedrale, ihre nackten Zehen in den Fugen zwischen den Tonziegeln vergraben. Unter ihnen erstreckte sich das Bergdorf, das im frühen Morgenlicht erst erwachen musste.

»Erklär mir noch einmal, was wir hier oben treiben?« Yvette trat einen Schritt vom Rand zurück.

»Wir lauschen.«

»Auf was?«

»Auf Botschaften.«

»Natürlich.« Das Mädchen zog ihr Kleid über die Knie und setzte sich, ihr Gesicht den letzten morgendlichen Sternen zugewandt. »Machst du dir keine Sorgen, dass jemand uns hier oben sehen und sich wundern könnte?«

»In Städten schaut nie jemand nach oben. Ah, da kommen sie.«

Sidra drehte sich nach Osten, dem Morgengrauen entgegen, von wo aus ein Schwarm Stare auf sie zustrebte. Die Vögel zogen einen weiten Kreis über die Dächer und jagten mit angelegten Flügeln einer unsichtbaren Beute nach, die offenbar im Zickzack durch die Luft sauste. Die Tiere zwitscherten in einer Mischung aus Selbstgefälligkeit und Angst.

Yvette wirkte, als wolle sie etwas sagen, doch dann schien sie ihre Meinung zu ändern und ließ das Kinn auf die Knie sinken. Sie hatte keine Ahnung von der Macht der Vögel. Von den Visionen, die sie auf ihren Flügeln mit sich trugen. Von den Omen, die aus ihren Schnäbeln drangen.

Sidra verharrte reglos. Der Schwarm umfasste jetzt fast tausend Tiere. Sie färbten den Himmel, eine schwarze Wolke vor dem pinkfarbenen Morgengrauen, die ihre vereinten Flügel erst in die eine, dann in die andere Richtung neigte. Und dann, als die Vögel gleich einem einzigen Wesen vor ihr in der Luft hingen, sah sie das Zeichen. Ein Schwanz wie eine Sichel. Ein Hundeschwanz? Ohne Frage. Aber wie sollte sie diese Form interpretieren?

Aus dem Süden erklang ein hoher und durchdringender Schrei. Das Zwitschern der Stare schlug in panisches Kreischen um. Dann schoss der Turmfalke wie ein Pfeil ins Herz des Schwarms und packte einen einzelnen Vogel mit den Krallen, um mit diesem zum Glockenturm auf der anderen Straßenseite abzudrehen. Dort pickte und rupfte er, bis er sich schließlich Brocken rohen Fleisches samt Knochen darin in den Kropf stopfte.

Die herzrasende Panik der Vögel übertrug sich auf Sidra und hallte in ihrer Brust wider. »Wir müssen gehen. Wir müssen die anderen Talismane einsammeln. Schnell!«

»Ist es Jamra?«

»Das glaube ich.« Sicher war sie sich allerdings nicht. Sie kontrollierte noch einmal den Himmel, doch die Vögel waren geflohen und hatten nur Stille zurückgelassen.

Zurück auf dem Boden übte sich Yvette in ihren neu erlernten Levitationskünsten, indem sie vorgab zu gehen, obwohl sie eigentlich schwebte. Soll sie diese Freiheit ruhig genießen, dachte Sidra. Es sind kostbare Momente, wenn von allen Seiten Unsicherheit herankriecht.

»Hier«, sagte Sidra und zeigte auf eine blaue Tür.

»Wieso kannst du die Medaillons nicht selbst von den Leuten zurückverlangen?«

»Ich bin quasi ihre Schutzherrin. Deshalb kann ich meine eigenen Leuten nicht bestehlen. Selbst dann nicht, wenn es um ein so kleines Schmuckstück geht wie das, nach dem wir suchen. Sollten sie je herausfinden, dass ich die Diebin war … wie sähe das denn aus?«

»Mon dieu.« Yvette verdrehte die Augen und klopfte an die Tür. Sidra löste sich in Rauch auf. Ein Mann mittleren Alters mit einem Bauch, über den sich ein senfgelber *thawb* spannte, öffnete die Tür. Eingehüllt in das Strahlen ihrer Magie, lächelte Yvette. Die Miene des Mannes hellte sich auf, als erblickte er ein lang ersehntes Traumbild wieder. Er trat zur Seite, sobald Yvette um Einlass bat. Fünf Minuten später tauchte sie wieder auf, wobei sie den Talisman von einer Hand in die andere warf.

»Was hast du mit ihm angestellt?«, fragte Sidra und materialisierte sich in der Luft, sobald das Mädchen wie ausgemacht in einer Nische hinter der nächsten Ecke verschwunden war.

»Ich weiß nicht genau, wie es funktioniert … aber die meisten sterblichen Männer zerfließen förmlich, wenn ich sie auf eine bestimmte Weise ansehe. Titania hat einmal versucht, mir zu erklären, wie die glitzernde Energie des *Glamour* bestimmte Teile ihres Hirns fesselt. Oder eigentlich betäubt, sodass sie sich auf nichts anderes konzentrieren können als auf mein Lächeln. Solange sie sich in diesem Zustand befinden, kann ich mir quasi alles erlauben.«

»Erstaunlich.« Sidra musste zugegeben, dass es ein guter Trick war, wenn auch ein irgendwie schäbiger.

Yvette reichte ihr das Medaillon. Sie wanderten weiter die Straßen, um an die Tür des zweiten bekannten Besitzers zu klopfen, einen älteren Mann, der allein lebte. Fünf Minuten später hielt Sidra die nächste Metallscheibe in der Hand. Der dritte Talisman befand sich im Besitz der Frau, von der Sidra bereits gesprochen hatte – derjenigen, die sich nicht darüber klar werden konnte, ob sie ihren Ehemann verlassen sollte oder nicht. Sie arbeitete an einem Stand auf dem Markt, wo sie Päckchen mit Anis, Kardamom, Nelken und Koriander verkaufte. Um Zeit zu sparen, klaute Yvette das Ding einfach aus der Schürzentasche der Frau. Zur Wiedergutmachung kaufte sie der von Zweifeln geplagten Frau fünf Päckchen Kardamom zum vollen Preis ab, mit der Begründung, sie könne dem Duft einfach nicht widerstehen.

Sobald Sidra die letzten drei Talismane in der Hand hielt, entspannten sie sich ein wenig. Es würde keine Anrufung geben. Ihr Name würde nicht als Flüstern durch den Äther über der Stadt schwirren. Die Vogelschau vorhin hatte ihr nicht die Informationen geliefert, auf die sie wider besseres Wissen gehofft hatte. Man sollte nie Erwartungen an eine Begegnung mit Vögeln herantragen. Deshalb musste Sidra akzeptieren, dass die Bedrohung näher kam. Alle Vorbereitungen, die sie treffen konnte, mussten schnell zu Ende geführt werden.

Die Dschinn widersprach nicht, als Yvette vorschlug, über die Straße voller Parfümläden zur Wohnung zurückzukehren. Sie behauptete, dass die Düfte sie seit ihrer Ankunft vor Neugier schier in den Wahnsinn trieben. Sidra willigte ein, weil auch sie einmal eine junge Frau gewesen war, die sich von schönen Dingen und teuren, verlockenden Düften in Kristallflakons angezogen gefühlt hatte. Und da es auf dem Weg lag, konnte sie dem Mädchen zum Dank für den Diebstahl der Medaillons durchaus ein wenig Freude gönnen. Sie hatte schnell gelernt, dass es bei den *Fée* immer gut war, Dinge im Gleichgewicht zu halten. Was für ein anspruchsvolles Völkchen …

Die beiden traten aus einer schmalen Gasse, die in eine breitere Straße mündete. Das Schild über der Tür wies das Eckhaus mit dem eisernen Geländer und den zwei griechischen Säulen als *parfumerie* aus, auch wenn dieser Umstand bereits durch die Düfte von Bergamotte, Jasmin und Rose kundgetan wurde, die durch Fenster und Wände drangen. Diese zogen Yvette magisch an. Sidra folgte ihr.

Diesen Laden hatte Sidra noch nie betreten. Vielleicht war er erst eröffnet worden, nachdem sie die Stadt vor ungefähr einem Jahr verlassen hatte. Die *parfumerie* war ein vornehmes Etablissement, das sich auf »moderne«, im Labor geschaffene Düfte spezialisiert hatte – als stimmte irgendetwas nicht mit den reinen Extrakten, die dank Destillation und jahrhundertealtem Wissen gewonnen wurden.

»Ist das nicht göttlich?«, fragte Yvette, als sie sich von der Frau hinter dem Tresen ein wenig Parfüm auf den Handrücken tupfen ließ.

Sidra nahm einen Unterton von Zitrus im Duft war, der sie daran erinnerte, wie sie einst auf der anderen Seite der See an einem Brunnen mitten in einem Orangenhain gesessen hatte. Allerdings war sie sonst wenig beeindruckt von dem durchdringenden Alkoholgeruch, der fast sofort von der Haut des Mädchens aufstieg.

»Kauf etwas davon, wenn du möchtest. Wir müssen weiter.«

»Ich habe meine einzigen Münzen für die Gewürze ausgegeben«, murmelte Yvette.

Die Ladenbesitzerin steckte den Pfropfen zurück auf den Flakon, und ihre Lippen wurden so schmal, als hätte jemand einen missbilligenden Strich durch ihr Gesicht gezogen. Sidra rechnete fest damit, dass die Frau als Nächstes angewidert mit der Zunge schnalzte. Wäre diese Missbilligung nicht gewesen, hätte sie Yvette vielleicht geraten, das Parfüm zu vergessen. So aber bewegte die Dschinn, verborgen von den Falten ihres Kaftans, die Finger und beschwor mehrere schwere Münzen in ihre Handfläche. Sie legte das Geld auf den Tresen, und Yvette verließ den Laden mit einer kleinen Kiste, die sorgfältig mit blauem Band umwickelt war.

Sidra kannte Anflüge von Freundlichkeit kaum, und noch seltener prägte dieses Gefühl ihre Handlungen. Doch jetzt stellte sie fest, dass es ihre Stimmung hob zu sehen, wie glücklich dieses Geschenk Yvette machte. Sie hätte es sich sonst ja nicht leisten können ... Die Dschinn lächelte und zog sich ihr Tuch über den Kopf, als sie zur Wohnung zurückgingen, aufgemuntert von dem Wissen, dass die letzten Talismane in ihrem Besitz waren. Es würde Jamra nun deutlich schwerer fallen, sie zu finden, die Mühe hatte sich also gelohnt. Die Konfrontation würde irgendwann erfolgen, doch nicht heute. Sidra hob ihr Gesicht der Sonne entgegen und genoss die Helligkeit und Wärme auf ihrer Haut.

Schon Minuten später verpuffte ihre gute Laune. Sobald sie die Wohnung betraten, wusste sie, dass etwas nicht stimmte. In der Luft hing ein männlicher Duft, der hier nichts zu suchen hatte. Eine Ecke des Teppichs war umgeschlagen. Ein paar Reiskörner lagen über dem Boden verteilt. Und doch konnte es kein gewöhnlicher Eindringling gewesen sein. Die Wohnung ruhte in einer Illusion innerhalb einer Illusion.

Nur ein Dschinn hätte das Apartment aus eigener Kraft finden können. Oder jemand, der von einem Dschinn geführt worden war.

Yvette sah über Sidras Schulter. »Was ist los?«

»Gib mir Licht.«

Sofort strahlte Yvette so hell wie eine Laterne und leuchtete auch die dunkelsten Ecken des Raums aus, in denen Dschinn sich bekanntlich zu gern verbargen. Sidra sog die Luft ein. Nein, das war nicht Jamra. Überhaupt kein Dschinn, den sie kannte. Zusätzlich zu dem männlichen Moschus hing noch ein anderer Geruch in der Luft. Der Gestank von nervösem Schweiß und einfachem Räucherwerk.

Yanis.

»Wo hast du den Talisman des Zauberers versteckt?«, fragte Sidra.

»Im Reis, wie du gesagt hast.«

Sidra eilte zu dem Krug mit dem Reis und grub mit der Hand darin herum, ohne etwas zu finden.

Das vierte Medaillon verschwunden.

12

Der Hund stand auf dem Bahnsteig und beobachtete durch Schwaden von Rauch und Dampf, wie der Zug die Hexe in Richtung ihres Ziels davontrug. Diese Frau, das war ihm klar, wurde von Liebe angetrieben. Ein Zittern überlief seinen Körper.

»Hat sie es geschafft?«

Der Hund bewegte ein Ohr. Die Kreatur, die sich am Ende seines Gehörgangs aufhielt, kitzelte dort das Fell und sorgte so dafür, dass er sich mit der Hinterpfote kratzen wollte. Er unterdrückte den Impuls und nickte stattdessen.

»Alles ist gut«, flüsterte die Kreatur, »auch wenn es durch solch komplizierte Intrigen schwieriger wird als ursprünglich gedacht, die gewünschten Ergebnisse zu erzielen. Als müsste man ein Boot mit nur einem Ruder antreiben.«

Der Hund hatte keine Ahnung vom Wasser, also gähnte er. Die Kreatur sprang aus seinem Ohr und verschwand im Gebälk des Bahnhofes. Dieses kleine, komplizierte Wesen. Er kratzte sich am Ohr, grub die Krallen seiner Hinterpfote tief in die Haut.

Die Allianz, hervorgeganen aus einem ungewöhnlichen Pakt, wäre den Ärger durchaus wert, sollte sie das gewünschte Resultat erzielen. Der Hund witterte in der Luft und erhaschte den vertrauten Geruch von Ruß und Zerstörung, der eine Straße entfernt im Äther wirbelte. Blanke Wut. Doch Jamra würde noch wütender werden, wenn er die Hexe nicht finden konnte. Der Hund grinste, dann sprang er vom Bahnsteig, um mit großen Sprüngen dem Zug zu folgen.

13

Als die Lokomotive den Zug so weit vom Bahnsteig weggezogen hatte, dass Elena sich sicher sein konnte, nicht von Jamra verfolgt zu werden, erlaubte sie sich ein gewisses Maß an Entspannung. Der Zug war bereits gut mit Fahrgästen gefüllt gewesen, als sie eingestiegen war. Manche hielten Einkaufstüten in den Händen, manche lasen Zeitung oder ließen die Köpfe gegen die Fenster sinken, um sich bis zur Ankunft an ihrem Ziel ein kurzes Nickerchen zu gönnen. Irgendwann trat Elena in ein Abteil am Ende des Zuges, in dem eine ältere Frau und ein Geschäftsmann saßen, der irgendetwas hinter seiner Zeitung murmelte, als sie auf dem Sitz ihm gegenüber Platz nahm. Laut ihrer Fahrkarte fuhr der Zug bis zur Küste, also stellte sie sich auf eine stundenlange Fahrt ein. Falls ihr Wohltäter andere Pläne hatte, würde er sie es schon wissen lassen.

Doch wer genau war mit ihr in diesem Gang gewesen? Wer wusste, dass sie von Jamra entführt worden war? Sie sah aus dem Fenster, während sie nachdachte … Über die brachliegenden Felder hinweg und zwischen knospenden Sonnenblumen oder Aprikosenbäumen am Straßenrand hindurch rannte ein Hund neben dem Zug her. Elena zweifelte keinen Moment daran, dass es dasselbe schnelle Tier war, das Jean-Paul drei Tage lang in der Umgebung von Château Renard bemerkt hatte. Und das sie selbst noch vor wenigen Minuten auf dem Bahnsteig der Stadt gesehen hatte. Doch auf welcher Seite stand dieser Hund? War er ein Verbündeter oder ein Feind in Lauerstellung?

Ihr neuerliches Dilemma ließ in ihr den Wunsch aufsteigen, still in die Schatten zu gleiten und nach Jean-Paul zu sehen. Aber der ältere Herr ihr gegenüber gab sich bereits die größte Mühe, sie über seine Zeitung hinweg herablassend zu mustern. Und die Frau neben ihr hatte nicht einmal ein *bonjour* gemurmelt, als sie sich gesetzt hatte, sondern den Mund nur kurz zu einem Lächeln verzogen, das lediglich vorgab, freundlich zu sein.

Elena *war* ziemlich schäbig gekleidet, selbst für eine Reise in einem Waggon dritter Klasse mit kaum gepolsterten Sitzbänken. Ihre Holzschuhe waren mit Schlamm verschmiert, an ihrer Schürze klebte noch der Dreck von der Arbeit in den Weinreben. Immerhin waren ihre Taschen mit den wichtigsten Kräutern gefüllt. Elenas restliche Kleidung, ein mitternachtsblauer Wollrock und eine karierte Chambraybluse, wirkten durchaus respektabel, wenn auch wenig beeindruckend. So beiläufig wie möglich öffnete sie die Bänder ihrer Schürze und stopfte diese samt Inhalt zu dem Zauberbuch in ihre Tasche. Noch etwas, das der Gentleman und die Dame wahrscheinlich nicht gutheißen würden.

Um den Blicken ihrer Mitreisenden auszuweichen, schaute Elena zum Fenster hinaus. Sie meinte, abermals einen Blick auf den Hund zu erhaschen, auch wenn er sich jetzt unauffälliger bewegte. Elena vermutete, dass sie Schatten in den Augen des Hundes erkennen könnte, sollte sie ihm persönlich gegenüberstehen. Sie hoffte inständig, dass die Kreatur nicht verflucht worden war, denn sie erinnerte sich nur zu genau an das Gefühl, gegen den eigenen Willen in einem fremden Körper gefangen zu sein. Bei diesem Gedanken wackelte sie in ihren Holzschuhen mit den Zehen. Mit ihren *neun* Zehen.

Wer auch immer da durch Magie in einen Hund gesteckt worden war – und ihr Instinkt flüsterte ihr zu, dass es sich hier definitiv um einen Fall von Verwandlung handelte –, schien sich brennend für ihren Aufenthaltsort zu interessieren. Sie entwickelte ihrerseits ebenfalls stärkeres Interesse an ihm, als sie beobachtete, wie er aus einem Sonnenblumenfeld auftauchte, um über eine steinerne Mauer zu springen.

Eine Stunde später rollte der Zug in den Bahnhof einer weitläufigen, ländlichen Ortschaft ein, wie sie so typisch war für den Süden. Gelbbraune Gebäude und rote Ziegeldächer. Für sie war es zu früh, um schon am Ziel zu sein, doch der Gentleman sammelte seine Besitztümer ein und stieg aus, sodass Elena allein mit der griesgrämigen Frau zurückblieb. Für einen Moment sorgte sie sich, dass der Halt es dem Hund ermöglichen könnte, in den Zug zu springen und sie aufzuspüren. Was, wenn sich herausstellte, dass er ihr nicht freundlich gesinnt war? Doch dann schüttelte Elena ob dieser sinnlosen Gedanken den Kopf. So schnell, wie das Tier laufen konnte, hätte es jederzeit an Bord des Zuges springen können, wenn es das gewollt hätte. Ihr Martyrium hatte sie völlig aus dem Gleichgewicht gebracht, emotional ebenso wie körperlich. Obendrein hatte es sie weiter nach Süden geführt, als sie je zuvor gereist war.

»Darf ich mich Ihnen anschließen?« Eine kleine Frau in einem hellblauen Kleid und einem spitzenbesetzten *fichu* darüber betrat das Abteil. Sie trug einen Strohhut, in dessen Band ein kleines Bouquet Rosen steckte, womit es ihr nur zum Teil gelang, die langsam ergrauenden Haare an ihrer Schläfe zu verbergen. Der Duft von Blüten umgab sie, als hätte er sich in ihre Haut eingenistet, war jedoch nicht durchdringend genug, um die Nase zu beleidigen. Unter dem Tuch machte Elena über dem Kragen eine violette Aura aus. Eine Parfümhexe, wie es aussah.

Elena setzte sich aufrechter hin und sagte: »*Bonjour.*«

Die griesgrämige Frau neben Elena erhob keine Einwände und zog die Beine an, sodass die Dame sich auf den Platz am Fenster setzten konnte, den bisher der ältere Gentleman mit Beschlag belegt hatte. Elena lächelte höflich, wobei sie sich bemühte, nicht an ihre schlammverschmierten Clogs zu denken. Die Parfümhexe nickte wissend, dann spähte sie aus dem Fenster, als der Zug in einer Wolke aus Rauch und Dampf aus dem Bahnhof ratterte.

Sobald sie wieder Fahrt aufgenommen hatte, suchte die Parfümhexe Elenas Blick.

»Sie machen Wein«, meinte sie. Ihre Nasenspitze zuckte. »Beaujolais?«

»Chanceaux-Tal.«

»Ah, natürlich. Ich hätte den stärkeren Duft von Tanninen wahrnehmen müssen.«

Dieser Wortwechsel sorgte bei ihrer Abteilgenossin für eine verwirrte Miene. Die Parfümhexe zog die linke Augenbraue hoch, dann griff sie in ihre Tasche. Sie zog einen Zerstäuber heraus, drückte dreimal schnell hintereinander auf die Pumpe und spendete der Luft im Abteil einen zitronigen Duft. Als die winzigen Tröpfchen sich in der Luft verteilten, fiel eine Illusion von der Decke des Abteils herab. Die Sterbliche war immer noch anwesend – doch Elena und ihre Begleiterin schienen nun hinter einem Vorhang verborgen.

»Meine eigene Kreation«, sagte die Hexe mit einem zufriedenen Lächeln. »Ein Illusionszauber aus der Flasche. Die Sterbliche sieht lediglich zwei Frauen, die aus dem Fenster die vorbeigleitende Landschaft betrachten. Solange sie nicht genauer hinschaut und bemerkt, dass alle paar Minuten derselbe Baum vorm Fenster auftaucht, sollten wir frei sprechen können.« Die Parfümhexe steckte ihren Zerstäuber mit einem Lächeln zurück in die Tasche. »Ich bin übrigens Camille. Camille Joubert.«

Elena stellte sich ebenfalls vor und sah kurz zu der Frau hinüber, um sich zu vergewissern, dass sie ihr Gespräch nicht belauschte. »Aber wie lässt sich der Zauber ohne Beschwörung aktivieren?«

Camille hob den Zeigefinger. »Düfte beeinflussen das Hirn der Sterblichen auf jeweils ganz bestimmte Weisen. Das kann man sich zunutze machen. Mit der richtigen Mischung aus Gerüchen lassen sich ihre Gedanken daher in jede gewünschte Richtung lenken. Zitronenverbene wirkt Wunder, wenn es um Ablenkung geht. Um der Gerechtigkeit willen sollte ich aber nicht nur von Sterblichen sprechen. Wir alle reagieren auf Düfte und können damit manipuliert werden. Es gibt keinen stärkeren Zugang zu Gedanken und Erinnerungen als Gerüche. Ich webe einfach einen kleinen Zauber in die Mischung, wenn ich sie in die Flasche überführe. Je nach den Zutaten kann ich Leidenschaft, Wut oder …« – sie deutete mit dem Kinn auf die miesepetrige Frau – »vollkommenes Desinteresse erzeugen. Funktioniert auf dieselbe Weise wie ein Trank, der durch den Mund aufgenommen wird, nur dass meine Tränke sich eben über die Luft verbreiten.«

Fast wie beim Wein, ging es Elena durch den Kopf. Das Aroma ist genauso wichtig wie der Geschmack und schenkt dem Geschmacksbild Tiefe. Die Düfte, die aus dem Glas aufsteigen, formen die Wahrnehmung, noch bevor der erste Schluck über die Zunge gleitet …

»Führst du einen eigenen Laden?«, fragte Elena, weil es sie interessierte zu erfahren, wie diese Frau ihre Kunst ausübte.

»Ich bin die älteste Tochter von *Le Maison des Amoureaux*.« Die Frau griff in ihre Reisetasche und zog ein in braunes Papier gewickeltes Paket heraus. »Ich bin auf dem Weg dorthin, um meinen Verwandten einen kurzen Besuch abzustatten. Hier, koste mal, wenn du möchtest.«

Camille löste das Papier, sodass eine weiße Nugatstange

mit Nüssen darin sichtbar wurde. Elena hielt inne. Es war immer eine etwas knifflige Situation, Essen oder Getränk von einer Hexe anzunehmen, die man nicht kannte. Doch diese spezielle Hexe wirkte sehr offen in ihren Absichten, als würde sie ihre Vorräte aus reiner Höflichkeit mit jedem teilen. Elena akzeptierte die Gabe, doch bevor sie abbiss, schnüffelte sie daran. Der nussige, süße Duft von Mandeln, Honig und Pistazien ließ ihr das Wasser im Mund zusammenlaufen und weckte ihren Hunger, nachdem sie gestern Abend das Essen mit dem Dschinn verweigert hatte.

»Es ist nicht verzaubert. Nur ein altes Rezept, für das die Einheimischen inzwischen berühmt sind. Nicht schlecht für Sterbliche«, fügte Camille hinzu, bevor sie sich ein Stück Nugat in den Mund schob.

Elena dankte ihr, dann starrte sie aus dem Fenster, während sie sich die Köstlichkeit schmecken ließ. Der Hund erschien erneut, sprang über Hecken und umrundete Zaunpfähle, um mit dem Zug Schritt zu halten.

Camille folgte Elenas Blick. »Gehört er zu dir?«

»Vielleicht. Es ist kompliziert.«

»Das ist es immer, wenn ein Dschinn etwas damit zu tun hat.«

Dschinn?

»Du glaubst, er ist ein Dschinn? Aber woher willst du das wissen?«

»Oh, hier in der Gegend treiben sich mehrere herum. Ich hatte für eine Weile eine recht gute Arbeitsbeziehung mit einem jungen Dschinn. Der arme Mann wurde letztes Jahr auf tragische Weise getötet. Soweit ich es verstanden habe, fühlten sich diverse Dschinn zu dieser Gegend hingezogen … angelockt von den Wünschen derjenigen, die über das Meer eingewandert waren. Sie sind schon seit Jahrhunderten hier.« Camille hob das Nugat. »Dieses Rezept ist ebenfalls mit den Einwanderern zu uns gekommen. Zum Glück für uns«, sagte sie und leckte sich die Finger ab, nachdem das letzte Stück in ihrem Mund verschwunden war.

Elena fand die Bemerkung der Frau über Dschinn erstaunlich. Bevor sie mit Sidra im Kerker gesessen hatte und später von Jamra entführt worden war, hatte sie kaum etwas über die weitverbreitete Existenz der Dschinn gewusst. Bei Grand-Mère hatte es immer geklungen, als wären diese Wesen mehr Mythos als Wahrheit. Ohne weitere Beweise für ihre Existenz hatte Elena diese Aussage akzeptiert. Heute jedoch wusste sie, dass die Isolation im Chanceaux-Tal – nur unterbrochen von kurzen Reisen in die Stadt, um gewisse Basiszutaten für Zauber zu kaufen – eine Lücke in ihrem Wissen hinterlassen hatte. Einen Mangel an Verständnis, den andere gar nicht kannten, weil sie durch das ganze Land reisten. Selbst Yvette hatte mehr über Dschinn gewusst – einfach dadurch, dass sie mit dem Jahrmarkt umhergezogen war.

»Also ist noch ein Dschinn hinter mir her?«

»*Noch* einer? Ojemine, dann steckst du wahrhaft in Schwierigkeiten.«

Camille versprühte noch etwas Zitronenverbene im Abteil, um auf Nummer sicher zu gehen, dann berichtete sie, was sie durch eigene Beobachtung und vom Hörensagen wusste. Soweit sie informiert war, nahmen Dschinn häufig die Form von Hunden an. Es war nicht unbedingt ein schlechtes Zeichen, dass dieser Hund Elena folgte. Nicht alle Dschinn ergötzten sich an Unheil, auch wenn Camille dafür nicht die Hand ins Feuer legen würde. Sie hatte gehört, dass sich die meisten Dschinn gegenüber Sterblichen und Hexen recht gleichgültig verhielten. In der Regel brachten sie einfach nicht genug Interesse für sie auf, um sich in ihre Belange einzumischen. Die Dschinn waren hitzige, unberechenbare Charaktere, doch überwiegend mit ihren eigenen Angelegenheiten beschäftigt. Dem konnte Elena nur zustimmen.

Vielleicht war der Hund einfach nur ein Einheimischer, der nach Hause zurückkehrte, so wie die Parfümhexe. Nein! Dann wäre er nicht schon in Château Renard gewesen. Oder am Bahnhof. Dann würde er jetzt nicht neben dem Zug herrennen, in den sie auf einen *Befehl* hin eingestiegen war, nachdem man sie von Jamra *weg*geholt hatte. Und zwar genau in dem Moment, als der Dschinn Anstalten gemacht hatte, sie zu schlagen. Erneut sah Elena zu dem Tier hinüber, das unermüdlich durch die Felder jagte. War das ein Verbündeter von Jamra? Was hatte es mit ihm auf sich? Ihre Intuition kribbelte, als hätte sie eine Brennnessel gestreift … Unterdessen rollte der Zug weiter, um sie ihrem Ziel, um sie Sidra und Yvette entgegenzutragen. Was, wenn sie nicht als Einzige diese schicksalhafte Reise unternahm?

14

Der Talisman des Zauberers war weg. Sidra starrte die drei anderen Medaillons an, die Yvette ihren Besitzern gestohlen hatte, und empfand tiefe Scham. Ohne den vierten Talisman besaßen sie nicht den geringsten Nutzen für sie. Sie würde sie zurückgeben und riskieren, dass man sie rief. Verflucht sollte Yanis sein für diesen Einbruch! Sie würde ihm den Schädel spalten und das Gehirn mit Flammen ausbrennen – auch wenn sie halb damit rechnete, dort einen gewaltigen Hohlraum vorzufinden.

Wie war es diesem zwielichtigen Zauberer überhaupt gelungen, ihre Wohnung zu finden? Nur ein Dschinn hätte die Illusionen durchschauen können. Wer also half diesem Kamelarsch von Zauberer?

Yvette stand draußen auf der Treppe und rauchte eine Zigarette. Ob ich sie besser zurück in die Wohnung beordere?, fragte sich Sidra. Die Omen am Himmel waren finster gewesen. Ein Hund mit nach Tod stinkendem Atem kam näher. Die Vogelschau hatte unmissverständlich die baldige Ankunft ihres Feindes vorhergesagt. Doch wer war der Star und wer der Falke?

Ja, sie musste das Mädchen aus ihrer Qualmwolke hereinholen! Die Wohnung war nicht länger sicher – nicht, wenn jemand wie Yanis sie betreten und ihre Sachen durchsuchen konnte. Der Geruchszauber sollte ihren genauen Aufenthaltsort zwar noch immer verbergen, doch funktionierte er nur, wenn die suchende Person ihr Ziel nicht bereits kannte. Aber jemand hatte diesen Dieb Yanis direkt zu ihrer Tür geführt.

»Pack deine Sachen ein!«, rief sie. »Wir ziehen weiter.«

»Dachte ich mir schon«, sagte Yvette und zerdrückte die Zigarette unter der Sohle ihres Schuhs. »Und wohin?«

Für den Bruchteil einer Sekunde war Sidra ratlos. Unsicherheit und Sorgen schienen in ihre Psyche eingesickert zu sein wie Rauch durch ein Sieb. Was geschah mit ihr? Sie schüttelte den Kopf, während eine weitere Welle der Panik in ihr aufstieg: Wenn diese Wohnung nicht sicher war, was bedeutete das dann für den Dolch? Wenn das Artefakt entdeckt wurde, wäre alles umsonst gewesen. Aber wohin sollte sie fliegen, wenn derart viele schlechte Omen gleichzeitig auftraten?

»Zum Alten«, gab sie sich selbst die Antwort, als die Frage durch ihren Kopf huschte wie ein vom Wind getriebener Vogel. »Aber vorher will ich diese Spielchen beenden. Wir müssen Yanis dem Unehrlichen noch einen zweiten Besuch abstatten.«

»Um deinen Talisman zurückzuholen?«

»Um alles zurückzuholen.«

Yvette strahlte beim Gedanken an einen weiteren Ausflug ins Zentrum dieser duftenden Stadt. Sie legte sich ein geborgtes Tuch um die Schulter und stopfte ihre Zigaretten sowie das neue Parfüm in ihre bodenlosen Taschen.

»Geh voran«, sagte Sidra, ehe sie die Tür der Wohnung hinter sich zuzog.

Als die beiden den Markt erreichten, hielt der Zauberer sich nicht an seinem Stand auf. Eine anderer Hexer, grauhaarig und krummbeinig, stand hinter dem Tisch und zerstieß in einem Mörser mit einem Stößel einige Kräuter.

»Wo ist die Hyäne, der dieser Stand gehört?«

Der Hexer ließ eine großzügige Menge getrockneten Majoran und Thymian in den Mörser fallen. Er sah zu Sidra auf und zuckte mit den Achseln. »Der Stand war augenscheinlich verlassen. Schien mir eine Schande, einen so guten Platz an einem vielversprechenden Markttag ungenutzt zu lassen.«

Hielt er sie für eine Närrin? Mit einem scharfen Blick ließ Sidra die Kräuter des Hexers in Flammen aufgehen, die hoch genug flackerten, um ihm langsam den Bart zu versengen.

Der Mann strich eilig über die Haare, um das Feuer zu löschen, bevor es sein Kinn erreichte. »Das war unnötig.« Sorgenvoll betastete er seine Augenbrauen. »Er hat mich gewarnt, dass jemand nach ihm sucht, aber nicht gesagt, dass es eine Dschinn ist.«

»Verrat mir, wo ich Yanis finden kann, oder du kannst das Schauspiel genießen, wie deine Tageseinnahmen in Flammen aufgehen.« Die ersten Lavendelzweige auf dem Tisch rauchten bereits.

»In Ordnung, schon gut«, sagte der Hexer, während er eilig die Bündel löschte. »Er lebt in dieser Richtung. Fast ganz oben.« Er deutete auf eine winkelige Gasse, die sich den Hügel hinaufzog. Sidra sah in die angegebene Richtung und erinnerte sich, wie oft sie Yanis mit stampfendem Holzbein auf diesem Weg gesehen hatte, wenn sie sich im Schatten der angrenzenden Arkaden verborgen hatte, um das Treiben der Leute zu beobachten.

»Los!«, sagte sie zu Yvette. »Und verschwende ja kein Lächeln an diesen Kerl.«

Sie gingen in die Richtung, in die der Hexer gezeigt hatte. Am Ende der gewundenen Gasse, wo die Gebäude sich in den oberen Stockwerken fast berührten und Unkraut im losen Mörtel zwischen den Pflastersteinen wuchs, nahm Sidra einen Hauch von Angst in der Luft wahr. Zitternde, fluchende, hormongeladene Angst. Hinter einer blauen Tür.

»Er ist da drin.«

»Was hast du mit ihm vor?«, fragte Yvette.

Wann immer Sidra Yanis begegnete, kam ihr Mord in den Sinn, doch bisher war sie davor zurückgeschreckt, um das Gleichgewicht zwischen den Taten in dieser und den Konsequenzen in der nächsten Welt zu wahren. »Ich werde ihn überzeugen, mir die Wahrheit zu sagen«, meinte Sidra und grinste, als sie an all die Möglichkeiten dachte, die ihr zur Verfügung standen, um jemanden auch ohne Mord zum Reden zu bringen.

Sie klopfte erst leise, dann presste sie das Ohr gegen die Tür. Auf der anderen Seite hörte sie das Rascheln einer Ratte, die durch ihren Käfig huschte. Sie drehte den Knauf. Verschlossen. Natürlich. Vielleicht sogar von innen mit einem Riegel gesichert. Sidra hätte die Tür mit der Hitze von tausend Feuern aufgesprengt, doch in diesem Moment näherten sich von weiter oben eine Frau und ein Kind. Beide musterten sie und Yvette misstrauisch.

»Wenn du erlaubst …«, sagte diese nun und schob Sidra zur Seite, sobald Frau und Kind an ihnen vorbei waren. Sie murmelte ihren Einbruchzauber, und die Schlösser öffneten sich mit einem Klicken. »Du musst nicht immer alles niederbrennen, weißt du?«

Sidra empfand einen Anflug echter Ehrfurcht, bevor sie die Tür aufschob.

Yanis besaß nicht einmal den Anstand, beschämt zu wirken, als sie vor ihn trat, sondern humpelte zu einem Tisch und stieß ihn um, als könnte er hinter der schweren Eichenplatte Sicherheit finden.

»Es war nicht meine Idee«, jammerte er.

»Was genau war nicht deine Idee?«

Der Zauberer blinzelte. »Der Talisman. Ich wusste, dass du ihn gestern auf dem Markt an dich gebracht hast. Ich fand das in Ordnung … nach allem, was geschehen war. Aber dann hat die Dame mir erklärt, ich müsse ihn mir zurückholen. Sie hat mir einfach keine Wahl gelassen!«

»Welche Dame? Wer war sie?«

»Ich weiß es nicht. Ich schwöre. Sie hat eine Kapuze getragen, sodass ich ihr Gesicht nicht sehen konnte. Aber sie war … keine Ahnung … sehr eindrucksvoll.«

»Dschinn, wie ich?«

Yanis rang die Hände und nickte. »Könnte sein. Sie hat uns in die Wohnung gezaubert. Gerade haben wir uns noch unter den Arkaden am Markt unterhalten, aber schon in der nächsten Sekunde stand ich mitten in deinem Zimmer. Sie hat mir zugeflüstert, dass der Talisman im Reis versteckt ist. Sobald ich ihn gefunden hatte, war sie verschwunden. Deshalb bin ich geflohen.« Er griff in seine Tasche. »Hier, nimm ihn! Er gehört dir. Behalte das verdammte Ding meinetwegen also.«

Sidra nahm das Medaillon von ihm entgegen und hielt es in das Licht, das durchs Fenster drang. Das war nicht ihr Talisman! Sie schleuderte Yanis die billige Messingfälschung ins Gesicht. »Willst du dich über mich lustig machen?«

»Was? Nein.« Er hob das Medaillon auf und schien verwirrt, als er sah, was er stattdessen in Händen hielt. »Glaub mir, ich hatte deinen Talisman in meiner Tasche!«

Yvette trat vor, streckte die Hand aus und lächelte Yanis an. Er übergab ihr den Talisman, ohne eine einzige Frage zu stellen. Ihr wortloser Befehl hatte ihn vollkommen gebannt.

»Das ist eine Waisenmedaille«, sagte sie und ließ den Daumen über die Gravur eines Blumenmädchens gleiten. »Die Art, die verzweifelte Mütter bei ihren ausgesetzten Babys zurücklassen. Also, wo ist der Talisman aus dem Reiskrug?« Yvette starrte Yanis an und leuchtete dabei mit jedem Atemzug heller.

»Ich weiß es nicht. Er war hier. In meiner Tasche. Ich bin

ein einfacher Trankhexer. Ich kann keine Magie wirken, wie sie hier am Werk ist.«

Jemand spielte Spielchen mit ihnen. Jemand hatte gewusst, dass Sidra ihre Deckung aufgeben und zu Yanis gehen würde, um sich den Talisman zurückzuholen – und dann zu erfahren, dass er verschwunden war. Damit war sie jeder Möglichkeit beraubt, die Anrufung ihres Namens zu verhindern. Ein Schutzschild weniger gegen Jamra …

Sidra zog einen Stuhl heran und setzte sich vor Yanis, der auf seinem gesunden Bein kniete. »In Ordnung«, sagte sie. »Da dein verwirrtes Hirn scheinbar nichts über den Dschinn ausspucken kann, der den Talisman gestohlen hat, lass uns jetzt über deine Tränke sprechen!«

»Ihr habt beide das Gleiche genutzt, das schwöre ich beim Leben meiner Mutter! Der Trank stammte doch aus derselben Flasche.« Er zuckte hilflos mit den Achseln. »Ich weiß nicht, was schiefgelaufen ist. Du musst mir glauben!«

»Tu ich aber nicht. Weil ich das, was meinen Ehemann umgebracht hat, nämlich überlebt habe!« Die Dschinn beugte sich vor und zeigte Yanis die Zähne. »Weißt du, wie viel dein Fehler mich gekostet hat?«

»Ich kann immer noch nicht glauben, dass du etwas getrunken hast, das ein Kerl mit einem Marktstand angerührt hat«, meinte Yvette mit einem Nicken hinüber zu Yanis.

»Nicht getrunken, sondern in die Augen geträufelt. Im Übrigen hat mir ein vertrauenswürdiger Freund gesagt, Yanis wisse, was er tut«, meinte Sidra voller Bedauern. »Dieser Freund hat sich offenbar geirrt. Aber jetzt werden wir die Wahrheit erfahren.« Die Dschinn blies heiße Luft auf ihre Fingerspitzen, und sofort erwachte dort eine Flamme zum Leben. Das Feuer kroch in ihre Handfläche, wo es sich wand und abkühlte, bis der Rauch eine Schlange formte: eine Grubenotter, die hungrig mit der Zunge die Luft kostete. Sidra hielt die neugierige Schlange nah vor Yanis'

Gesicht. »Hat jemand dich zu dieser List überredet? Zu Mord?«

»Was?! Nein! Du, Hariq und der Alte. Nur wir vier waren eingeweiht«, beteuerte er und lehnte sich nach hinten, soweit er konnte, um sich von der Schlange fernzuhalten. »Ich habe niemandem ein Wort davon erzählt. Ich habe nie etwas getan, worum ich nicht gebeten wurde. Niemals.«

Yanis' Blick huschte von der Schlange zu Yvette. Es war ein gutes Zeichen, dass er immer noch darauf achtete, was er vor einer Fremden sagte. Der Pakt war seit der Entwicklung des Plans geheim gehalten worden, gebunden durch ein Zauberwort, das jeder von ihnen hatte sprechen müssen, um den Handel zu besiegeln. Und soweit Sidra es sagen konnte, hatte dieses Wiesel die Abmachung in Ehren gehalten – abgesehen davon, dass der Trank versagt hatte. Die anderen drei hatten ihm niemals die volle Wahrheit und den Grund für die Täuschung verraten. Yanis kannte nur die Geschichte, die sie auch Yvette erzählt hatte.

Die halbe Wahrheit.

Yanis verlagerte sein Gewicht, wobei er auf den seltsamen Winkel seines Holzbeins Rücksicht nehmen musste. Offenbar wollte er jede schnelle Bewegungen vermeiden. Gut. Verängstigt war ihr der Mann lieber.

Sidra beugte sich vor. Die Schlange bewegte sich auf ihrem Handteller, während sie den jämmerlichen Zauberer anstarrte. »Also, wie kann ein Trank, der aus derselben Flasche kommt, eine Person töten und die andere nicht? Was meinst du als erfahrener Zauberer dazu?«

Der Mann schluckte schwer, und sein Blick huschte durch den Raum, als suche er an den Wänden nach einer Antwort. Schweißperlen bildeten sich auf seiner Stirn. Bald schon würden sie ihm übers Gesicht rinnen. »Ich bin mir nicht sicher. Vielleicht hat Hariq etwas gegessen, das sein Blut beeinflusst hat …? Oder er hat die falschen Worte für den Zauber gesprochen …?« Yanis merkte auf, als wäre er über eine Antwort gestolpert, die ihn retten konnte. »Oder vielleicht hat er … etwas anderes verwendet als das, was ich ihm gegeben habe …? Vielleicht hat jemand den Trank ausgetauscht?«

Sidra starrte das menschliche Wiesel vor sich an, während Wut wie ein Kaminfeuer in ihr aufloderte. »Wer? Wer könnte so etwas getan haben, wenn doch nur wir vier davon wussten?«

Damit trat der Denkfehler in seinen Erklärungen zutage. Wenn stimmte, was Yanis sagte, dann musste jemand von dem Geheimnis gewusst haben. Diese Möglichkeit schied jedoch in Anbetracht der magischen Worte, die den Pakt besiegelt hatten, aus. Das bedeutete, dass der Trank ausgetauscht oder verändert worden war – womit es schlecht für Yanis aussah, der ihn nun einmal hergestellt hatte.

Sidra stand auf und schob ihren Stuhl zur Seite. Sie sprach ein paar sanfte Worte zu der Schlange, drückte ihr einen Kuss auf den Kopf und setzte sie auf den Boden, wo sie sich vor dem Zauberer zusammenrollte. Yvette packte den Ärmel der Dschinn. Zusammen lösten sie sich in Rauch auf und ließen den Mann zurück, damit er in Ruhe gegen schlängelnden Rauch und Feuer um sein Leben kämpfen konnte.

15

Der Zug fuhr in einer Wolke aus Dampf in den Bahnhof ein. Sobald der Schleier sich verzogen hatte, spähte Elena aus dem Fenster, um nach dem Hund Ausschau zu halten. Doch da gab es nur das normale Gewühl von Menschen, die mit ihrem Gepäck im Schlepptau kamen und gingen. Falls der Hund allerdings tatsächlich ein Dschinn war, dürfte er jede gewünschte Gestalt annehmen können. Kein besonders beruhigender Gedanke, wenn man zum ersten Mal in einer unbekannten Stadt eintraf, nachdem man mithilfe eines fliegenden Teppichs von einem wütenden Dschinn auf Rachefeldzug entführt worden war. Sie stieg aus.

Die Fahrgäste verteilten sich über den Bahnsteig. Elena suchte genauso sehr nach einer pelzigen Schnauze wie nach einem bärtigen Gesicht, nur für den Fall, dass Jamra ihr doch gefolgt sein sollte. Da sie weder das eine noch das andere entdeckte, ließ sie sich auf eine Bank plumpsen, um ihre Gedanken zu sammeln. Sicherlich hatte die Person, die sie in den Zug gesetzt hatte, auch Pläne für ihre Ankunft. Mit einem Mal spürte sie Erwartung in der Luft …

»Hast du kein Gepäck?« Camille sah von dem Kofferträger mit seinem leeren Wagen zu Elena auf ihrer Bank.

»Ich musste eilig aufbrechen«, sagte sie und tätschelte ihre Umhängetasche.

Camille nickte verständnisvoll. »Kann ich dich zumindest irgendwo absetzen?« Die Parfümhexe zeigte auf ein Automobil mit schwarzem Dach und zwei Sitzbänken, das am Straßenrand stand.

»Gehört das dir?«

Camille grinste. »Gekauft und bezahlt mit ein wenig Patschuliöl, Bergamotte und Jasmin, vermischt mit den richtigen Worten in der richtigen Reihenfolge. Unser *Fleur-de-Sable*-Parfüm verkauft sich schneller, als wir es mischen können.«

Elena sah sich ein letztes Mal auf dem Bahnsteig um – bereit, die Mitfahrgelegenheit zu akzeptieren, falls sich nicht anderes ergab –, als sie den Schwanz des Hundes auf der anderen Seite der Gleise hinter einem Geländer entdeckte. Neugierige braune Augen erwiderten ihren Blick, als versuchte das Tier zu entscheiden, ob es ihr trauen sollte. Wir beide leiden an Zweifeln, schoss es ihr durch den Kopf. Der Hund spitzte die Ohren und schob die Nase in den Wind. Elena hätte schwören können, dass sie ihn nicken sah.

»Danke für das Angebot, aber offenbar ist mein Führer angekommen«, sagte sie.

»Bist du dir sicher? Man muss den Berg ein gutes Stück hinauf, bevor man die Stadtmitte erreicht.« Doch dann entdeckte Camille den Hund und verabschiedete sich mit einem höflichen *»Bonne chance à toi«* von Elena.

Elena ging ans Ende des Bahnsteigs. Auch der Hund trottete am Geländer vorbei. Er blieb wachsam und hielt die Ohren gespitzt. Sie war klug genug, ihm nicht die Hand zum Biss entgegenzustrecken, sondern lediglich zu nicken und zu sagen: »Hallo.«

Der Hund setzte sich. Sein Kopf befand sich etwa auf Höhe ihrer Oberschenkel. Er war ein recht gewöhnlich aussehendes Tier mit braunem Fell, das zum Gesicht hin, an den Pfoten und der Schwanzspitze dunkler wurde. Es gab kein Halsband, aber auch kein Zeichen von Misshandlung oder

Vernachlässigung, der Hund wirkte nach seinem langen Lauf neben dem Zug her lediglich ein wenig hungrig. Elena hätte selbst einen Bissen vertragen können. Unglücklicherweise hatte sie weder für sich noch für ihn etwas dabei.

»Warst du es, der mich in den Zug gesetzt hat?«, fragte sie. Der Hund sah sie unverwandt an und blinzelte nur einmal. »Gibt es etwas, worüber wir reden müssen? Oder musst du mir etwas zeigen?« Der Hund wedelte mit dem Schwanz. »In Ordnung. Aber zuerst muss ich unbedingt eine Nachricht nach Hause schicken. Ist das in Ordnung?« Die Nase des Hundes zuckte, dann schwenkte er den Kopf in Richtung des Bahnhofgebäudes. »Ah, *merci*. Gute Idee«, sagte sie. »Es geht tatsächlich schneller, wenn ich von hier aus dem tiefen Süden ein Telegramm schicke, keine Taube. Ganz zu schweigen davon, dass es die nettere Wahl ist, wenn man bedenkt, wie weit der Vogel fliegen müsste.«

Manchmal waren Erfindungen der Menschen durchaus all den Lärm und die Probleme wert, die mit ihnen einhergingen. Aber sie verlangten auch nach Bezahlung. Elena grub in den Tiefen ihrer Tasche. Gewöhnlich trug sie darin ein paar Münzen mit sich, gedacht für Zauber, die ein wenig Kupfer oder Silber erforderten. Hmmm, aber würde das reichen? Sie und der Hund näherten sich dem Beamten im Bahnhof. Sie spielte unsicher mit den Münzen herum. Der Mann am Schalter begann zu erklären, dass die Kosten der Nachricht von der Anzahl der Wörter abhingen, doch dann sah er den Hund an und vergaß offensichtlich, was er sagen wollte – und was er Elena bereits über den Preis erklärt hatte. Stattdessen bot er ihr an, ihre Nachricht, wie auch immer sie aussehen wollte, umsonst zu senden. Elena war eigentlich der Meinung, sie dürfe diese Manipulation eines Sterblichen nicht ausnutzen – denn ohne Frage hatte der Hund den armen Kerl hypnotisiert –, aber sie sehnte sich verzweifelt danach zu erfahren, wie es Jean-Paul ging. Und sie wollte ihn und Bruder Anselm wissen lassen, dass sie für den Moment in Sicherheit war. Während die Worte des Beamten noch in der Luft hingen, fand sie vor ihm Füller und Papier und begann zu schreiben. Sie beendete die Nachricht mit dem Hinweis, dass sie ihren *Besucher* abgeschüttelt hatte und jede Sorge um sie unbegründet war.

Außer, natürlich …

»Glaubst du, dass Jamra zum Weingut zurückkehren wird, um dort noch mehr Schaden anzurichten?« Elena biss sich auf die Unterlippe, doch der Hund schüttelte sich, und sie beschloss, seinem Wort zu vertrauen. Er hatte ja recht. Jamra war wahrscheinlich immer noch auf dem Weg nach Süden. Er würde nicht von seiner Suche lassen, bis er entweder sie oder Sidra gefunden hatte. Was in Elena die Frage aufwarf, ob es hier um mehr ging als nur darum, die Frau zu strafen, die er für den Tod seines Bruders verantwortlich machte und die ihm irgendetwas gestohlen hatte. Rache, das wusste sie aus Erfahrung, war ein Gefühl, dass jahrelang heiß brennen konnte. Vielleicht sogar doppelt so heiß, wenn man dem Element Feuer entsprungen war.

»Jetzt, wo das erledigt wäre«, sagte sie zu dem Hund, als sie wieder aus dem Gebäude traten, »können wir uns den Geschäften in der Stadt zuwenden, für die du mich so dringend brauchst.« Sie kniete sich hin, um der Kreatur tief in die Augen zu sehen. Sie suchte nach Schatten, für den Fall, dass das Tier kein Dschinn war, sondern verflucht. Doch alles, was sie entdeckte, waren die goldenen Augen eines treuen Führers. Eines Verbündeten, wie sie hoffte. Elena dankte ihm für den netten Trick mit dem Telegrafenbeamten, dann folgte sie ihm, als er in ein Abteil der von Seilen gezogenen Bergbahn sprang, die Menschen den Hügel nach oben trug. Er hypnotisierte auch den Schaffner, der versuchte, ihn aus der Bergbahn zu scheuchen. Sie fuhren zusammen durch den Ort mit seinen roten Ziegeldächern und den hoch aufragenden Palmenbäumen den Hügel hinauf. Die Stadt sah ganz anders aus als jede andere, die Elena bisher besucht hatte, doch sie war durchaus hübsch – abgesehen von dem allgegenwärtigen Duft der Blumen, der ihren Geruchssinn beeinträchtigte und es ihr unmöglich machte, andere Hexen zu erschnuppern. Trotzdem spürte sie, wie eine vertraute Energie sich mit ihrer Intuition abstimmte, als der Hund und sie aus der Bahn stiegen und durch die gepflasterten Straßen gingen.

Für eine Kreatur, die wild entschlossen zu sein schien, sie ins Stadtzentrum zu führen, bewegte der Hund sich allerdings sehr vorsichtig. Seine Nase kräuselte sich an jeder Kreuzung. Zweimal zuckte er beim Knattern einer Fehlzündung zusammen und sprang zur Seite. Wenn dieser Vierbeiner wirklich ein Dschinn war, hätte er sich nicht grundsätzlicher von Jamra dem Streitlustigen unterscheiden können.

Irgendwann erreichten sie eine schmale Straße, die von Palmen und Läden gesäumt wurde und in einen von Arkaden eingefassten kleinen Platz mündete. Früchte, Blumen und Gewürze wurden in Körben, Schüssel und auf Webmatten ausgestellt, die bis auf den Gehweg ragten. Und es gab auch magische Waren. Ein Mann mit einem versengten Bart verkaufte neben getrockneten Kräutern auch Kristalle und Amulette, während eine Frau mit Turban kleine Fläschchen voller duftender Öle anbot, die dafür bestimmt waren, Kopfschmerzen zu heilen. Die Szene erinnerte Elena an die sommerlichen Markttage im Chanceaux-Tal, wenn die Handleserinnen aufgereiht an der Hauptstraße saßen, um mit ihrer Kunst Geld zu verdienen. Manche brachten tatsächlich flüchtige Blicke in die Zukunft zustande, andere waren reine Scharlataninnen, die behaupteten, sie wüssten, welchen Lauf bestimmte Ereignisse im Leben eines Menschen nehmen würden. Als wäre die Zukunft nicht ständig im Wandel, beeinflusst vom Kampf einer Entwicklung gegen die andere. Doch die Touristen schienen sich nicht daran zu stören, dass sie ausgenutzt wurden, solange sie gute Nachrichten zu hören bekamen.

Elena wandte sich dem Hund zu und wollte ihn fragen, welche Art von Magie hier beliebt war, doch er zog den Kopf ein und sprang davon, bevor sie überhaupt etwas sagen konnte. Sie beobachtete, wie sein Schwanz in unglaublicher Geschwindigkeit hinter einer Ecke verschwand, und wusste, dass sie ihm nicht folgen konnte. Was sollte sie dann tun?

Die Antwort auf diese Frage ergab sich schneller als gedacht, als sie zwei vertraute Stimmen hörte. Zwei Frauen, die sich ausgerechnet wegen einer Schlange zankten, während sie eine schmale Gasse herunterstiegen, die von den Häusern auf dem Hügel zu dem Platz führte, auf dem Elena stand. Sidra und Yvette, ihre *raison d'être*, zumindest für den Moment. Jedenfalls sagte ihr das ihr Instinkt. Jetzt, wo sie die beiden gefunden hatte, lief ein Kribbeln über ihre Wirbelsäule und explodierte in ihrem Nacken wie ein Feuerwerkskörper, sodass ihre Haare sich aufstellten. Doch warum war der Hund weggelaufen, wenn er sie doch offenkundig wegen der beiden zu diesem Platz geführt hatte?

Mutterseelenallein mit ihren Fragen wartete Elena, bis die zwei Frauen die Markstraße erreicht hatten. Sie war sich nicht sicher, wieso Yvette sich hier aufhielt, doch die junge Frau leuchtete sanft. Ihr Haar war ordentlich aufgesteckt, und ihr Gesicht wurde nur von einer leichten Röte geziert. Sie bewegte sich mit einer Grazie, die sie vor der Rückkehr in den Schoß ihrer Familie nicht besessen hatte. Es war atemberaubend, welche Sicherheit sie jetzt ausstrahlte.

Im Vergleich zu Yvette schien Sidra einen Teil ihres Glanzes verloren zu haben. Ihr Seidengewand war am Saum ausgefranst und mit Schmutz besudelt, und sie hielt sich nicht länger stolz aufgerichtet, sondern bewegte sich leicht gebückt. Ihre Bewegungen wirkten angespannt. Elena hatte noch nie Furcht in den Augen der Dschinn gesehen – nicht einmal, als sie ihrer eigenen Hinrichtung entgegengesehen hatte –, doch die Art, wie die beiden durch die Menge huschten, immer auf der Suche nach einer Bedrohung, ließ vermuten, dass Sidra bereits von Jamras Nahen wusste.

Elena wartete an der Ecke auf die beiden. Sie hatten sie noch nicht entdeckt, doch es würde nicht mehr lange dauern. Sie überlegte, ob es wirklich klug war, sich auf offener Straße wiederzubegegnen. Die Hexe musterte die Gesichter der Marktbesucher und fragte sich, wer sie wohl beobachtete. War Jamra bereits in der Nähe? Hatte er hier Verbündete? Elena durchsuchte ihre Tasche, um etwas Passendes zu finden. Ihr blieb kaum noch Zeit, und sie trug nur wenige Gegenstände von praktischem Nutzen mit sich, nachdem dieser wütende Dschinn sie mitten aus der Arbeit auf dem Weinberg entführt hatte. Dann fanden Elenas Finger aber die zwei Münzen am Taschenboden. Im selben Moment fiel ihr Blick auf einen leeren Laden auf der anderen Seite des Platzes. Vielleicht konnte sie die Aufmerksamkeit, die sie mit Sicherheit erregen würden, doch auf ein erträgliches Maß senken.

Mit den Münzen in der Hand flüsterte sie:

»Mond aus Silber, Mond aus Gold,
schafft einen Zauberladen hold.
Schafft ein Schild mit feinem Schein,
lass sie erkennen den Zauber mein.«

Die Kupfermünze bestand natürlich nicht aus Gold, doch die Farbe reichte aus, um einen goldenen Mond zu imitieren. Die Illusion nahm Gestalt an und bildete den Eingangsbereich von Elenas neu geschaffenem Zauberladen. Über der Tür hing ein Schild, auf dem zwei Halbmonde in Gold und Silber glänzten. Elena überquerte die Straße und öffnete die Tür mithilfe von Yvettes Einbruchszauber, dann wartete sie, bis der scharfe Blick der Dschinn ihr Schild entdeckte.

16

Er hatte gewusst, dass die Hexe clever war, doch die Schnelligkeit, mit der sie eine derart ausgeklügelte Illusion erzeugte, war wirklich bewundernswert. Vielleicht hatten die Zeichen in der Feuerprophezeiung die Wahrheit über sie kundgetan. Er hoffte es. Viele Leben hingen davon ab.

Der Hund saß auf dem Dach der Marktlaube, von wo aus er alles beobachten konnte, ohne entdeckt zu werden. In der Stadt sah niemals jemand nach oben … Gleichzeitig konnte man von den Dächern aus immer die besten Omen entdecken.

»Sie ist angekommen?«, fragte die Kreatur, die das letzte Mal in seiner Ohrmuschel gesessen hatte. Jetzt war sie menschengroß und saß im Schneidersitz am Rand des Daches, um die Straße unter ihnen zu beobachten.

»Sie werden sich jeden Moment begegnen«, antwortete er. »Dann bleibt uns nicht mehr viel Zeit.«

Das Wesen kniff die Augen zusammen. »Wir sind vorbereitet.«

Der Hund spitzte die Ohren, als die Dschinn und die Strahlende die Gasse entlangkamen. Sidra würde die Illusion sofort als solche erkennen, dessen war er sich sicher. Aber was, wenn sie zu früh in den Äther hinausspähte? Ihre zunehmende Abhängigkeit von Prophezeiungen bereitete ihm

Sorgen, auch wenn er gut verstand, warum sie immer wieder ins Feuer blickte. Der Rückweg war verbarrikadiert, also konnte sie den Blick nur auf die Zukunft richten.

»Es ist, als würde man ein Spielbrett beobachten, während man darauf wartet, wer den nächsten Zug macht«, sagte er. »Wie widerstehst du dem Drang, dich einzumischen?«

Die Kreatur warf Yanis' Talisman in die Luft und fing ihn mit der offenen Handfläche wieder auf. »Tue ich nicht immer. Aber nach einer Weile wird man unempfindlich gegen all die Leben, die sich direkt unter deiner Nase gegenseitig beeinflussen. Hier ist Gleichgültigkeit aber fehl am Platze. Dieses Bündnis war die richtige Wahl, mag dir unsere Bekanntschaft auch noch so seltsam erscheinen.«

Der Hund nickte, stand auf und tapste am Rand des Daches entlang, weil Sidra mitten im Schritt innegehalten hatte. Sie hatte das Schild entdeckt.

»Du weißt wirklich nicht, wo der Dolch versteckt ist?«

Eigentlich sollte er das. Vielleicht könnte er es sogar erraten. Aber er empfing einfach keine Vision. »Ich sehe absolut gar nichts.«

Er fühlte, wie das Wesen ihn musterte, doch seine Miene blieb freundlich – wenn auch nur, weil er in seiner hündischen Gestalt steckte. Die Art, wie der Blick der Kreatur einen durchbohren konnte, um unter der Oberfläche nach der ätherischen Wahrheit zu suchen, war unendlich peinsam. Schließlich wandte die Kreatur sich ab, und der Hund atmete langsam aus, bedacht darauf, seine Anspannung nicht zu verraten.

»So, diese Aufgabe hätten wir bewältigt«, sagte das Wesen, nachdem es beobachtet hatte, wie die Dschinn und die Strahlende den Laden betreten hatten. »Alle sind sicher angekommen und wiedervereinigt. Wir treffen uns später an der Kreuzung wieder. Und dann sehen wir, welche Fortschritte wir gemacht haben.«

Der Hund wedelte mit dem Schwanz. Als er sich abermals umsah, war er allein auf dem Dach.

Es gab viele Momente, in denen er seine Entscheidung hinterfragte. Und es war *seine* Entscheidung gewesen. Seine Wahl, dieses Unterfangen zu einem Ende zu führen. Er hatte schon öfter beobachtet, wie Wunschmagie gleich einem Sturm durch das Leben einzelner Wesen fegte und für Erfüllung sorgte – doch noch nie von einem Dach aus. Die Betroffenen waren sich der Kräfte, die bald über sie hereinbrechen würden, nicht einmal bewusst. Und ihm stand es nicht zu Gebote, sie aufzuhalten.

17

Du hast die Schlange bei ihm zurückgelassen.« Yvette verschränkte im Gehen schlecht gelaunt die Arme vor der Brust. »Was, wenn er stirbt?«

Sidra musste sich eingestehen, dass sie sogar mit diesem Gedanke geliebäugelt hatte – doch trotz ihrer Drohungen war sie keine Mörderin. »Die Schlange mag echt ausgesehen haben, doch sie bestand lediglich aus Rauch. Yanis wird das schon bald durchschauen. Es ist gut für einen Mann, hin und wieder nackte Todesangst zu spüren. Besonders, wenn er selbst wie eine Schlange im Gras lauert.«

Sie erreichten das Ende der Gasse. Sidra stoppte, sobald sie um die Ecke gebogen waren. Zwei Monde glänzten auf einem Blechschild – einer in Silber, einer in Gold. Ihr Blick huschte die Straße entlang, dann sah sie erneut zu dem Schild über dem verlassenen Laden. Sie kannte jeden Stand auf dem Marktplatz, jeden Laden, der in dieser Gegend seine Waren verkaufte. Dieser hier hatte Kaffee und Tabak feilgeboten, doch der Besitzer war gestorben und die Türen hatten sich geschlossen. Durch welche Magie war das Mond-Schild in der kurzen Zeit erschienen, die sie und Yvette bei Yanis verbracht hatten? Und wer hatte den Zauber gewirkt?

»Was ist los?«, fragte Yvette, die Sidras plötzliche Wachsamkeit spürte. Sie sah sich wie ein Erdmännchen in Wachstellung um, bis ihre Füße plötzlich den Bodenkontakt verloren, da sie abhob, um über die Leute in der Gasse hinwegzuspähen.

Sidra witterte in der Luft. »Hör damit auf und folge mir.« Die Dschinn ging zur Eingangstür des Ladens, über der jetzt *Elenas Zauber und Sternenallerlei* stand, in einer metallisch leuchtenden Schrift, die scheinbar in der Luft schwebte. Die Dschinn spähte durchs Fenster und konnte erkennen, dass der Laden nach wie vor aufgegeben wirkte. Auf dem Tresen stand zwar eine Waage, um den Kaffee abzuwiegen, doch die Regale waren leer. Stroh und vergessenes Packpapier lagen auf dem Boden verteilt.

»Zieh deinen Trick mit dem Schloss durch«, verlangte sie von Yvette.

»Ehrlich, ich bin mehr als nur deine Dienerin.« Dennoch presste Yvette ihre Handfläche auf den Mechanismus, stellte dann aber fest, dass die Tür nicht verriegelt war. Sie drückte die Klinge nach unten.

Sidra trat ein. Ihr Blick huschte in die Ecken des Raumes, doch es war ihre Nase, die das Rätsel löste. Ah, der Duft von Wein und Eichenholz, mit einem Hauch von vertrautem Rauch.

»Hallo, Sidra.«

Die Weinhexe trat aus dem Hinterzimmer. Ihr Haar hing offen über ihre Schultern, ihre Kleidung war verknittert und roch nach Erde und Feuer. Ihre Blicke trafen sich und tauschten eine Botschaft aus unausgesprochenen Warnungen und Sorgen aus.

»Elena?« Yvette stürmte durch die Tür und umarmte ihre Freundin in einer taktlosen Zurschaustellung von Zuneigung, wie sie den Elfen ähnlich sah. »Wann bist du hergekommen?«

»Lass dich anschauen!« Elena hielt Yvette auf Armlänge von sich. »Du strahlst ja richtig!«

»Ich bin immer noch in der Ausbildung, aber guck mal.« Yvette erhob sich fünfzehn Zentimeter über den Boden. »Grand-Mère sagt, das wäre wahrscheinlich der Grund, wieso die meisten Leute denken, wir hätten Flügel.«

»Eindrucksvoll.«

Sidra verriegelte die Tür und zog den Vorhang vor das Fenster. »Sie ist nicht Hunderte von Kilometern gereist, um dich schweben zu sehen, Yvette.«

Das Mädchen ließ sich unsanft zurück auf den Holzboden sinken und zog ihre Finger in einer beredten Geste unter dem Kinn entlang.

»Sie hat recht«, sagte Elena, wenn auch sanfter als Sidra. »Ich bin gekommen, um Sidra zu warnen.« Sie sah die Dschinn an. »Ich wurde von jemandem entführt, mit dem du gut bekannt sein müsstest. Er hat versucht, mich dazu zu zwingen, dich aufzuspüren.«

»Jamra ist hier?«

»Nein, noch nicht. Glaube ich zumindest nicht. Ich bin ihm bereits vor meiner Ankunft hier in der Stadt entkommen.«

»Und er hat dich nicht verbrannt?« Sidra musterte Elena ungläubig. »Du bist nicht einmal verletzt?«

»Jemand hat mir geholfen, mich aus seinen Fängen zu befreien, und mich in einen Zug nach Süden gesetzt.«

»Jemand? Wer?«

»Ein anderer Dschinn, soweit ich es sagen kann. Einer, der gerne als Hund durch die Lande streift.«

Der Hundeschwanz?

»Moment mal! Hast du in der Vogelschau am Himmel nicht einen Hund gesehen?«, fragte Yvette.

»Vogelschau?« Elena runzelte die Stirn.

Yvette nickte in Richtung der Dschinn. »Sie ist ja vollkommen besessen von Omen.«

Ein Schauder überlief Sidras Körper. Sie war zu verwirrt,

um das Mädchen für seine Unverschämtheit zu schelten. Ein Hund konnte alles bedeuten – und nichts. Das Tier musste ein Dschinn sein. »Ich habe keine Verbündeten mehr außer dem Alten, und er verlässt seine Höhle nicht.«

»Klingt ungefähr richtig«, sagte Yvette und lachte spöttisch auf.

Elena vollführte eine ausgleichende Geste, bevor Sidra den Ärmel hochschieben und ihr Feuer rufen konnte. »Der Hund hat mich zu diesem Platz geführt und sichergestellt, dass wir uns treffen. Hegte er böse Absichten, hätte er dir jederzeit auflauern können. Also ist es nur richtig, festzuhalten, dass vier Wesen auf deiner Seite stehen.«

»Vier?« Yvette rümpfte die Nase, dann wurde ihr klar, was die Hexe sagen wollte. »Oh, stimmt! Sidra, du Glückliche, uns hast du ja auch noch«, sagte sie, bevor sie sich eine Zigarette anzündete.

Sidra nickte, dann dachte sie an die Worte des Alten zurück: dass ihre Wiedervereinigung gute Magie wäre. Das Trio war aus gutem Grund zusammengebracht worden. Ihre Schicksale waren miteinander verwoben. Fast, als wäre es so vorherbestimmt. Aber er hatte nie von einem anderen Dschinn gesprochen. Und sie konnte den Hund nicht vorbehaltlos als Verbündeten akzeptieren. Nicht, nachdem jemand ihrer eigenen Art in ihr Zuhause eingedrungen war.

»Was ist?«, fragte Elena.

»Ich muss ins Feuer blicken.«

Yvette blies Zigarettenrauch zur Decke. »Schon wieder die Omen? Titania sagt, man müsse die Magie respektieren. Manche von *les anciennes* im Elfenland machen sich sogar Sorgen, sie könne eines Tages versiegen.«

Zur Abwechslung einmal hatte das Mädchen nicht ganz unrecht. »Es stimmt, man sollte nicht zu oft die Schatten betrachten, welche die Zukunft verhüllen … Aber dieser Moment erfordert eine Klarstellung.« Sidra sammelte Stroh und

Papierreste vom Boden auf und warf alles in eine der Schalen der Waage auf dem Tresen. Es war ein grobes Arrangement, aber es würde reichen.

»Komm, Mädchen, schau dir an, wie hochklassige Magie gewirkt wird.«

»Das letzte Mal, als ich dich ein Feuer habe lesen sehen, hast du mich danach oben auf einem Turm zurückgelassen, wo ich mich ganz allein mit deiner Wunschmagie herumschlagen durfte.« Feixend schwebte Yvette die paar Schritte auf die Waage zu.

Sidra blies Hitze auf Papier und Stroh, bis die ersten Flammen hochzüngelten. Das Papier rollte sich und verfärbte sich schwarz, als die Flammen es verschlangen. Das Stroh knisterte und leuchtete orange auf, bevor es geschwärzt in sich zusammensackte. Die drei Frauen drängten sich um die Waage. In der Ferne verkündete ein scharfer Pfiff die Abfahrt des Zuges.

»Siehst du, wie das Papier sich rollt und die Form hält, selbst wenn es sich in Asche verwandelt? Das bedeutet, dass die Pläne nicht verändert werden können. Der Pfad steht fest. Das gilt in Bezug auf die Zukunft nicht immer.«

»Welcher Pfad?«, fragte Elena, unfähig, die echte Sorge in ihren Augen zu verbergen.

Sidra deutete auf die Überschneidungen der Strohhalme und erschauderte. »Der Konflikt, mit dem ich gerechnet habe. Doch da ist noch etwas anderes«, sagte sie, während sie beobachtete, wie die Flammen in sich zusammenfielen und verloschen.

»Was? Dass wir alle sterben werden?« Yvette hatte das scherzhaft geäußert, aber niemand lachte.

»Vielleicht nur Einzelne von uns.« Sidra lächelte über den bestürzten Ausdruck des Mädchens, dann wandte sie sich wieder ihrem Feuer zu. »Der Rauch wirbelte einheitlich, statt sich auf natürliche Art zu verteilen. Er dreht sich in einer kontrollierten Spirale. Fast geplant. Also wird die Zukunft …«

»Von Wunschmagie geformt?«

Sidra fing Elenas Blick auf und nickte. »Du hast es auch gespürt?«

Yvette schüttelte sich. »*Merde*, ihr glaubt, jemand hat sich gewünscht, dass wir von Jamra getötet werden?«

Elena sah sich den Rauch genauer an. »Meine Intuition reagiert nicht auf dieselbe Weise wie damals bei deinem Wunsch. Aber ich empfange das Gefühl eines größeren Plans, der uns hier zusammengeführt hat.«

Der Rauch löste sich auf, ohne ihnen weitere Einsichten zu schenken. Sidra schüttelte den Kopf, immer noch nicht überzeugt, dass etwas wie Wunschmagie auf sie wirkte. Und doch konnte auch sie das Gefühl nicht unterdrücken, dass sie alle manipuliert wurden. Der raffinierte Diebstahl des Medaillons. Der Zufall, dass Elena von Jamra entführt und dann befreit worden war, um dann ausgerechnet zu ihnen geschickt zu werden. Selbst dieses nervige Mädchen neben ihr, das mit ihr hierhergesandt worden war, verstärkte diesen Eindruck. Eben als hätte jemand einen großen Plan konstruiert …

Elena strich mit dem Finger durch die Asche in der Schale.

»Wonach suchst du noch?«, fragte Sidra.

»Ich dachte, vielleicht … Ich bin nicht so gut darin, die Asche zu lesen wie du, aber ich hatte gehofft, ein Zeichen zu sehen.«

»Du musst dem Feuer vor dem Entzünden eine Frage stellen, um eine Antwort in der Asche zu finden.«

Elena richtete sich auf. »In diesem Fall muss ich aufbrechen. Was auch immer hier vorgeht, ich habe meinen Beitrag geleistet. Ich habe dich vor Jamra und seinen Absichten gewarnt. Jetzt muss ich so schnell wie möglich nach Hause zurückkehren. Jean-Paul wurde verflucht, bevor ich entführt wurde.«

»Was hat der Schakal getan?«

Die Weinhexe zeigte nur selten Angst, doch jetzt brannte Sorge in ihren Augen. »Er hat irgendetwas mit Jean-Pauls Geist angestellt und ihn mit Fieber geschlagen. Danach schien sein Hirn in Flammen zu stehen. Jamra meinte, er hätte seinen Geist in die Wüste geschickt. Nur so konnte er mich dazu bringen, dich aufzuspüren.«

Sidra verstand diesen Verrat. Sie hatte selbst in der Vergangenheit solche Männer gegen ihre Feinde angewandt. Sterbliche waren besonders anfällig gegen Magie, die das weiche Gewebe des Hirns beeinträchtigte.

»Welche Art von Magie kann den Geist eines Mannes zwingen, in der Wüste zu leiden?«, fragte Elena. »Kann er sich davon erholen? Bitte ... Gibt es einen Zauber, um Jean-Paul zu heilen? Immerhin schien er sich ein wenig zu erholen, je weiter Jamra und ich uns von ihm entfernt haben.«

»Weißt du das sicher?«

»Letzte Nacht ist es mir gelungen, Jamra so lange bewusstlos zu machen, dass ich meine Schattensicht einsetzen konnte.« Sie hielt inne, als Sidra diese Tat mit dem Hochziehen einer Augenbraue kommentierte. »Ich habe einen Weinzauber eingesetzt, um die Wirkung des Alkohols zu verstärken ... zur Sicherheit gepaart mit einem kleinen Schlafzauber. In meiner Vision schien Jean-Pauls Fieber nachgelassen zu haben, auch wenn er weiterhin bewusstlos war. Seitdem konnte ich nicht mehr nach ihm sehen.«

Sidra bestätigte ihre Vermutungen mit einem Nicken. »Wenn Jamra nach Süden gekommen ist, könnte die Wirkung seiner Magie nachgelassen haben, das dürfte aber trotzdem nicht ausreichen, die Genesung deines Mannes herbeizuführen.«

»Was kann ich tun? Mein Heilzauber hatte keinerlei Wirkung ...«

Erfahrungsgemäß konnte eine Hexe nur wenig für jemanden tun, dessen Geist dazu verurteilt worden war, unter der erbarmungslosen Sonne durch die Wüste zu wandern. Die meisten Opfer landeten in Heimen, weil sie nicht länger fähig waren, für sich selbst zu sorgen. »Stimmt, in diesem Fall helfen deine Kräuter nicht.«

»Aber es muss doch etwas geben, das du tun kannst. Dschinn-Magie gegen Dschinn-Magie. Kann ich nicht einen Wunsch sprechen? Damit die Magie Jean-Paul in der Wüste findet und zurückbringt?«

»Ja, gewähre ihr einen Wunsch«, meinte Yvette. »Diese Dinger sind schauderhaft wirksam.«

»So funktioniert das nicht.« Sidra schob eine Hand in die Falten ihres Kaftans. »Allerdings …«

Hoffnung leuchtete aus den Augen der Hexe. »Ja?«

Sidra zog die drei Medaillons heraus. Ohne das letzte waren sie vollkommen nutzlos für den Zweck, denen sie ihnen zugedacht hatte. Sie musste alle vier in ihrem Besitz halten, um sicherzustellen, dass niemand sie damit um Hilfe rief und folglich ihren Aufenthaltsort preisgab. Der Instinkt, sich zu verstecken, brannte heiß in Sidra, doch gleichzeitig arbeitete jemand gegen sie. Vielleicht kein echter Feind, denn dann wäre Jamra bereits über ihren Aufenthaltsort informiert. Aber das Feuer hatte ihr enthüllt, dass irgendein Plan in Bewegung gesetzt worden war, dessen Bahn nicht mehr verändert werden konnte. Ein Plan, der es ihr unmöglich machen sollte, sich zu verstecken. Die Konfrontation musste stattfinden. Sidra atmete tief durch, erfüllt von der Wahrheit, die sie im Feuer gesehen hatte.

»Es gibt einen Weg«, sagte sie. »Nehmt jeweils ein Medaillon an euch. Ihr müsst es fest in den Händen halten und mich um Hilfe bitten. Ruft meinen Namen an. Nur dann kann ich versuchen, Jean-Paul zu helfen.«

»Warte«, sagte Yvette, als sie einen der Talismane entgegennahm. »Wird das Jamra nicht verraten, wo du dich aufhältst?«

Elena sah von dem bronzenen Objekt in ihrer Hand auf. »Stimmt das?«

Die Reste von Elenas Zauber lösten sich auf, als die Illusion an Kraft verlor und verpuffte. Die Buchstaben auf dem Glas zerstoben in der Brise, und das Schild mit den zwei Monden über der Tür verblasste zu Schatten. Für sie alle drängten Veränderungen heran.

»Es stimmt.« Sidra zog ihren seidenen Kaftan enger um den Körper. »Doch das ist es, was uns das Feuer gezeigt hat: Die Geschehnisse können nicht mehr beeinflusst werden. Sie müssen ihren Lauf nehmen. So will es das Schicksal.«

»Aber kannst du allein gegen ihn kämpfen?«

»Ich glaube nicht, dass ich das soll«, meinte Sidra und sah beiden Frauen tief in die Augen.

»Richtig. Wir hängen da gemeinsam drin«, bestätigte Yvette. »Und so war es anscheinend schon immer.«

»Aber ich kann nicht. Ihr müsst das verstehen. Ich muss nach Hause zurückkehren, um mich um Jean-Paul zu kümmern.«

»Und wie willst du das bewerkstelligen?«

»Der Zug …« Elena grub in ihrer Tasche herum. »Auch wenn ich mir eventuell das Geld für das Ticket leihen muss.«

»Wir sind hier nicht in der Stadt. Der Zug ist bereits abgefahren. Der nächste kommt erst morgen.«

Die Dschinn hatte sich bereits kurz gefragt, wie es wohl ohne die Anwesenheit der Weinhexe um ihre Chancen bestellt war, Jamra zu besiegen. Elenas Anwesenheit besiegelte die Verbindung zwischen ihnen dreien. Andererseits log das Feuer nicht. Die Hexe würde also nirgendwohin gehen, egal, was sie sagte. Sie waren dazu bestimmt, sich diesem Kampf gemeinsam zu stellen. Doch das hatte seinen Preis …

»Gib mir die Chance, den Geist deines Mannes von Jamras Einfluss zu befreien. Wir werden deine Schattensicht nutzen. Das ist der einzige Weg. Dann kannst du sehen, dass er sich erholt, und diese Sorge loslassen.«

»Aber der Talisman … Du wirst Jamra damit anziehen wie mit einem Leuchtfeuer. Er und seine Kohorten werden dich finden.«

»Dann soll es so sein.«

Jemand rüttelte an der Türklinke. Die drei Frauen zuckten zusammen und wichen ein wenig zurück, doch es war nur eine neugierige Touristin, die auf einen geöffneten Laden gehofft hatte. Sidra wedelte mit der Hand, um den Innenraum hinter einem Schleier aus Dunkelheit zu verbergen.

»Jamra wird mich finden. Das Feuer hat gesprochen. Doch es ist nicht mein Leben, nach dem er sich am meisten verzehrt … auch wenn er trotzdem versuchen wird, mich zu töten.« Sidra senkte die Stimme, weil sie zum ersten Mal seit Hariqs Tod kurz davor stand, die gesamte Wahrheit zu enthüllen. »Nein, der Hartherzige hat es auf den Dolch von Zimbarra abgesehen … auf das mächtige Siegel, das im Griff der Waffe eingelassen ist.«

Yvette drückte ihre Zigarette in der Waagschale mit der Asche aus. »Herrjemine, das klingt nicht gut.«

»Zimbarra? Welchen Bären willst du mir da aufbinden?!«, fragte Elena ungläubig.

»Hast du nicht auch einmal behauptet, meine Art gäbe es nicht?« Sidra rang sich ungeachtet ihrer verdammten Nervosität ein Lächeln ab.

»Wer ist Zimbarra?« Yvette glühte auf nahezu unheimliche Art, fast als spürte sie etwas Übernatürliches im Nachklang des laut ausgesprochenen Wortes.

»Nicht wer, sondern was.« Elena öffnete ihre Umhängetasche und zog ihr Zauberbuch heraus, um es dem Mädchen zu zeigen. Sie legte den Band auf den Tresen und blätterte durch die Seiten, bis sie einen alten Liebeszauber fand. Grand-Mère hatte immer behauptet, ihre Großmutter hätte ihn ihr anvertraut, als sie noch ein junges Mädchen war. »Zimbarra«, sagte sie dann zu Yvette, »ist eine mystische, schwimmende Insel.«

»Nicht mystisch«, stellte Sidra richtig.

Yvette lehnte sich eifrig über Elenas Schulter, um die Seite besser sehen zu können. »Hier«, sagte Elena und ließ den Finger beim Lesen unter den Buchstaben entlanggleiten. »Ein Zauber, um beständige Hingabe in einem Jungen zu erzeugen, der dich an einem Tag ignoriert und am nächsten nicht aufhören kann, dich anzustarren. Die Anweisungen für den Zauber erklären, man solle das Wort ›Zimbarra‹ in die Beschwörung einarbeiten, weil damit die dynamische Natur der mystischen Insel angerufen wird, die angeblich von einem Ort an den anderen treibt, ähnlich dem wechselhaften Interesse eines jungen Mannes.«

»So etwas bringen sie euch bei?« Sidras Armreifen klirrten, als sie das Buch drehte, um es sich selbst anzusehen. Sie las nur eine halbe Seite, doch das reichte vollkommen. »Nur weil jemand etwas in einem Buch aufgeschrieben hat, wird die Lüge nicht Wahrheit. Allerdings enthüllt das bestens die ganze Ignoranz des Autors.«

Das Buch schloss sich von selbst und wandte der Dschinn den Rücken zu. Elena öffnete den Mund, um zu widersprechen, nur um sich dann einzugestehen, dass ihre Mentorin sich in der Vergangenheit durchaus in ein paar Punkten geirrt hatte.

Das Buch verriegelte sich mit einem Zittern.

»Was lässt dich glauben, dass diese Zimbarra-Insel real ist?«, fragte Yvette.

»Weil ich sie gesehen habe«, antwortete die Dschinn. Sie beschwor eine Sitzecke im hinteren Teil des Ladens herbei, in der die Frauen es sich nun gemütlich machten. Sie lieferte auch Kaffee, Datteln und Fladenbrot. Eine kleine Oase inmitten heraufziehender Gefahr.

»Dein Buch hatte nicht unrecht in Bezug auf die Natur der Insel«, sagte Sidra, als sie sich auf ein Sitzkissen sinken ließ. »Es ist ein unbeständiger Ort, der sich von hier nach dort bewegt. Mehr als einmal ist ein Kapitän in seiner Dau auf der Suche nach ihren Küsten in sein Verderben gesegelt. Die Silhouette der Insel zeichnet sich kaum sichtbar am Horizont ab und verschwindet, je näher man ihr kommt. Für die meisten bleibt die Insel ein Trugbild.«

»Aber nicht für dich?«

Sidra schüttelte den Kopf.

»Wie hast du diesen Ort gefunden, wenn er sich ständig hin und her bewegt?«, fragte Yvette.

»Die Vögel«, antwortete sie und hob den Blick zur Decke, als könnte sie zum Himmel hinaufschauen, den diese Kreaturen beherrschten. »Sie sehen besser als jeder Mensch. Sie behalten die Insel im Blick, um auf ihren Wanderungen dort ausruhen zu können. Die Seeschwalben haben Hariq und mir die Küsten der Insel als verspätetes Hochzeitsgeschenk enthüllt. Ein Ort, an dem wir allein sein und uns vor unseren in ihrer Fehde gefangenen Familien verstecken konnten, und sei es nur für eine kurze Weile. Hariq war derjenige, der den Dolch entdeckt hat.«

»Von wem stammte die Waffe?«, fragte Yvette.

»Es hielten sich keine anderen Personen auf der Insel auf, aber es gab Knochen«, sagte Sidra. »Wir haben am Strand ein Skelett gefunden, das die Sonne bereits ausgebleicht hatte und das längst von Aasfressern in Stücke gerissen worden war.«

Das Mädchen starrte mit offenem Mund. »Ihr habt eine Leiche gefunden?«

»Die Knochen eines Magiers. Genauer eines Priesters. Zumindest vermutete Hariq das. Das Skelett trug zusätzlich zu dem Dolch Ringe und Amulette. Entweder hatte der Mann dort zufällig Schiffbruch erlitten oder er war durch einen Zauber auf die Insel geraten und sollte nie wieder von ihr zurückzukehren.«

»Oder er war verbannt worden«, ergänzte Elena in warnendem Ton. Die Hexe wog das, was sie gehört hatte, gegen das ab, was man sie gelehrt hatte. Irgendwann schüttelte sie den Kopf. »Ich erinnere mich an ein paar Kindergeschichten über magische Messer und Schwerter, aber ich kann mich nicht entsinnen, dass dort jemals ein Dolch mit einem Siegel eine Rolle gespielt hätte. Wozu ist der Dolch fähig?«

»Bring dein Grimoire dazu, sich wieder zu öffnen, dann werde ich versuchen, es zu erklären.«

Der Weinhexe standen ihre Zweifel ins Gesicht geschrieben. Sie erhob sich und ging zu dem Buch auf dem Tresen, um mit ihm zu sprechen, als wäre es ein bockendes Kind, welches das Essen verweigerte. Elena wurde zurückgewiesen, also brachte sie das Buch mit zu den weichen Kissen und legte es auf den Polsterhocker in der Mitte. Irgendwann gelang es ihr, das Buch mit dem Versprechen zu ködern, es dürfe eine Nacht lang aufgeschlagen schlafen, sodass der Wind durch seine Seiten streichen würde. Sidra unterdrückte die Versuchung, die Augen zu verdrehen. Endlich kooperierte das Grimoire.

»Wenn du erlaubst?«, frage Sidra. Elena ermahnte das Buch noch einmal streng, dann drehte die Dschinn das Grimoire zu sich um und blätterte die Seiten um, bis sie das unvermeidbare Kapitel mit den Siegeln erreichte. Einige schienen ihr vertraut, andere waren reiner Blödsinn. Sie ließ den Finger über die verschiedenen Symbole gleiten, bis sie eines fand, das dem Ornament auf dem Dolch ähnelte, den Hariq gefunden hatte, auch wenn es längst nicht so aufwendig gestaltet war. »Siegel können eingesetzt werden, um große Macht nutzbar zu machen«, erklärte sie, »obwohl diese, sofern sie in einem Symbol gebunden ist, oft von der Fähigkeit des Zauberers abhängt, der das Artefakt geschaffen hat. Oder desjenigen, der das Siegel kontrolliert.«

»Welche Art von Macht?«, fragte Yvette leise.

»Dieses Zeichen hier kann in den Händen eines Meisterzauberers das Wetter kontrollieren.« Sidra deutete auf ein anderes Symbol. »Das hier kann, wenn man es mit ein oder zwei Strichen ergänzt und mit bösen Absichten einsetzt, Hungersnöte und Seuchen auslösen.«

»Ich vermute, das Symbol auf dem Dolch tendiert eher zu destruktiver Macht«, meinte Elena.

»Ja, es trägt einen schrecklichen Fluch in sich.«

»Welche Art von Fluch?«, fragte Yvette. Sie warf Elena einen kurzen Blick zu, bevor sie sich eine Dattel in den Mund schob.

»Chaos«, sagte Sidra. »Die Art, die dafür sorgen könnte, dass die Welt in einem Wirbelsturm aus Verzweiflung versinkt, sollte der Dolch in die falschen Hände fallen.«

»Jamra …«, flüsterte Elena. »Aber was könnte er damit anstellen?«

Sidra ballte die Hand zur Faust, als hielte sie das Heft eines Dolches. »Das Gleichgewicht zwischen Chaos und Ordnung wird von der Spannung zwischen diesen gegensätzlichen Kräften aufrechterhalten. Sie stellen füreinander jeweils das Gegengewicht dar und schaffen auf diese Weise Stabilität. Doch es ist eine empfindliche Balance, die immer auf Messers Schneide steht. Deswegen wurde das Siegel in den Griff eines Dolches eingelassen. Geflüsterte Überlieferungen sagen, dass derjenige, der den Dolch führt und gewillt ist, alles auch nur ein wenig in Richtung Chaos zu neigen, die Macht über eine Armee von Dämonen gewinnt, deren einzige Mission darin besteht, Verwüstung zu verursachen und Schmerzen zuzufügen.«

Yvette hörte auf zu kauen und schluckte schwer. Ihr

Leuchten ließ nach. »Der Dolch befindet sich doch im Moment in deinem Besitz, oder? Macht das nicht *dich* zur ... du weißt schon ... zur Herrscherin der Dämonen? *Merde*, trägst du ihn bei dir?«

Manchmal war die Ignoranz dieses Mädchens wirklich unfassbar.

»Siehst du leichtfertige Dummheit, wenn du mir in die Augen blickst?« Sidra fletschte die Zähne, doch trotzdem gab die Elfe nicht nach. *Gut, diese Unverschämtheit wird ihr noch von Nutzen sein.* »Ich habe keinerlei Ehrgeiz, die Menschheit an die Kandare zu nehmen. Die Welt ist wild und hat es nicht verdient, mehr zu leiden, als es sowieso schon der Fall ist. Aber immer und überall findet sich jemand wie Jamra. Jemand, der die Menschheit in Ketten legen und seinem Willen unterwerfen will. Damit will man Beleidigungen und Erniedrigungen rächen, die unsere Art vor langer Zeit hat einstecken müssen. Sollte der Dolch also in Jamras Hände fallen, könnte er sein Ziel erreichen. Wie immer ist der Wille die treibende Kraft hinter jeder Form von Magie.«

»Aber wo ist der Dolch?« Die Weinhexe legte ihr Grimoire zur Seite, wobei sie das Buch wie versprochen aufgeschlagen ließ. »Woher weiß Jamra, dass du diese Klinge besitzt?«

Sidra erklärte, wie Hariq und sie den Dolch von der Insel mitgenommen hatten, ohne dass ihnen die Bedeutung ihres Fundes klar geworden war. Das Paar hatte nur gewusst, dass es sich um ein mächtiges Relikt handelte. Sie hatten die Knochen zurückgelassen, Ringe und Amulette jedoch eingesammelt, in der Hoffnung, so den auf der Insel verstorbenen Magier identifizieren zu können.

»Wir haben uns auf den Märkten umgehört, ob jemand den Schmuck erkennt, um herauszufinden, wer der Priester war und was er mit sich geführt hat. Viele haben angeboten, die Schmuckstücke zu kaufen. Aber ein alter Zauberer in einem Dorfladen auf der anderen Seite des Meeres hat eine seltsame Miene gezogen, als wir den Dolch herausgeholt haben, um uns nach dem Besitzer zu erkundigen. Ein sengender Geruch ist von ihm aufgestiegen. Er roch nach Zerstörungslust.«

»Er wusste, was ihr gefunden hattet«, meinte Elena.

Sidra nickte. »Er war kein kleiner Marktzauberer. Hinter seiner Tarnung war er ein Dschinn. Aber er gehörte zu keinem Clan. Er gehörte zu den Vertriebenen.«

»Den Vertriebenen?«

»Den Ausgestoßenen. Denen, die niemand will. Den Plünderern, die vor dem Sturm herreiten. Die Hufe ihrer Pferde wirbeln den Staub auf, welcher den großen Habub erschafft. Wir sind in den Äther geflohen, sobald wir unser Gegenüber als das erkannt hatten, was er war. Doch da hatte er das Siegel auf dem Dolch bereits gesehen. Danach haben wir die Klinge direkt zu dem Dschinn-Oberen gebracht, an den wir Tribut zahlen. Er ist sehr weise, mit einer großen Gabe dafür, die Zukunft zu vergegenwärtigen.« Sidra erinnerte sich an Rajul Hakims Miene, als sie ihm den Dolch gezeigt hatten. Erstaunen hatte sich darin gespiegelt, als hätten sie einen der verlorenen Schätze der Welt gefunden … »Nachdem er uns über die Macht des Dolches ins Bild gesetzt hatte, haben wir verstanden, welchen Fehler wir damit begangen hatten, ihn zurück aufs Festland zu bringen.«

Sidra hob die Hände, um den Allsehenden um Verzeihung zu bitten. »Es war der Vertriebene, der Jamra von dem Dolch erzählt hat, da bin ich mir sicher. Mit ihnen hat er sich verbündet.«

»Wo ist der Dolch jetzt?«, fragte Elena. »An einem sicheren Ort? Sollte er nicht in die Hände eines offiziellen Hüters oder Beschützers gegeben werden?«

»Für den Moment ist der Dolch sicher verwahrt. Aber auch ein sicheres Versteck ist nur so lange sicher, bis es gefunden wird.«

Elfe und Hexe verfielen in Schweigen. Wesen aus Luft und Licht, Erde und Kräutern. Der Gedanke an Feuer und Tod ließ eine dünne Schicht nervös glänzenden Schweiß auf ihrer Haut entstehen. Und diese Stimmung war der Situation angemessen. Denn es waren Elenas und Yvettes Hände, die zusammen mit denen Sidras nun das Gleichgewicht hielten. Ein Abgleiten in die falsche Richtung – und sie würde alle ins Chaos stürzen.

Deshalb musste das Gleichgewicht zwischen ihnen gewahrt werden. Schuld und Verpflichtung. Eine Geste im Austausch gegen eine andere. So musste es sein. Sidra würde ihren Dienst am Ehemann der Hexe leisten – und dann würde Elena bleiben, bis die andere Aufgabe erfüllt war. *Tawazun.*

18

Der aufgegebene Laden entpuppte sich als der beste Ort, um sich für den Tag zu verstecken – besonders, nachdem sie erfahren hatten, dass mit Jamras drohendem Eintreffen mehr auf dem Spiel stand als nur ein schlichter Mord. Elena hielt den Talisman in der Hand. Sidras Namen anzurufen und sie um Hilfe zu bitten, könnte den Aufenthaltsort der Dschinn preisgeben – doch ohne ihre Hilfe wäre Jean-Paul vielleicht für immer verloren. Elena spürte Sidras glitzernde Augen auf sich gerichtet, während sie darum rang, die richtige Entscheidung zu treffen.

»Wir können Jamra nicht aufhalten«, sagte Sidra. »Das Feuer irrt nie. Die Konfrontation ist vorbestimmt. Aber wir können versuchen, deinem Mann zu helfen.«

»Mach es«, sagte Yvette, die ebenfalls ein Medaillon in den Händen drehte. »Du musst es versuchen. Ich werde helfen.«

Die Bronze lag warm unter Elenas Fingern, als bettele sie darum, ihre Magie einzusetzen. Elena ließ die Fingerspitze über die eingravierten Symbole gleiten. Kleine Zeichen in Form eines Auges, eines Mondes, eines Sterns und eines Vogelflügels. Vollkommen fremde Magie, der ihren aber doch verwandt durch die Tatsache, dass sie Symbole, keine Worte nutzte, um sich mit der Quelle zu verbinden. Elena suchte ein letztes Mal Sidras Blick. Das führte die Entscheidung herbei. Die Dschinn hatte – sollte die Energie des Talismans ihren Aufenthaltsort verraten – ihr Schicksal akzeptiert. Dieser großzügigen Geste musste Elena vertrauen. Und so schloss sie die Finger um das Metall und sprach Sidras Namen, wobei sie sich die Hilfe ausmalte, die sie sich von dieser erhoffte.

»Es soll vollbracht werden.« Sidra rutschte näher ans Sofa heran. »Wir haben Glück. Du besitzt die Gabe des Zweiten Gesichts. Ohne sie wäre dein Mann dem Untergang geweiht. Aber so haben wir eine Chance. Zuerst musst du in deine Welt aus Schatten blicken. Finde deinen Ehemann. Ich werde dir dorthin folgen. Aber beeil dich, wir müssen rasch handeln.«

Also hatte Sidra vor, Jean-Paul zu heilen, indem sie sich an Elenas Vision anhängte – genau wie Jamra es zuvor getan hatte. Die Vorstellung machte Elena nervös. Sie wären dann beide verletzlich, und es gab nur Yvette, um in dieser Zeit Wache zu stehen. Bisher hatte die junge Frau sie allerdings noch nie im Stich gelassen. Erfüllt von diesem Gedanken, ließ Elena sich tiefer in die weichen Kissen sinken und schloss die Augen. Schon einen Augenblick später wurde sie ihrer Vision teilhaftig, nur geringfügig eingeschränkt durch die Anwesenheit der Dschinn in dieser Grenzdimension, dem silbernen Faden zu Jean-Paul. Er war immer noch bewusstlos, auch wenn man ihn bewegt hatte, sodass er jetzt in ihrem Ehebett lag. Ein Bartschatten verdunkelte sein Kinn, und seine Augen bewegten sich hinter den geschlossenen Lidern. Abgesehen davon schien sein Zustand unverändert. Bruder Anselm saß nicht in dem Stuhl am Bett. Elena lenkte ihren magischen Blick nach Osten und spürte den Mönch in der Küche im Erdgeschoss. Der Geruch von gebratenem Huhn stieg über dem Herd auf. Sie deutete das als positives Zeichen – bis sie einen Stups im Rücken fühlte, der sie anwies, den Weg freizugeben.

Ein seltsames Gefühl bildete sich hinter Elenas Augen. Wärme durchströmte sie, als hätte sie in ein Feuer gestarrt. Ihr Blick verschwamm, bis sie kein Licht mehr wahrnahm. Panik kratzte an den Rändern ihrer Gedanken, doch dann stieg ihr der beruhigende Duft von Trauben kurz vor dem perfekten Moment der Reife in die Nase und beruhigte sie, während Sidra nun ihre Schattensicht übernahm. Ein guter Trick. Und obwohl sie die Dschinn nicht auszumachen vermochte, spürte Elena ihr Lächeln ob des Lobs. Sobald sie sich entspannte, kehrte das Licht zurück und sie konnte wieder sehen, wenn auch nicht länger kontrollieren, wohin ihr eigener Blick wanderte.

Sidra konzentrierte sich auf Jean-Pauls unruhige Augen, darauf, wie sie unter den Lidern von links nach rechts huschten. Panisch. Hektisch. Elena beobachtete, wie ihre eigene Hand sich hob. Offenbar kontrollierte sie auch ihre Glieder nicht mehr. Die Dschinn steckte in ihrem Körper, doch nicht in ihrem Geist. Da waren sie immer noch zwei getrennte Entitäten. Jamra hätte beinahe auf dieselbe Art von ihr Besitz ergriffen, fiel es ihr ein, und ein Schauder überlief ihren Körper, denn mit Sicherheit hätte er sich auch in ihrem Hirn breitgemacht.

Kontrolliere deine Reaktionen!, vernahm sie eine stumme Stimme direkt in ihrem Kopf. *Konzentriere dich auf den Duft der Weinberge, während ich den Sprung mache!* Elena ließ die Erinnerung an Jamra los, damit Sidra ihre Arbeit erledigen konnte. Die Dschinn löste sich aus Elenas Geist und trat in den Raum, als hätte sie sich körperlich hierher bewegt. Sie legte die Hände auf Jean-Pauls Stirn, der unwillig den Kopf von einer Seite zur anderen warf. Schillernde Schweißtropfen bildeten sich auf seiner Haut. Sidra rieb mit dem Daumen die Finger, als verursachte es ihr einen gewissen Widerwillen, seine feuchte Haut zu berühren. Nun legte sie eine Hand an sein Ohr und flüsterte eine Botschaft oder Beschwörung, die Elena nicht verstand. Jean-Paul begann in seinem Bett zu zucken. Sein Körper verkrampfte sich, als kämpfe er gegen Schmerzen, die ihn von innen heraus zerrissen. Schreiend warf er die Decke ab. Gerade, als Elena davon überzeugt war, dieser Folter nicht länger beiwohnen zu können – schließlich war sie für seine Qualen verantwortlich –, öffnete ihr Ehemann die Augen und rollte sich auf die Seite, um eine Handvoll winziger Kohlestücke auszuhusten, die immer noch rauchten.

Die polternden Schritte Bruder Anselms, der die Treppe nach oben gerannt kam, erregten Sidras Aufmerksamkeit.

Es ist vollbracht. Die Dschinn schimmerte leicht, dann löste sie sich auf. Erneut sammelte sich kurz Wärme hinter Elenas Augen, dann klang das Gefühl ab.

Elena wartete, bis Jean-Paul sich aufgesetzt und von seinem Hustenanfall erholt hatte. Ihr Mann erzählte Bruder Anselm, dass er einen seltsamen Traum gehabt hatte. Als der Mönch ihm versicherte, es sei kein Traum gewesen, nickte Jean-Paul, als verstände er, worum es ginge. Seine Stimme klang rau, doch er wirkte gesund, als er sich nach Elena erkundigte. Bruder Anselm reichte ihm das Telegramm, das auf dem Nachttisch lag. Während Jean-Paul den Text las, strebte Elenas Geist zurück in ihren Körper. Mit einem Zucken öffnete sie die Augen und fand sich in der hiesigen Welt wieder.

»*Merde*, ich dachte schon, du wachst nie wieder auf.« Yvette rieb sich die Gänsehaut auf den Armen. »Herrjemine, es ist wirklich unheimlich, hier zu sitzen, während du bewusstlos durchs Zombieland wanderst.«

»Jetzt ist alles gut.«

Sidra materialisierte sich neben Elena. Sie kaute auf eine sehr Dschinn-untypische Weise an ihrem Daumennagel.

»Was war das für Zeug, das Jean-Paul ausgehustet hat?«, fragte Elena, als sie sich der ungeteilten Aufmerksamkeit Sidras sicher war. »Wird er sich vollkommen erholen?«

Die Dschinn zuckte zusammen, dann spähte sie durch die Vorhänge des Fensters und ließ den Blick über die Straße, die Dächer und die Wolken am Himmel wandern. »Das waren nur die Überbleibsel von Jamras scheußlicher Magie. Er hatte den Geist deines Mannes in die Wüste geschickt … wie er es nennt. Als ich deinen Mann gefunden habe, folgte er gerade einem Hund tiefer und tiefer in das Land des endlosen Sandes. Wäre ein Sturm aufgekommen und hätte seine Spuren verwischt, wäre er für immer verloren gewesen.«

Elena musste erst einmal verdauen, wie gefährlich der Fluch gewesen war – und wie kurz sie davorgestanden hatte, Jean-Paul zu verlieren. Für einen Moment schnürte Mitleid für Sidra ihr die Kehle zu. Und doch platzte sie fast vor Neugier und wollte mehr über diese spezielle Magie wissen. »Ein Hund? Du meinst wie derjenige, der mich hierher geführt hat?«

»Es kommt recht häufig vor, dass meine Art diese Gestalt annimmt, doch dieser Hund war ein Ifrit.« Sidra runzelte die Stirn, als könnte sie die Worte nicht glauben, die sie gerade ausgesprochen hatte. Erneut glitt ihr Blick über den Himmel.

»Ein Ifrit? Was ist das?«

»Ein Dschinn und gleichzeitig keiner. Es sind die Vertriebenen, von denen ich schon gesprochen habe. Wesen, geschaffen aus Feuer und Rauch. Jamra hat einen Pakt mit den Ifrit geschlossen. Sie sind es, die ihn begleiten werden.«

Elena und Yvette wechselten einen besorgten Blick.

Sidra hielt inne, um auf das Knarzen der Balken im Laden zu lauschen, als könnte jedes Wort die Feuerdämonen heraufbeschwören. Sie sog die Luft ein, bevor sie fortfuhr: »Wir sollten uns auf das Unvermeidliche vorbereiten.«

Elena erhob keine Einwände. Nachdem Sidra Jean-Pauls Geist erfolgreich aus der Wüste befreit hatte, schuldete sie der Dschinn ihre Unterstützung. Da durfte sie nicht nach

Hause zurückkehren. Nicht jetzt. Da musste sie bleiben und alles in ihrer Macht Stehende tun, um ihrer Freundin zu helfen. Doch bis sie eine effektivere Magie beschwören konnte, um Jamra damit anzugreifen, war sie so nutzlos wie eine Sterbliche.

»Und wie genau verteidigt man sich gegen diese Ifrit?«, fragte Yvette.

»Oder gegen Jamra, wenn wir schon dabei sind«, fügte Elena hinzu. »Selbst mein stärksten Abwehrzauber haben versagt, als er die Weinberge attackiert hat. Er hat die Magie sogar in sich aufgenommen, als könnte sie seine Macht noch mehren, und den Zauber einfach im Ganzen verschlungen, ohne dass er groß Schaden genommen hätte.«

Sidras Miene machte ihr klar, dass dergleichen im Kampf gegen eine überlegene Wesenheit zu erwarten gewesen war. »Das lag daran, dass du im Moment gefangen warst. Ich bin mir sicher, dass du, wenn du deinen Geist nur in Ruhe einsetzen und dein Zauberbuch hinzuziehen kannst, einen Zauber formst, der allen Anforderungen gerecht wird. Schließlich seid ihr Hexen dafür bekannt, sämtliche Tricks auf Lager haben.«

»Wie viel Zeit bleibt uns?«

Sidra neigte den Kopf, als lausche sie. Dem Wind? Dem Kosmos? Dem Gelärm der Ifrit, die sich im Äther sammelten? Elena brauchte eine klare Antwort.

»Es liegt bereits ein Zauber über der Stadt«, sagte Sidra. »Der wird Jamra für eine kurze Weile aufhalten. Vielleicht einen Tag lang, wenn das Glück uns hold ist.«

»Welche Art von Zauber?« Elena hob die Hand in dem Versuch, das magische Gewebe zu fühlen, doch vergebens. Innerhalb der Wände dieses Ladens scheiterte sie …

»Wir haben zusammen einen Geruchszauber gewirkt.« Yvette strahlte ob ihres Anteils an der Beschwörung. »Wir haben uns die Zutaten vom Markt besorgt und dann die

Worte vorgelesen, die der einbeinige Zauberer niedergeschrieben hatte.«

Jetzt war es an Elena, den Kopf zur Seite zu neigen. »Der einbeinige …?«

»Er ist kein Dschinn, sondern jemand, der Talismane und Amulette anfertigt, die den Menschen dabei helfen, uns zu beschwören.«

»Er ist ein Dieb und ein Lügner, aber sein Zauber verbirgt meine Anwesenheit«, sagte Sidra. »Narrensicher ist er aber nicht. Ein entschlossener Feind kann mühelos durch den Schleier blicken, sobald er weiß, wo er suchen muss.«

Die Stadt war ohnehin erfüllt von Parfümduft. Die Gerüche wogten durch den Ort, gingen von den Destillerien neben den Blumenfeldern genauso aus wie von den Frauen, die quasi in dem Zeug badeten. Hatte Camille Joubert, die Parfümhexe aus dem Zug, nicht genau davon gesprochen? Die Hexe war sehr stolz darauf gewesen, wie gewisse Gerüche den Geist manipulieren konnten.

»Das ist es«, rief Elena aus, der gerade eine Idee kam. »Wir befinden uns mitten in der Dufthauptstadt der Welt. Geleitet, zumindest zum Teil, von Hexen. Es muss einen Weg gegeben, das gegen Jamra einzusetzen.«

»Ihre Zauber sind nichts als belanglose Albernheiten, die darauf ausgerichtet sind, Liebhaber anzuziehen«, sagte Sidra mit einer wegwerfenden Geste. »Die Macht der Anziehungskraft ist ihre einzige Magie. Und ich will Jamra ganz gewiss *nicht* früher anziehen als unbedingt nötig.«

Elena schüttelte den Kopf. »Oh, ich glaube, Aromen locken nicht nur Liebhaber an, sondern bewerkstelligen noch viel mehr. In der richtigen Kombination dürften Düfte genauso mächtig sein wie alles, was eine Trankhexe zusammenrühren könnte.« Ihre Gedanken rasten bereits, so viele Möglichkeiten kamen ihr in den Sinn. »Vielleicht sollte ich der *parfumerie La Maison des Amoureux* einen Besuch abstatten.«

»Ich begleite dich«, sagte Yvette. »Ich glaube, ich fände es ganz nett, zur Abwechslung mal von ein paar unbedeutenden Frivolitäten umgeben zu sein.«

Die drei verließen den Laden durch den Hinterausgang. Sidra zog sich auf die Dächer zurück, um nach Hinweisen Ausschau zu halten, die ihr verrieten, dass ihr Feind sich näherte. Gemäß der Wegbeschreibung, die Elena und Yvette von einer älteren Frau einholten, die gerade ihre Geranien goss, stiegen sie eine enge Treppe hinauf zum nächsten Hügel. Dort erhob sich linkerhand ein Gebäude, das an eine Villa erinnerte, hoch über dem Tal thronte und zum Meer blickte. Die *parfumerie* von *Le Maison des Amoureux*. Die Fabrik leuchtete in dunklem Terrakotta und hatte blaue Fensterläden, die jedes der sechs Fenster flankierten. Es gab zwei Türen: eine führte in die Fabrik, die andere in den Laden, in dem die Parfüms verkauft wurde. Im Schaufenster standen unzählige Flakons *Fleur de Sable* aufgereiht, mit ihren unverwechselbaren Kristallstöpseln in Form eines Vogels.

Elena hielt auf den Eingang der Fabrik zu, als aufflatternde Neugier ihre Intuition zum Schwingen brachte. Sie hielt an.

»Was ist los?«, fragte Yvette.

»Riechst du das?«

Die junge Frau atmete tief ein, dann lächelte sie. »Riecht nach Zitrone und Thymian. Wie das Tonikum, das Tante Isadora mir gegen Halsschmerzen gegeben hat, als ich noch klein war. Hat immer dafür gesorgt, dass ich mich gleich besser fühlte.«

»Das hast du gerochen?« Elena dagegen hatte den Duft von Holzrauch und Weinreben aufgefangen, der in ihr glückliche Erinnerungen an sommerliche Picknicks in grünen Feldern mit Grand-Mère und Grand-Père wachrief. Sie wollte gerade etwas zu diesem Unterschied sagen, da wurde ihr die Macht der Magie bewusst. »Es ist ein Zauber. Er manipuliert Erinnerungen. Ich wette, jeder Mensch riecht genau den Duft, der ihn in gute Stimmung versetzt.« Elena kommentierte diesen cleveren Zauber mit einem Lächeln, bevor sie voller neuer Entschlossenheit die Fabrik betrat.

Eine Rezeptionistin hinter einem riesigen Mahagonitisch begrüßte sie mit dem obligatorischen *»Bonjour«*. Elena nannte ihr Anliegen. Anschließend warteten sie und Yvette in der Eingangshalle, während die Frau ihre Nachricht weiterleitete. Um sich die Zeit zu vertreiben, sahen sie sich die Vitrinen an, die ihnen fast das Gefühl gaben, in einem Museum zu sein. Unter kleinen Glaskuppeln versammelten sich zierliche Kristallflakons mit juwelenbesetzten Blütenmustern, ein goldverziertes Parfümmedaillon aus Opalglas an einer Kette und vier antike Behältnisse mit pflanzlichen Ölen. Diese an Prismen erinnernden Flaschen waren fast dreißig Zentimeter hoch und ruhten auf Glaspodesten mit dünnem Stiel, die nur mundgeblasen sein konnten, so einmalig waren sie. In einem sorgfältigen Arrangement brachten sie die ätherischen Öle darin zur Geltung: Patschuli, Jasmin, Rose und Davana. Die Herzen der Duftindustrie für *La Maison des Amoureux*, laut den Schildchen, die zu den Flaschen gehörten.

»Willst du nicht auch am liebsten hineinspringen und in dem himmlischen Zeug baden?«, fragte Yvette, die den Inhalt der Flaschen mit derselben Faszination musterte wie andere Frauen ein Diamantcollier.

Die Empfangsdame kehrte zurück und räusperte sich genau in dem Moment, als Yvette den Ausstellungsstücken ein klein wenig zu nahe kam. »Hier entlang«, sagte sie und führte sie in ein Büro im ersten Stock, in dem Camille Joubert auf sie wartete. Die Parfümhexe trug einen weißen Laborkittel über dem hellblauen Rock, den sie bereits im Morgenzug getragen hatte. Hinter ihr erhoben sich indirekt beleuchtete Glasregale, in denen sich nicht nur atemberaubend schöne

Parfümflakons reihten, sondern auch mehrere verschlossene, braune Krüge mit einfachen weißen Etiketten, Bechergläser und eine Reihe winziger Reagenzgläser in einem hölzernen Ständer. Auf ihrem Schreibtisch stand ein Mörser mit Stößel, in dem getrocknete Samen darauf warteten, zerstoßen zu werden. Neben der kleinen Schale lag aufgeschlagen ein abgegriffenes Grimoire, das eine fünfblättrige Blüte zeigte. Als Elena und Yvette den Raum betraten, schüttelte die Hexe gerade ein Reagenzglas mit einer purpurnen Flüssigkeit darin, geradezu der Inbegriff einer Wissenschaftlerin bei einem chemischen Experiment. Vielleicht traf das den Nagel ja sogar auf den Kopf.

»Ah, so sehen wir uns also wieder.« Camille steckte das Reagenzglas in den Halter und streckte ihnen zur Begrüßung die Hand entgegen. »Elena, richtig?«

Die Frauen schüttelten sich die Hände. Dann stellte Elena Yvette vor, die in ihrer Begeisterung für diesen Ort sanft leuchtete. Die junge Frau hatte bei ihrem Aufenthalt im Elfenland so viel Kontrolle über sich gewonnen, dass es selbst einer Hexe schwerfiel, die genaue Wirkung ihrer Aura zu erkennen. Camille stutzte. Offenbar bemühte sie sich, nicht unhöflich zu sein, obwohl sie sich durchaus bewusst zu sein schien, dass etwas an Yvettes Leuchten anders war.

»Also, was kann ich für dich tun?«, fragte Camille, nachdem sie Yvette noch einen Moment gemustert hatte.

Elena schloss die Tür des Büros und schilderte in groben Zügen die Lage, ohne allerdings auch nur mit einem Wort das mächtige, uralte Artefakt zu erwähnen, das die Macht besaß, die Welt und ihre menschlichen Bewohner ins Chaos zu stürzen. Es war besser, der Frau nicht zu sehr zu trauen, selbst wenn sie der einzigartigen Hilfe bedurften, die Camille leisten konnte. Elena warf Yvette einen vielsagenden Blick zu. Die Elfe schien zu verstehen, welcher Teil der Geschichte vorerst besser unausgesprochen blieb.

»Ah, ich hatte mich schon gefragt, warum dieser Dschinn dich so genau im Blick behalten hat. Anscheinend kann er Ärger wittern wie ein Bluthund.« Camille griff nach einer Flasche auf dem obersten Regalbrett. »Also, wenn ich das richtig verstanden habe, möchtest du eine auf Duft basierende Verteidigung gegen diesen Jamra kreieren?«

Elena musste zugeben, dass der Plan laut ausgesprochen ziemlich absurd klang. »Ist das lächerlich?«

Camille zwinkerte ihr zu. »Keineswegs! Wie ich schon vorhin im Zug erwähnt habe, besitzen Düfte große Macht. Und wie es der Teufel will, gilt das besonders bei Dschinn.«

»Wieso das?«, fragte Yvette.

Die Parfümhexe setzte sich an ihren Schreibtisch und bedeutete Elena und Yvette mit einer Geste, auf den Stühlen gegenüber Platz zu nehmen. Sie schob sich eine runde Drahtbrille auf die Nase, bevor sie in einer Schublade herumgrub. Schließlich zog sie eine kleine Phiole mit einem Glasstöpsel heraus. »Wappnet euch«, warnte sie ihre Besucherinnen. Sie öffnete die Phiole und tupfte mit dem Stöpsel einen einzigen Tropfen der durchsichtigen Flüssigkeit auf ein Stück Papier, dann wedelte sie damit durch die Luft, sodass der Duft zu ihnen wehte.

Yvette ließ sich hingerissen gegen die Stuhllehne sacken. »*Mon dieu*, was ist das für ein Zeug? Riecht himmlisch.«

Elena fühlte sich ebenfalls geradezu überwältigt von den Reizen des Duftes, auch wenn sie die Quelle dieser berauschenden Magie nicht genau benennen konnte.

»Das«, sagte Camille, »ist ein besonderer Duft in seiner reinen, konzentrierten Form.« Sie verschloss die Phiole wieder und lächelte. »Zufälligerweise hatte ich bereits das Vergnügen, eng mit einem Dschinn zusammenzuarbeiten. Mein über alle Maßen erfolgreiches Parfüm ist nämlich in Zusammenarbeit mit einem außergewöhnlichen Dschinn-Gentleman entstanden. Ein echter Charmeur.« Sie wirbelte herum, um ihnen einen Kristallflakon mit zwei Tauben auf dem Stöpsel zu zeigen.

Yvette stieß Elena an. »Aber das ist Sidras Flasche …«

»Ja, das stimmt«, sagte Camille. Überraschung und Neugier schwangen in ihrer Stimme mit. »Sie war seine Ehefrau, seine Inspiration. Woher kennt ihr sie?«

Elenas Nacken kribbelte, ein untrüglicher Hinweis, von nun an auf der Hut zu sein. »Sie ist die Dschinn im Zentrum dieses Chaos, in dem wir stecken.«

»Aber sie wurde für den Mord an Hariq verhaftet. Ich war davon ausgegangen, dass sie bereits hingerichtet worden ist. Was für eine Tragödie … Die beiden schienen sich wirklich zu lieben.«

Elena warf Yvette einen Blick zu, die daraufhin bloß nickte. »Wir sind aus dem Gefängnis entkommen, bevor das geschehen konnte.«

»*Wir?*«

Es kostete Elena ein wenig Überzeugungskraft, aber letztendlich gelang es ihr, Sidras Geschichte so darzulegen, dass Camille an ihre Harmlosigkeit glaubte – nur waren Elena und Yvette eben von den gegen sie erhobenen Vorwürfen freigesprochen worden, während für Sidra kein entsprechendes Urteil ergangen war. Sie suchte man noch immer wegen des Mordes an ihrem Ehemann.

Während Camille diese Eröffnungen verarbeitete, lehnte Elena sich vor, um in das Zauberbuch zu spähen, das offen auf dem Schreibtisch lag. »Was wolltest du uns über die Dschinn und die Macht der Düfte erzählen?«

Die Parfümhexe hielt sich das duftende Papier unter die Nase und schloss die Augen, als versänke sie in einem wohlriechenden Traum. Als sie die Augen wieder öffnete, war sie bereit. »Es war seine Idee. Also die von Hariq. Er wollte einen Duft erschaffen, der die Schönheit seines Heimatlandes ebenso widerspiegelte wie die der Frau, die er liebte. *Fleur de*

Sable. Er hat sie seine Sandblume genannt.« Sie nahm den Flakon aus dem Regal hinter sich und zog den Stopfen heraus. Dann forderte sie Yvette mit einer Geste auf, die Hand vorzustrecken. Sie tupfte einen Tropfen des Parfüms auf die Haut der jungen Frau. Eine mildere Version des Konzentrats erfüllte die Luft mit einem rauchigen, zitronigen Duft.

»Die Kopfnote besteht aus Bergamotte«, erklärte die Parfümhexe. »Dann ist da die mittlere Ebene aus Jasmin, die reine Ekstase verbreitet. Sie ist das Herz des Duftes. Zusätzlich gibt es die Basisnote, einen feinen Duft von Räucherwerk, der länger als die anderen Komponenten auf der Haut verbleibt und an eine geheimnisvolle Nacht unter einem Seidendach in der Wüste erinnern soll, während der würzige Geruch von Kräuterbündeln und exotischen Blumen die Sommerluft schwängert.«

Elena erkannte in der Parfümhexe mit ihrer Leidenschaft für die perfekte Verbindung verschiedener Düfte und für das perfekte Bouquet eine verwandte Seele. Doch konnte ihnen diese Magie gegen Jamra helfen? Als hätte Camille die Frage vernommen, stöpselte sie den Flakon wieder zu. Sie beugte sich über ihr Grimoire und blätterte die Seiten um, bis sie die handschriftlichen Notizen ganz hinten erreicht hatte.

»Das sind die Notizen, die ich mir damals gemacht habe. Das war … gute Güte … vor zwanzig Jahren!«, sagte sie, als sie das Datum neben dem Eintrag kontrollierte. »Soweit ich mich erinnere, meinte Hariq, er und Sidra würden gerne hier bei uns bleiben, doch es gäbe Probleme mit ihren Familien. Sie wollten einen Weg finden, sicherzustellen, dass man sie nicht ohne Weiteres aufspüren konnte. Sie haben nach einem Zauber gesucht, der ihre Fährte verbergen sollte.« Camille ließ beim Lesen den Finger unter den Zeilen entlanggleiten. »Die Dschinn reagieren auf Rauch, Blumendüfte und Räucherwerk. Das sind alles natürliche Substanzen. Doch jeder Dschinn ist anders. Was den einen anzieht, kann den anderen abstoßen. Das hängt von der jeweiligen Natur ab. Wenn man wohlmeinende Absichten hat, wird man oft von Düften angezogen, die von Schönheit, Glück und Befriedigung künden. Doch wer darauf erpicht ist, Unheil oder Zerstörung anzurichten, fühlt sich eher von Gerüchen angezogen, die diese Absichten verstärken, beispielsweise von denen von Kohle, Verwesung oder bitterem Riedgras. Selbst der moderne Gestank von Lokomotivenrauch, Autobenzin und Abgasen könnte einen bösartigen Dschinn anlocken und anspornen.«

»Wie können wir das gegen Jamra einsetzen?«, fragte Elena.

Camille sah sie über den Rand ihrer Brille hinweg an und grinste. »Nun, soweit ich es verstanden habe, gehören dieser Jamra und seine Kollegen nicht gerade zu den hilfreichen Dschinn. Das wiederum bedeutet, dass sie keine besondere Begeisterung für meine Kreationen hegen dürften.«

»Wir attackieren ihn also mit diesem himmlischen Duft!«, stieß Yvette aus, bevor sie erneut an ihrem Handgelenk schnupperte.

»Vielleicht verwenden wir nicht unbedingt meinen Verkaufsschlager. Allerdings gibt es einige andere Aromen, die wir kombinieren können, um denselben Effekt zu erzeugen.«

»Ein Dschinn-Abwehrmittel«, meinte Yvette lächelnd.

Elena lauschte in sich hinein. »Es könnte tatsächlich funktionieren. Deswegen haben Sidra und Hariq damals beschlossen, sich hier niederzulassen. Die Blumen, das Parfüm, all die wunderbaren Düfte haben sie beschützt.« Zumindest bis zu Hariqs verfrühtem Tod. »Wir haben es schrecklich eilig«, sagte Elena. »Jamra könnte jeden Moment auftauchen. Er hat bereits einen guten Teil meiner Weinreben zerstört. Ich kann mir nicht vorstellen, dass die Stadt seinem Zorn mehr entgegenzusetzen hat. Schon gar nicht, wenn er glaubt, er wäre kurz davor, das zu finden, wonach er sucht.«

»Vielleicht sollte eure Dschinn-Freundin in Erwägung ziehen, uns zum Schutze aller zu verlassen.«

Eine verständliche Überlegung. Elena hatte dieses Vorgehen auch schon in Betracht gezogen, doch Sidra beharrte darauf, dass ich das Schicksal erfüllen müsse. Sosehr sie Jamra auch fürchtete, sie war entschlossen, sich ihm zu stellen. Und zwar hier. »Das Schicksal spielt eine gewisse Rolle. Die Omen, die unsere Gefährtin gesehen hat, haben sie überzeugt, dass sie sich Jamra hier stellen muss.«

»Mir ist bewusst, dass die Dschinn an Prophezeiungen glauben. Hariq war genauso. Doch ich kann die Zauberarbeit nicht allein bewältigen ... nicht, wenn ich für so viel Duft sorgen muss, dass die ganze Stadt geschützt ist. Vielleicht solltest du mir deine Begleiterin hierlassen«, sagte Camille und deutete auf Yvette.

»Mich? Aber was kann ich tun?«

»Oh, bei deinem *Glamour* vermute ich doch, dass du eine Menge tun kannst, um mir dabei zu helfen, genau das zu schaffen, was wir uns vorstellen. Ich bin schon neugierig auf das Ergebnis. Sehr neugierig sogar.«

Da der Gedanke, mit der Parfümhexe zusammenzuarbeiten, Yvette mit Freude zu erfüllen schien, ließ Elena die junge Frau zurück und ging wieder nach unten. Bevor sie die Fabrik verließ, gönnte sie sich noch einen Abstecher in den Laden neben der Eingangshalle, wo die Düfte verkauft wurden. Dutzende von Parfümflaschen mit Kristalltauben als Verschluss standen zum Verkauf bereit. In der Tat ein beliebter Duft. Daneben gab es noch ein Dutzend andere Flakonformen und Düfte. Jede Frau konnte hier ihr eigenes Parfüm finden. Als sie inmitten all der verschiedenen Düfte stand und an die einzigartige Magie dachte, die Yvette und Camille wirken wollten, keimte eine Idee in Elena auf – und zwar eine, die sie bewog, den Parfümladen sofort zu verlassen, um den Marktplatz für magische Zutaten aufzusuchen.

19

Hoch oben in der Luft, getragen von der Hitze und dem grauen Rauch, der aus einem Kamin drang, fand Sidra ihr Gleichgewicht wieder. Ihr Feuer glühte so heiß in ihr, dass sie es bis in ihre Fingerspitzen und Fußsohlen spürte. Doch die außergewöhnliche Hitze, die von einer Berührung ausgelöst wurde, einem Blick, einem geteilten Bett, die würde sie nie wieder erleben.

Anfangs hatte sie den Elfenkönig dafür verflucht, dass er sie an diesen Ort kalten Bedauerns zurückgeschickt hatte. Doch hatte sich sein Instinkt als untrüglich herausgestellt. Obendrein war Sidra inzwischen sogar froh, dass er das Mädchen mitgeschickt hatte. Als sie jetzt über den Dächern schwebte und über die Stadt hinwegsah, in dem sie einst – nach ihrer Hochzeit mit Hariq – vom Glück Tausender Flammen erfüllt gewesen war, wusste sie, dass sie sich wieder auf einem guten Pfad befand. Sie bereute nur, dass sie nicht früher verstanden hatte, wie zerbrechlich die Liebe war. Dass Herzen in einer Hülle aus brüchigem Glas lebten, die nur allzu leicht bersten konnte.

Nun aber war ihr Feuer zurückgekehrt. Der Alte hatte recht gehabt. Es gab in der Kontinuität zwischen Vergangenheit und Zukunft Kreise innerhalb von Kreisen. Soll Jamra ruhig kommen!, dachte sie bei sich. Schluss jetzt mit dieser nervösen, kribbeligen Energie! Mit dem ständigen Grübeln darüber, was kommen konnte! Hariq war in die nächste Welt übergetreten. Bald schon würde sie ihm nachfolgen. So sollte es sein! Möge dieser Gedanke sie mit den lodernden Flammen der Rache erfüllen!

Sie machte es sich in der Hitze des Schornsteins bequem und verbarg sich in seinem Rauch, wobei sie den Himmel, die Straße und den Äther um sich herum im Blick behielt. Als sie dann einen kleinen Staubteufel auf den Pflastersteinen unter sich beobachtete, erhaschte sie einen kurzen Blick auf den Schwanz eines Hundes, der um eine Ecke glitt. Ein Schwanz von derselben Form wie der in der Vogelschau. Aber wessen Schwanz?

Es hatte immer Dschinn gegeben, die hierherkamen und wieder verschwanden. Andere hatten sich häuslich in vergleichbaren alten Ortschaften in den Hügeln weiter östlich niedergelassen. Nicht zu vergessen die Nomaden, die Dschinn ohne Clan, die unsichtbare, von Menschen gezogene Grenzen überschritten, getrieben von dem Wunsch, die gesamte Welt zu erkunden.

Wenn dies derselbe Hund war, der Elena zu ihr geführt hatte, dann war er mit ihr vertraut. Kannte sie. Kannte die Stadt. Instinktiv wusste sie, dass Rajul Hakim diesen Hund geschickt hatte. Als Aufpasser. Als denjenigen, der die Hexe an Sidras Seite geführt hatte und von den letzten Geschehnissen in ihrem Leben Zeugnis ablegen sollte. Vielleicht war der Hund einer der Dschinn aus einem Dorf rund um die Höhle des Alten. Jemand, der ihm ebenfalls Tribut zahlte. Plötzlich verschwand der Schwanz in einer schmalen Gasse. Sidra wog das Risiko ab. Es war immer klug, nach denjenigen Ausschau zu halten, die das Zelt stürmen wollten, doch die Weisen behielten auch diejenigen im Blick, die sich bereits darin befanden …

Unsichtbar sank Sidra durch die Luft hinunter zur Straße.

Sie folgte dem Tier um die Ecke, in der Hoffnung, erneut einen Blick auf den Schwanz zu erhaschen, in der Gasse hielten sich jedoch nur Sterbliche auf. Die Dschinn materialisierte sich hinter einer Palme und schnupperte. Gewürze, Salz und Sand. Jemand briet ein Huhn in Wein. Wie immer in Wein. Ansonsten war alles in Ordnung, das waren lediglich die üblichen Düfte in einer Stadt, in der eine florierende Industrie pflanzliche Öle herstellte.

Bis auf … Ja! Da! Sidra fing den Hauch eines verlockenden Duftes im Wind auf. Ein berauschendes Aroma, wenn auch verschmolzen mit dem Geruch von Hundefell. Sie folgte der Spur die schmale Gasse hinunter, in der immer wieder kleine Nischen in den Fassaden der ockerfarbenen Häuser aufklafften. In ihnen hatten die Bewohner Statuetten und Opfergaben in Form von Blüten niedergelegt, sodass noch mehr Düfte über das Pflaster waberten. Selbst Sidra konnte sich nicht mehr sicher sein, ob es ihr gelingen würde, den Rauchgeruch eines anderen Dschinn in diesem labyrinthischen Gewirr aus Gassen aufzuspüren. Ihr Körper schwankte wie eine Kerzenflamme in einer Brise, als ihr klar wurde, dass der Zauber, den sie heraufbeschworen hatte, um sich zu schützen, in derart engen Gassen auch eine Schwäche darstellen konnte.

Die Gasse bog nach links ab und lief unter einem Bogengang hindurch, der zwei Wohnhäuser miteinander verband, weshalb Sidra den Hund aus den Augen verlor. Sie meinte allerdings, vor sich das Tapsen von Pfoten auf dem Pflaster und ein Hecheln gehört zu haben. Die nächsten Meter folgte sie jedem neuen Duft, der ihr in die Nase stieg, begierig, den des Hundes wiederzufinden.

Doch dann drängten plötzlich die Blumendüfte heran und verbanden sich mit dem bitteren Geruch von Kohle und beißender Asche. Eine rauchlose Flamme erhob sich über dem Pflaster. Der Schatten eines Mannes mit einem Derby-Hut.

Jamra stand einen Meter vor ihr. In seinen Augen brannte eine Rachsucht, die schon zu oft auf Widerstände gestoßen war.

»*Jinniyah.*«

Sidra fletschte ihre elfenbein-goldfarbenen Zähne, auch wenn die Fackel in ihr beim Anblick ihres Feindes zu flackern begann. War er derjenige gewesen, dem sie gefolgt war? Unmöglich! Er war der Gestalt eines Hundes einfach nicht würdig!

Sie grinste, als sie über seinem Kragen die Ausläufer einer Narbe entdeckte. »Was macht dein Rücken?«

Anders als erwartet ging Jamra nicht auf sie los, doch sie konnte trotzdem erkennen, wie grell die Wut unter seiner Haut brannte. »Gib mir den Dolch, und ich verspreche dir, dass du kaum Schmerzen empfindest, wenn ich dich umbringe und damit den Tod meines Bruders räche. Widersetze dich mir, und der Morgen wird dir und den Menschen rundum nichts als Zerstörung bringen.«

Sidra spähte kurz zu den Dächern hoch, auf der Suche nach Ifrit, die in der Nähe lauerten. Doch alles schien ruhig. War er wirklich allein gekommen?

»Du hattest nie etwas für deinen Bruder übrig«, sagte sie, als sie den Blick erneut auf Jamra richtete. »Du hättest ihm zu gern selbst das Leben genommen, wenn sein Tod dir gebracht hätte, wonach du verlangst.«

»Und jetzt ist mir das Vergnügen vergönnt, dasselbe von dir zu fordern.«

Sidra wurde kühner. »Der Dolch wurde nicht geschaffen, um in die Hände der Entehrten zu fallen.«

Hass blitzte in den Augen des Dschinns auf. Die Beleidigung hatte ihn getroffen. Sollten ihre Flammen nun dasselbe tun. Sidra beschwor eine Garbe Feuerblitze herbei und schleuderte sie gegen Jamra. Es war derselbe Zauber, den sie eingesetzt hatte, um bei ihrem ersten Kampf seine Haut zu versengen – nur dass die Flammen diesmal nichts ausrichteten, sondern einfach durch ihn hindurchschossen. Das Feuer traf die Wand und begann, glühend heiß und schwarz rauchend, an den Mauern zu lecken.

Jamra machte keinerlei Anstalten, sich zu verteidigen. Als beißende Rauchfahnen an ihm aufstiegen, grinste er bloß – bis seine ganze Gestalt verblasste. Ein Trugbild! Ein Trick! Er war niemals hier gewesen, sondern hatte lediglich ihrem Geist etwas vorgegaukelt. Ihrer Sicht. Hatte sie aus der Ferne provoziert, bis sie reagierte. Sie sah erneut nach oben. Der Rauch stieg in einer Säule über die Dächer hinauf zum Himmel.

Ein Signal. Ein Leuchtfeuer, das ihren Standort preisgab.

Am Ende der Gasse senkte der Hund seinen Kopf, nachdem er den aufsteigenden Rauch beobachtet hatte. Selbst er schien zu verstehen, dass irgendwo hinterhältige Augen den Horizont absuchten.

20

Er hatte sich an einer Mutter mit ihrem Kind vorbeigeschlichen, während die beiden die Stalaktiten bewunderten, diese Reihe hauerähnlicher Steinformationen, die sich durch die Höhle zog. Der Führer war so damit beschäftigt gewesen, Laternen auszuteilen und auf die Seile aufmerksam zu machen, welche die Wege markierten, dass er nicht bemerkt hatte, dass ein Hund mit der Gruppe in die Höhle gelangt war. Nicht, dass es eine Rolle gespielt hätte, schließlich hätte er sich auch mühelos durch den Äther bewegen können. Doch die Feuchtigkeit der Höhle war nicht nach seinem Geschmack, wenn er in seiner Geistergestalt steckte. Daher trottete er lieber auf vier Pfoten vorwärts, als dass er die Feuchtigkeit ertrug, die sich auf völlig unnatürliche Art mit seiner Essenz verband.

Der Alte schlief. Für sterbliche Ohren klang sein Schnarchen einfach wie ein Echo in der Höhle. Das vom pfeifenden Wind oder vom tropfenden Wasser. Doch für den Hund war es ein Vorzeichen, dass die Tage des Alten sich langsam ihrem Ende zuneigten. Er starrte in die Tiefe, von der er wusste, dass Rajul Hakim sich darin verbarg.

As-salaam-alaykum, Rajul Hakim. Der Hund schickte die Begrüßung in den Geist des Alten, doch der Dschinn rührte sich nicht. Der Hund seufzte, weil er nun etwas tun musste, das er eigentlich nicht tun wollte. Er wartete eine weitere Schnarchsalve ab, lief dann in die Dunkelheit und presste seine feuchte Nase gegen den Ball aus Energie. Da endlich erwachte der Alte.

»Wer ist da?«, grummelte er und materialisierte sich. Seine Hand berührte den Kopf des Hundes. »Ah, du bist es. Ich habe deine Ankunft erwartet.«

»Die Zeit ist gekommen«, sagte er und nahm die Gestalt eines Mannes an.

»Ja, die große Auflösung hat begonnen.« Der Dschinn hob den vorderen Saum seines überlangen Kaftans und ging ein paar Schritte zu der Wand, an der Spiralen in den Kalkstein geritzt waren. Er zeichnete die Symbole mit dem Finger nach, als folgte er der brodelnden Energie – Wunschenergie –, die immer noch durch den Kosmos wirbelte. »Die Konfrontation steht unmittelbar bevor«, sagte er und tippte mit der Fingerspitze auf die letzte Spirale.

»Sie wurde bereits entdeckt.«

Der Alte musterte die gewundenen Gravuren. Jede Spirale sah aus, als könnte sie in der nächsten Sekunde ihre kinetische Energie freisetzen und mit ihren Wellen Ergebnisse erzielen, die sonst nie zustande kommen würden. So hatte es der junge Mann jedenfalls einst gelernt, als er angefangen hatte, sich mit Magie zu beschäftigen. Nach wie vor beeindruckte es ihn, wie die Elemente des Wunsches miteinander interagierten. Er verbeugte sich leicht, um die Weisheit und den Einfallsreichtum des Alten anzuerkennen.

»Es war nicht allein mein Werk«, sagte Rajul Hakim, als hätte er seine Gedanken gelesen. »Sie war auch daran beteiligt.« Er tippte mit dem Finger auf die große Spirale, welche die kleineren umschlang.

Der Mann erinnerte sich an die Kreatur, die auf seiner Schulter gesessen hatte, um ihm etwas ins Ohr zu flüstern, und erschauderte. »Sie verursacht mir Gänsehaut.«

»Dann besitzt du gute Instinkte.« Rajul Hakim brach in schallendes Gelächter aus, das kurz darauf aber in Husten umschlug. In der äußeren Höhle schrie ein Kind nach seiner Mutter. »Mit ihr ist nicht zu spaßen. Besonders dann nicht, wenn man ihr in Träumen begegnet.«

Der Dschinn nickte, bevor er nachdenklich den Kopf senkte. Es gab noch mehr, was er sagen wollte. Unsicherheiten, die er in Sicherheiten verwandeln wollte – in Garantien, geschrieben in der Sprache der Uralten. Er wollte den Blutschwur des Alten hören, dass alles den beabsichtigten Weg gehen würde. Doch er war kein Narr. Die Ereignisse würden ihren geplanten Verlauf nehmen, und die Konsequenzen würden sich zeigen, wenn alles vollbracht war.

»Und du weißt immer noch nicht, wo sie den Dolch verborgen hat?«, fragte der junge Mann, obwohl sein Instinkt ihm die Antwort gab, noch bevor ein Kopfschütteln diese bestätigte. Der Alte schien nun zu bemerken, dass er dem jungen Dschinn nicht die gebührende Gastfreundlichkeit erwiesen, ihm weder einen Kaffee noch eine Pfeife angeboten hatte. Dieser lehnte das Angebot mit einer Geste ab. »Ich muss gehen und meinen Platz finden. Möge der Allsehende uns erlauben, uns auf der anderen Seite wiederzubegegnen.«

Getrieben von der Sehnsucht, sich zu strecken, verabschiedete sich der Dschinn, bevor er die Höhle auf vier Pfoten verließ. Bald schon, so der Allsehende wollte, würde er wieder als Mann in der Welt leben.

21

Elena wanderte über den Marktplatz und schlängelte sich zwischen den mit Gewürzen und Blüten wohlgefüllten Körben hindurch. Man bot auch Muscheln, Schmuck, Kisten mit frischem Obst, Tonkrüge voller Oliven, Wollschals, Seide, Spitze, hier und da sogar ein paar Flaschen Rotwein oder in Papier gewickelten Salzfisch feil. Sie würde mit Sidra ihr Zauberbuch durchgehen müssen, um so unauffällig wie möglich herauszufinden, welche Zutaten am besten bei Dschinn wirkten. Da sie nur die paar Münzen in ihrer Umhängetasche besaß, waren ihre Möglichkeiten allerdings beschränkt.

Zutaten für Tränke waren nicht das Einzige, wonach Elena Ausschau hielt. Sie beobachtete auch die Menschen. An jedem Marktstand schlenderte sie vorbei, bis sie schließlich einen Mann in einem dreckigen, weißen Hemd mit Rußmalen am Hals entdeckte, über denen eine tiefpurpurfarbene Aura leuchtete. Er war damit beschäftigt, Mariengras in Bündeln zu binden, sodass es bei Räucherzeremonien verwendet werden konnte, mit denen besudelte Orte spirituell gereinigt wurden. Auf seinem Tisch drängten sich ein halbes Dutzend Räucherschalen aus Messing, eine Schüssel mit einem dunklem Harz, das Elena für Weihrauch hielt, und mehrere Amulette aus Bronze, die klein genug waren, um als Glücksbringer in der Tasche getragen zu werden. Der Händler selbst wirkte etwas angeschlagen, auch wenn sie einräumen musste, dass er ein freundliches Gesicht und ebensolche Manieren hatte. Außerdem verriet ihr ihre Intuition, dass er und seine Waren ihr noch gute Dienste leisten könnten.

Elena umkreiste seinen Stand auf eine Armlänge Abstand und ließ den Blick schweifen. Der Mann erhob sich, um einem anderen Kunden zu helfen, wobei er sein Gewicht immer wieder von seinem gesunden Bein auf sein hölzernes verlagerte. Ah, also er war der einbeinige Zauberer. Und laut Sidra auch ein Dieb. Elena wartete ab, bis er einem Mann eine Kelle voller getrockneter Samen verkauft hatte, dann trat sie an den Stand heran.

»Kann ich Ihnen helfen, Räucherwerk auszusuchen, Madame?«

»Ich interessiere mich eigentlich mehr für Ihre Talismane und Zauberfähigkeiten.« Manchmal war es am besten, direkt auf den Punkt zu kommen. »Sie sind Yanis, richtig?« Unruhig stützte sich der Mann auf sein Holzbein. »Ich bin eine Freundin von Sidra … und ich fürchte, ich habe schlechte Nachrichten für Sie.«

»Schlechtere Nachrichten als die Tatsache, dass Sie eine Freundin von Sidra sind?«

Diese Bemerkung ignorierte Elena einfach. »Ich bin eine Hexe, die diese Stadt vor einem Dschinn beschützen muss. Ich habe aus verlässlicher Quelle erfahren, dass Sie mir dabei helfen könnten.«

Er wich zurück, bis er sich an seinen Hocker lehnen konnte. »Sie sprechen mit dem falschen Mann.« Er hob seine schwieligen Hände, als wolle er damit zeigen, dass er nichts besaß, was sie begehren könnte. »Ich bin ein einfacher Zauberer, der ein paar Amulette und Zauberzutaten verkauft.« Um seine Aussage zu bekräftigen, zog er zwei magische Talismane vom Tisch und steckte sie in einen Beutel.

»Ich verstehe Ihre Zurückhaltung im Umgang mit den Dschinn. Ich wäre selbst lieber nicht hier. Ich habe einen Ehemann zu Hause, der meine Aufmerksamkeit erfordert, einen Weinberg, der dringend gepflegt werden will, und einen Mönch, der ein paar tröstende Worte hören sollte, bevor er in sein Kloster zurückkehrt. Doch wenn es vor Ort keinen anderen Zauberer mit Ihrer speziellen Erfahrung gibt, fürchte ich, dass Sie mir helfen müssen.«

»Madame, Sie sollten zu Ihrem Ehemann nach Hause zurückkehren und sich um Ihre Weinreben kümmern. Wenn Sie versuchen, sich gegen die Dschinn in diesem Dorf zu stellen, werden Sie nur Enttäuschung erleben.«

Elena musterte ihn, bis er unter ihrem Blick quasi zitterte. Hatte sie etwas falsch verstanden? War er etwa doch bloß ein Scharlatan, der Touristen Amulette verkaufte?

Nein, er *war* der Richtige. Auf das Kribbeln in ihrem Nacken war Verlass.

»Aber möglich wäre es? Gibt es Amulette und Zauber, mit denen ich etwas ausrichten könnte? Oder vielleicht Tränke?«

Der Mann schüttelte den Kopf. »Wenn Sie versuchen, sich einer Magie entgegenzustellen, von der Sie nichts verstehen, können Sie nur auf die Gnade der Dschinn hoffen. Mit Symbolen und Ritualen kommen Sie bei denen aber nicht weiter. Eine falsche Bewegung, und der Dschinn bringt sie mühelos in seine Gewalt.« Yanis deutete mit dem Finger auf seine Schläfe, um anzudeuten, dass die Dschinn in ihren Kopf eindringen könnten.

»Klingt, als wüssten Sie mehr, als Sie sich anmerken lassen wollen.«

Er brummelte etwas über ein anderes Leben, nahm von einer Frau eine Münze für einen Beutel voller Weihrauch entgegen, wünschte der Frau lächelnd alles Gute – und brachte dann unverhohlen seine Verärgerung zum Ausdruck, als er Elena immer noch vor seinem Stand stehen sah.

»Ich könnte Ihre Hilfe erzwingen«, sagte sie. »Es geht um ein dringliches Anliegen.«

»Das verstößt gegen Ihre Gesetze.«

»Nur, wenn ich meine Zauber gegen Sterbliche einsetze.« Das erregte seine Aufmerksamkeit. Um ihn zu überzeugen, dass sie es ernst meinte, entnahm Elena einer Schale auf seinem Tisch ein paar Kräuter und zerdrückte sie mit den Fingern, um die Brösel dann auf den anderen Handteller rieseln zu lassen.

»Wirbelnde Blätter in starkem Winde,
Spiel mit der Kleidung von Mann und Kinde.«

Sie blies über die Kräuter, und sofort frischte eine Brise auf, ein Wirbelwind geradezu – Elena hielt ihn klein genug, um einen Marktstand nach dem nächsten zu treffen –, der Laub und Schmutz von der Straße hoch in die Luft trieb. Männer wie Frauen wandten sich eilig ab und pressten die Hände auf die Hüte, um sie festzuhalten. Auch Yanis hatte die Arme über seine Waren gebreitet, um zu verhindern, dass etwas weggeweht wurde. Elena schloss die Finger zur Faust, und der kleine Wirbelsturm legte sich wieder.

»In Ordnung, in Ordnung«, sagte Yannis. »Kein Grund, so anzugeben.«

»Uns bleibt nicht viel Zeit«, sagte sie. »Wahrscheinlich wäre es besser, wenn Sie den Stand für heute schließen und mich begleiten. Sie und ich müssen einen Schutzzauber entwickeln. Außer, Sie wollen sehen, wie dieses hübsche Städtchen von einer Horde wütender Dschinn bis auf die Grundmauern niedergebrannt wird. Denn ich versichere Ihnen, Monsieur, genau davor gilt es uns zu schützen.«

Yanis hob die Augen zum Himmel. »Soll ich denn mein Leben lang von widerspenstigen Frauen mit Magie gegängelt werden …?«

»Packen Sie ein, was immer Ihrer Ansicht nach für den Zauber von Nutzen sein könnte«, gab Elena zurück.

Er schüttelte den Kopf und klaubte einige Sachen vom Tresen, um sie einzupacken. Dann verschloss er seinen Marktstand und sicherte ihn mit einem Vorhängeschloss.

Der Mann grummelte den gesamten Weg zum Laden etwas über verlorene Einnahmen und aufgehäufte Schulden vor sich hin. Es half nicht das Geringste, ihm anzudeuten, er habe immerhin Belohnungen metaphysischer Art zu erwarten. Elena trat in die Gasse hinter dem Laden, um diesen unbemerkt durch die Hintertür zu betreten. Der Mann stoppte auf halber Strecke, als hätte er es sich anders überlegt.

»Sie hat versucht, mich umzubringen, wissen Sie?«

»Sidra? Glauben Sie mir, hätte Sidra Ihren Tod gewollt, würden Sie jetzt nicht mit mir reden.«

Yanis humpelte näher heran. »Mag sein, aber sie gibt mir die Schuld«, sagte er mit einem Nicken in Richtung des Ladens.

»Woran?«

»Am Tod ihres Ehemannes. Aber ich war es nicht. Und ich glaube auch nicht, dass sie es war.« Seine Augen schienen tiefer in die Höhlen zu sinken, seine Miene spiegelte Reue. »Ich war vorsichtig mit der Beschwörung und mit den Mengen. Sie wissen, was ich meine. Ich erkenne genau, dass auch Sie mit Tränken gearbeitet haben. Ich habe nur einen einzigen Trank für die beiden angefertigt, aber irgendetwas ist bei Sidras Mann schiefgelaufen.«

»Wieso hat der Inspektor dann Sidra für den Mord verhaftet?«

Der Mann schluckte schwer und schüttelte schließlich den Kopf. »Er meinte, es wäre der typische Streit zwischen

Liebenden gewesen. Und sie hatte die Flasche mit dem Trank noch bei sich, als die Polizei sie endlich gefunden hat. Sie haben behauptet, sie hätte ihn vergiftet. Doch es gab kein Gift.«

»Was für eine Tinktur war es?«

»Mimosenblüte. Es ist ein Zauber, der den Tod imitiert, aus dem man jedoch nach zwei oder drei Tagen wieder erwacht. Manche Leute müssen neu anfangen. Ein altes Leben hinter sich lassen und einen frischen Start wagen.« Er zuckte mit den Achseln, als wollte er sagen, dass er lediglich der Bote war. »Aber selbst die doppelte Dosis hätte ihn nicht umbringen dürfen.«

Elena stellte sich sofort die Frage, ob ein Dschinn überhaupt durch Gift sterben *konnte*. Die Behörden waren offensichtlich davon überzeugt gewesen. Und sie hätten Sidra voller Freude wegen Mordes hingerichtet, wäre sie nicht mithilfe des Feuers entkommen. Doch Gift …? Yanis hatte völlig recht. Das ergab keinen Sinn. Andererseits ergab nichts in diesem Leben mehr Sinn, seit sie sich von dem Fluch befreit hatte, der sie in eine Kröte verwandelt hatte. Nichts, außer Jean-Paul zu begegnen. Liebe war das seltsame Heilmittel, das sie in all diesem Aufruhr gefunden hatte.

Aber zurück ins Hier und Jetzt … Je eher sie sich dieser neuen Herausforderung stellte, desto schneller konnte sie nach Hause zurückkehren. Sie öffnete die Tür und schaute Yanis auffordernd an. »Wir haben zu arbeiten«, sagte sie. Da ihm eh keine andere Wahl blieb, humpelte er vorwärts wie ein Mann, der zu seiner eigenen Hinrichtung geführt wird.

Sidra hielt sich nicht im Laden auf, was Yanis offensichtlich sehr erfreute. Elena beobachtete, wie sein Blick durch den Raum huschte. Er musterte den Baldachin aus feiner Seide, die Messinglampen und den Rest der Einrichtung, von der sie annahm, dass sie auch seiner Heimatkultur entsprach. Erkannte sie da Bedauern in seiner Miene? Oder vielleicht Heimweh? Sie wusste aus Erfahrung, dass Sehnsucht nach dem eigenen Zuhause ein Gefühl war, das einen in den unpassendsten Momenten überfallen konnte und so heftig war, dass einem Tränen in die Augen stiegen.

Sie wandte den Blick ab, um ihm einen Moment Privatsphäre zu gönnen. »Sie können sich gerne etwas vom Kaffee nehmen, wenn Sie möchten. Der Zauber hält ihn dauerhaft heiß.«

Elena zog ihre Schürze aus der Umhängetasche und band sie sich um, während Yanis die Fingerspitzen über das Muster aus siebenzackigen Sternen auf einem Kissen gleiten ließ.

»Sie hat all das geschaffen?«, fragte er.

»Ja. Ich gehe davon aus, dass es eine Illusion ist, aber es fühlt sich alles sehr echt an. Besser als alles, was ich je vorgetäuscht habe.«

»Es ist keine Illusion. All das hat sich wirklich manifestiert. Die Arbeit einer meisterhaften Beschwörerin.«

Er kniete sich auf den Boden, um das Muster auf dem Kissen genauer zu betrachten. Angesichts seines Interesses fühlte Elena sich verpflichtet, dasselbe zu tun. Erst da bemerkte sie innerhalb des Ornaments das aufwendige Muster eines Kreises innerhalb eines Kreises innerhalb eines Kreises.

»Bedeutet das etwas?«, fragte sie.

»Es bedeutet *alles*«, antwortete er, begleitet von einem bescheidenen Lächeln. »Der Kreis in der Mitte repräsentiert die Energie im Zentrum des Universums. Alle Dinge kreisen darum. Einige näher, andere weiter entfernt. Wir befinden uns alle in verschiedenen Entfernungen zur Mitte, aber wir streben alle danach, das Herz zu finden. Das Symbol ist etwas Gutes. Eine gute Erinnerung.«

Auch als Yanis aufstand, hielten seine Finger fast ehrerbietig Kontakt mit den Kreisen. Als er die Hand schließlich zurückzog, nahm er seine fadenscheinige Schädelkappe ab und nickte langsam. »Ich werde Ihnen helfen«, sagte er.

»Auch wenn es schwierig und gefährlich werden dürfte und es keine Garantie gibt, dass irgendeiner der Zauber wirken wird. Nicht, wenn Dschinn beteiligt sind.«

Elena hatte schon früher schwierige und gefährliche Situationen durchgestanden. Sie hob ihre Hände zur heiligen Pose und hieß die Hilfe des Zauberers willkommen. Langsam stieg in ihr die Vermutung auf, dass er gebildeter war als ein einfacher Straßenhändler, der Amulette und allerlei Tand an Touristen verkaufte. Sobald sie sich geeinigt hatten, beugten sie die Köpfe über ihr Zauberbuch, um die wenigen Informationen über den Mystizismus der Wüste zu lesen. Es gab ein paar Zeichnungen mit Pentagrammen, die dafür gedacht waren, Geister zu kontrollieren … sowie ein paar vage Notizen, die sie sich damals in der Schule gemacht hatte, als ihr gestattet worden war, das *Buch der Sieben Sterne* zu studieren. Doch nichts davon besaß wirklichen Wert. Yanis pflichtete ihr bei.

»Wir werden einfach mit unserer Intuition beginnen müssen«, sagte er. »Und mit dem, woran auch ich mich aus meiner Schulzeit erinnere.«

Beide überprüften ihre Zauberzutaten und reihten sie nebeneinander auf dem Tresen auf. Yanis hatte ein Bündel Mariengras mitgebracht, ein Räucherstäbchen, ein Amulett mit einem Viereck aus Symbolen, die sie nicht erkannte, einen weißen Kristall, einen Kerzenstumpen und ein Stück Kreide, das, wie er behauptete, unerlässlich war, um Symbole aufs Pflaster zu zeichnen. Als Nächstes leerte Elena ihre Tasche. Sie besaß immer noch die zwei Münzen, ihr Athame, ein paar Zweige Rosmarin, einen polierten Blutstein, einen Amethyst, ein Paket Salz und einen kleinen Tiegel mit einer Salbe, die sehr gut gegen Verbrennungen half. Viel war es nicht. Yanis versicherte jedoch, die Absicht sei stets die wichtigste Zutat. Da Elena ihm von Herzen zustimmte, machten sie sich gemeinsam ans Werk.

Als Erstes bat Yanis Elena, die Mitte des Ladens zu reinigen, damit ihnen ein heiliger Ort zur Verfügung stand, an dem sie arbeiten konnten. Sie pustete auf ihre Finger, um eine kleine Flamme zu erschaffen, die sie an das Bündel Süßgras hielt, bis es anfing zu rauchen. Bevor die Flamme verlosch, fragte sie, ob sie auch das Räucherstäbchen entzünden sollte. »Schaden kann es nicht«, antwortete Yanis. Sofort glomm es auf. Nun lief Elena mit gemessenen Schritten einmal durch den ganzen Raum und ließ den Rauch an die Decke steigen. Getreu den Anweisungen des Zauberers trieb sie die Schwaden tief in die dunkelsten Ecken des Ladens hinein, um sicherzustellen, dass es kein Flecken mehr gab, an dem ein unerwünschter Dschinn Unterschlupf finden konnte.

Nach der Reinigung ließ Yanis sich auf sein gesundes Knie nieder und zeichnete mit der Kreide einen großen Stern innerhalb eines Kreises auf die Fliesen. Ähnlich wie bei den Talismanen, die er für den Verkauf herstellte, zeichnete er auch hier Symbole in die Freiräume, die zwischen Kreis und dem siebenzackigen Stern lagen. Sie sahen anders aus als alle Markierungen, mit denen Elena bisher gearbeitet hatte. Sie fragte ihn, ob sie ein Symbol zeichnen durfte, um die Energie zu spüren, die davon ausging. Yanis zögerte einen Moment, doch dann ließ er sie einen Sichelmond sowie Saturn und Uranus zeichnen. Sie wollte sich gerade nach der Bedeutung der Zeichen erkundigen, als Sidra sich mitten im Laden materialisierte.

Die Energie der Dschinn wirkte aufgewühlt und zerfasert. Noch ehe sie den Mund aufmachte, war daher klar, dass etwas nicht stimmte.

Elena stand auf und strich sich den Kreidestaub von den Händen. »Was ist los? Was ist geschehen?«

Sidra wollte ihr gerade antworten, als sie Yanis und die Zeichnung auf dem Boden entdeckte. Ihre Wut explodierte. »Was will er hier?«

»Wir entwerfen einen Schutzzauber gegen Jamra.«

»Nein! Halte dich von diesem Mann fern!«, sagte sie zu Elena. »Er ist nichts als ein elender Lügner.«

Yanis blieb völlig ruhig neben den Symbolen stehen. »Sidra, du musst mir glauben.«

Elena war zu klug, um eine beruhigende Hand auf Sidras Arm zu legen, wenn sie so vor Wut kochte. Stattdessen trat sie vor den Zauberer. »Yanis kann uns helfen.«

»Ich warne dich! Er ist ein Todesbringer.«

»Ich habe ihn nicht getötet. Er hat etwas getan …«

Bevor er den Satz zu Ende führen konnte, schoss Sidra einen Salve zischenden Dampf aus ihrem Ärmel ab, die Elenas Hüfte streifte. Die Hitze brachte sie dazu aufzuzischen.

»Nein!«, schrie sie und drehte sich um, um zu sehen, ob der Dampfstrahl Yanis getroffen hatte.

Doch der Zauberer wehrte die Hitze ab, indem er den Arm hob. Statt ihn zu verbrennen – oder den Mann für den Rest seines Leben zu entstellen –, stoppte der Dampfstrahl, als hätte er eine unsichtbare Wand getroffen, bevor der heiße Nebel sich zu einer winzigen Sturmwolke sammelte, die unter Yanis offener Handfläche kreiste. Der Dampf hatte ihn nicht berührt. Er flüsterte drei Worte, die für Elenas Ohren fremd klangen, und der winzige Sturm legte sich mit leisem Ploppen. Nur die feuchte Handfläche, die der Mann an seinem dreckigen Hemd abwischte, zeugte noch von dem Zauber.

Sidra stand mit hängenden Armen da, ihre Finger nervös in den Falten ihres Kaftans vergraben, während sie den Mann ihr gegenüber mit einem durchdringenden Blick musterte. »Wie kann ein Talismanverkäufer meine Magie mit einer einzigen Handbewegung aufhalten?«

Yanis stieß den Atem aus. Er schien die Entfernung zwischen seinem Standort und der Tür abzuschätzen. Sidra bedachte ihn mit einem bösen Blick und drohte, seine Widerstandskraft auf die Probe zu stellen, wenn er ihr nicht antwortete. Und plötzlich veränderte sich die gesamte Haltung des Zauberers. Es war, als ließe er eine Maske fallen. Er richtete sich auf und spannte die Schultern. Obwohl er noch immer zerfetzte Kleidung trug und sein Gesicht nach wie vor bleich und unrasiert war, strahlte er, als er den Kopf hob, unbedingte Autorität aus. Und aus seinen Augen leuchtete absolutes Vertrauen in die eigenen Fähigkeiten.

»Weil ich ein Priester des Ordens der Sieben Sterne bin«, sagte er und setzte sich seine Kappe wieder auf den Kopf.

»Lügner.« Doch Sidra gab ihre eigenen Zweifel preis, indem sie gleichzeitig einen Schritt zurücktrat.

»Ein Ausgestoßener zwar, aber immer noch geweiht.«

»Du, ein Magus?« Ihr Blick huschte über seinen Körper, konnte in seiner schäbigen Erscheinung jedoch keinerlei Bestätigung für seine Behauptung entdecken.

»*Orden* der Sieben Sterne?«, fragte Elena. »So wie im *Buch der Sieben Sterne*?«

Sidras Umrisse schimmerten leicht. Auch sie wollte mehr erfahren.

»Ja«, antwortete der Zauberer voller Bedauern. »Ich war in der Ausbildung zum Akolyth.«

Von Elena ermuntert, erklärte Yanis, wie er als Jüngling in den Orden aufgenommen worden war, nachdem er einen Beschwörungszauber gewirkt hatte, mit dem er einen Vogel mit smaragdenen Flügeln in die Luft über einem Dorf am Meer gerufen hatte. Der Vorfall erregte die Aufmerksamkeit des Ordens, weil der riesige Vogel vor den Augen etlicher Fischer einen Delfin aus dem Meer geholt hatte und die Männer allen an der Küste davon erzählten, sobald sie wieder an Land waren. »Sie haben mich in Magie ausgebildet, bis ich die Fähigkeit und Disziplin entwickelt hatte, ein Wächter zu werden.«

»Du wurdest rekrutiert, um die Magie zu überwachen,

die im Buch der Sieben Sterne beschrieben wird?« Elena war mehr als beeindruckt.

»Akolythen«, erklärte er, »werden damit beauftragt, ständig die Welt des Übernatürlichen zu erkunden. Unsere Mission ist es, die Grenzen des magischen Verständnisses und der magischen Praktiken zu erweitern.« Er hob einen Finger, als wolle er etwas betonen. »Aber der Inhalt des Buches ist nicht in Stein gemeißelt. Auch die Art, wie Magie eingesetzt und genutzt wird, entwickelt sich unablässig weiter. Neues Wissen wird entdeckt und interpretiert.«

Sidra umkreiste ihn. »Und wieso folgst du nicht länger deiner hehren Berufung, Zauberer?« Das letzte Wort stieß sie mit einem Laut aus, den auch Wasser verursacht, wenn es auf eine heiße Pfanne trifft.

Yanis schluckte, als hätte er einen schlechten Geschmack im Mund. »Ein Großteil dieses Wissens stammt, wie du weißt, aus magischen Lehren, die zuerst im alten Orient praktiziert wurden. Es ist wichtig, dass die Informationen akkurat sind, damit der Inhalt des Buches relevant bleibt.« Yanis wischte sich den Schweiß von der Oberlippe. »Der Orden geht jedem Hinweis auf ungewöhnliche magische Praktiken nach. Oder auf Interaktionen mit übernatürlichen Wesen, auf schlecht dokumentierte Sichtungen, Beschwerden und dergleichen mehr.«

»Welche Art von Beschwerden?«, fragte Elena.

»Solche wie die, die zu meiner ersten Mission geführt haben«, sagte er, bevor er sich auf das *majils*-Sofa sinken ließ. Er rieb sich das Knie über seinem Holzbein, als riefe die Erinnerung erneut Schmerzen hervor. »Ich wurde damit beauftragt, einen Friedhof von Ghulen zu befreien.«

»Ghule?« Elena setzte sich neben ihn. Zu ihrer Überraschung schloss Sidra sich an und bot ihnen Kaffee und kleine Kekse mit Dattelfüllung an, während sie stumm lauschte. *Die Bezahlung des Geschichtenerzählers?*, fragte sich die Hexe.

»Ich war mit dem gesammelten Wissen der größten Zauberer der Welt bewaffnet und noch jung und unerfahren genug, um anzunehmen, dadurch wäre ich unbesiegbar.« Er sah, wie Sidra den Kopf schüttelte. »Ja, ich war ein arroganter Narr. Und das hätte mich fast umgebracht.« Er deutete auf sein Holzbein. »Ich habe versucht, den Friedhof mit ein paar schützenden Amuletten, einer Beschwörung und den Symbolen der Sieben Sterne auf meinem Körper zu betreten. Ich dachte, meine Gegner würden erkennen, dass ich ein Mitglied des Ordens war, und fliehen.« Er rieb sich das Gesicht, als er sich an diesen furchterregenden Moment erinnerte. »Schon die erste Ghul, der ich begegnet bin, hat meine Abwehrmaßnahmen so mühelos durchbrochen, als wären sie aus Stroh gefertigt. Sie hat mir mit einem einzigen Klauenschlag das Bein sauber abgetrennt.«

»Mutter Ghulah.« Sidras Augen leuchteten beeindruckt.

»Ihr behauptet also, Ghule existierten wirklich?«, fragte Elena.

»Oh, sie existieren«, sagte Yanis. »Manche vermuten sogar, dass sie mit den Dschinn verwandt sind.«

Sidra richtete sich stocksteif auf. »Sie sind *keine* Dschinn.«

»Richtig«, pflichtete Yanis ihr bei. »Das sind sie nicht.«

Das schien Sidra zu besänftigen, doch sie musterte ihn immer noch misstrauisch. »Und jetzt verkaufst du Talismane an einem Marktstand in einer Stadt voller Ungläubiger. Vielleicht war dein Bein nicht das Einzige, was du an diesem Tag verloren hast.«

Elena verzog das Gesicht. »Sidra, das ist kaum …«

»Nein, sie hat recht. Nach dieser Begegnung habe ich tatsächlich den Mut verloren. Ich habe den Orden verlassen. Zumindest soweit es möglich ist. Sie geben einen nie ganz frei, sobald man ihre Ausbildung durchlaufen hat.«

Sidra musterte ihn, während ein Finger gegen ihre Kaffeetasse trommelte. »Und jetzt glaubst du, du könntest die Menschen hier mit einer Kreidezeichnung vor Jamra und seinen Ifrit schützen, Zauberer?«

»Wir werden es zumindest versuchen«, antwortete Elena.

Sidra sah weiterhin Yanis an, doch das Glitzern in ihren Augen hatte sich verändert. Als er seine Tasse abstellte, legte sie eine Untertasse darauf und drehte beide Geschirrstücke um, sodass die verbliebene Flüssigkeit auf die Untertasse tropfte. »War es Hariq, der dich um Hilfe gebeten hat?«, fragte sie, als sie die Tasse wieder abstellte und mit einem Finger über den Tassenrand fuhr. »Oder war es vielleicht der Alte selbst, der dich gerufen hat?« Sie nagelte Yanis mit einem scharfen Blick fest, bevor sie in die Tiefen der Tasse spähte.

Yanis schluckte schwer, als er beobachtete, wie die Dschinn den Kaffeesatz las. »Beides«, sagte er. »Der Alte wusste von meiner Vergangenheit. Deswegen hat er mir das Aufsetzen eines derart diffizilen Trankes anvertraut. Doch es war Hariq, der mir meine täglichen Anweisungen gegeben hat. Ich schwöre dir, ich weiß nicht, was falschgelaufen ist.«

Sidra verzog die Lippe, als rechnete sie damit, ihn erneut bei einer Lüge zu ertappen, doch als sie in die Tasse spähte, kniff sie verwirrt die Augen zusammen. Sie drehte die Tasse, um den Inhalt aus einem anderen Winkel zu mustern, bevor sie das Gefäß abstellte. Elena war sich nicht sicher, ob Dschinn weinen konnten, doch als Sidra wieder aufschaute, war die Trauer in ihrem Blick nicht zu übersehen.

»Du hast die Wahrheit gesprochen«, sagte sie. »Was bedeutet, dass ich eine Mörderin bin.«

Sidra sank in die Kissen zurück. Elena und Yanis wagten nicht, sich zu bewegen, während der Schmerz einer Wahrheit in der Dschinn brodelte, die sie nicht hatte glauben wollen. Es war nicht einfach, jemanden zu trösten, der aus Feuer bestand. Und doch musste Elena an die Freundlichkeit denken, die Sidra ihr im Gefängnis erwiesen hatte, als sie ihr eine

Decke gegen die Kälte angeboten hatte. Elena rief Feuer in ihre Fingerspitzen und entzündete die Kohlepfanne, bis ein warmes Glühen ihre Gesichter erhellte. Sidra schien zu reagieren und drehte den Kopf, um in die Flammen zu starren.

»Jamra hat mich gefunden«, sagte sie. »Ich habe versucht, diesem Phantomhund zu folgen, und bin stattdessen auf einen Schakal gestoßen. Er hat mich durch einen Trick dazu gebracht, meinen Aufenthaltsort zu enthüllen. Und jetzt hat er mir bis morgen früh Zeit gegeben, um den Dolch zu übergeben, weil er andernfalls die Stadt angreift und mich tötet.«

»Was? Wieso hast du das nicht gleich gesagt?« Elena hatte gewusst, dass ihnen nicht viel Zeit blieb. Aber sie hatte trotzdem geglaubt, zumindest noch eine Weile die Vorteile eines guten Verstecks auskosten zu können.

»Ich habe mich der Gerechtigkeit bereits einmal entzogen. Vielleicht sollte ich mich im Namen der Rechtschaffenheit von ihm töten lassen.«

Yanis lehnte sich vor. »Was für ein Dolch?«

»Kennst du deine Siegel, Priester?« Sidra setzte sich wieder auf. »Kennst du die Sieben Zeichen, die mit dem Anfang der Welt entstanden sind? Eines für jedes der sieben ursprünglichen Königreiche?«

»Natürlich. Sie finden sich in vielen der alten Schriftrollen, die aus der Höhle der Schatten geborgen wurden. In der Obhut des Ordens werden zwei Kopien aufbewahrt.«

»Du glaubst, diese Siegel gibt es erst so lange, wie es eure Geschichtsbücher gibt?« Langsam drehte sie den Kopf in seine Richtung. »Die Dschinn wurden vor den uralten Zivilisationen geboren. Vor Städten, vor Wahrsagern und Magi. Meine Art war anwesend, als die ursprünglichen Siegel in die Welt gebracht wurden. Die Spannung zwischen den Symbolen hält die Welt im Gleichgewicht, wie ein siebenzackiger Stern. Doch die Welt ist voller leichtsinniger Männer, die darauf aus sind, das Gleichgewicht durch Gier und Ehrgeiz ins Wanken zu bringen. Und jetzt glaubt Jamra, er stünde kurz davor, an eines der Siegel zu gelangen. Eines, das nicht von deinem wachsamen Orden im Blick behalten wird und das uns alle ins Chaos katapultieren wird.«

Der Zauberer wurde bleich. »Der Dolch trägt ein solches Zeichen?«

»Ich habe es mit meinen eigenen Augen gesehen.«

Yanis neigte den Kopf, als versuche er, sich an etwas zu erinnern, das er fast vergessen hatte. »Es wurden Objekte geschaffen, in welche die Siegel eingelassen wurden, um sie besser verfolgen zu können. Eine Tasse, ein Spiegel, ein Gürtel. Den Rest habe ich vergessen. Aber diesem Dolch sollte ein Wächter zugewiesen sein. Jeder dieser Gegenstände wurde einem Magus der höchsten Stufe anvertraut. Ihre Bewegungen werden durch den Blick in Kristallkugeln nachverfolgt. Was ist mit ihm geschehen?«

»Er ist allein auf Zimbarra gestorben. Mein Ehemann und ich haben auf der Insel seine Gebeine gefunden. Der Dolch lag vergraben im Sand neben ihm.«

»Zimbarra? Kein Wunder, dass sein Tod unbemerkt geblieben ist. Mit ihren Bewegungen dürfte die Insel die Wanderungen eines Magus vorgegaukelt haben …« Yanis stand auf und begann, im Raum auf und ab zu schreiten, wobei er sein Holzbein trotz seiner Schmerzen fest in den Boden stieß. »Also habt ihr das Siegel gefunden und hierher gebracht? Wusstet ihr, wie gefährlich das war?«

»Sie ahnten nicht, was sie gefunden hatten, bis ein Ifrit es erkannt hat«, sagte Elena zu Sidras Rechtfertigung.

»Ein Ifrit?« Yanis tippte sich mit der Faust gegen die Lippen. »Wo ist das Siegel jetzt? Ist der Dolch gut versteckt? Ein Artefakt wie dieses muss geschützt werden.«

»Der Dolch ist an einem sicheren Ort.«

»Aber wo? Der Orden muss die Waffe sichern. Verstehst du, welchen Schaden die Klinge in den Händen eines …«

Er unterbrach sich, bevor das letzte Wort über seine Lippen dringen konnte, doch Sidra hatte es bereits in der Luft gehört.

»Eines Dschinn?« Sie stand auf und zog sich ihr Tuch enger um den Kopf. »Widme dich wieder deiner Kreidezeichnung, Zauberer! Und mögen die Ifrit dein Leben verschonen, wenn die Sonne aufgeht.«

22

Sidra löste sich in Rauch auf, zog sich aus dem Laden zurück und entschwand in die Sicherheit eines leeren Schränkchens auf einem Dachboden. Es schmerzte sie, nicht Zuflucht zu ihrer Flasche suchen zu können, obendrein vermisste sie die Duftmischung aus Jasmin und Bergamotte, die Hariq für sie geschaffen hatte. Doch er war verschwunden, und ihre Flasche befand sich in einem anderen Reich. In Sicherheit. Trotzdem brauchte sie ein ruhiges Versteck, und sei es nur, um ihr Gleichgewicht wiederzufinden. In ihr fochten das Feuer von Wut und Zerstörung und das ruhige Glühen von Wärme und Trost einen Kampf aus. Die Emotionen beanspruchten die Kontrolle über sie. So etwas wie eine ausgeglichene Flamme gab es nicht. Und genau deswegen durfte selbst sie – trotz ihrer Disziplin von hundert geduldigen Kamelen, die darauf warteten, getränkt zu werden – sich nicht darauf verlassen, dass sie der Verlockung des Dolches dauerhaft widerstehen konnte. Nein, die Waffe war dort, wo sie sein musste. Dieser Welt entrissen, dafür aber in der naturnahen Schwüle einer anderen.

Sobald Sidra ihre Mitte wieder gefunden hatte, beschloss sie, vor der Morgendämmerung noch einmal nach dem Mädchen zu sehen. Ein Sturm zog auf, und die Überlebenschancen von ihr, der Hexe und der *Fée* ständen besser, wenn sie alle zusammen waren, sobald er über sie hinwegfegte. Sidra fragte sich, ob Yvette je erahnt hatte, welche Macht sie einst in den Händen gehalten oder gelegentlich unter ihrem Kleid zwischen ihren Brüsten verborgen hatte. Genau deshalb würde sie die *Fée* nun aufsuchen und zurückbringen. Einen wirklich sicheren Rückzugsort gab es für sie drei nicht – aber vielleicht konnten die auf den Boden gezeichneten Symbole des Zauberers tatsächlich helfen. Wenn die Hexe zusätzlich die richtigen Worte sprach, könnte dieses kleine Refugium vielleicht den zerstörerischen Sturm überstehen.

Es war bereits nach Mitternacht, als Sidra durch einen Spalt in den Schrank glitt, um durch den Äther zu der *parfumerie* oben auf dem Hügel zu gelangen. Sie kannte diesen Ort gut – aus den Zeiten, als Hariq geglaubt hatte, er könne sich davonschleichen, um seinen geheimen Plan zu verfolgen, ein Parfüm einzig für sie zu schaffen. Natürlich hatte sie gewusst, was er trieb. Der Duft hatte es ihr verraten. Wann immer er nach Hause gekommen war, hatte der Wohlgeruch in seinem Gewand, an seinem Haar und seiner Haut gehaftet. Selbst im Äther hatte ein Hauch von Jasmin seinen üblichen Körperduft gefärbt. Doch das war Jahre her. Ein Wimpernschlag nur – und doch ein ganzes Leben.

Die Wände der Fabrik bestanden aus Stein, die Fenster aus Glas. All das stellte freilich kein Hindernis für sie dar. Splitter ihrer Energie glitten durch Ritzen und sammelten sich auf der anderen Seite. Als Sidra sich wieder materialisierte, stand sie in einer deprimierenden Kammer voller Flakons, Papier und Gerätschaften der Sterblichen. Leblose Dinge, die von einem gewissen Einfallsreichtum sprachen, sonst aber nutzlos waren.

Durch den Flur drang das überschwängliche, hohe Lachen des Mädchens an ihr Ohr, das sie stets an Kristallflaschen erinnerte, die klirrend aneinanderstießen. Bevor sie ihre Gegenwart bekannt gab, schlich Sidra zum Türrahmen, um zu erfahren, was diesen Ausbruch von Fröhlichkeit ausgelöst hatte. Sie entdeckte Yvette in einem Raum, in dem jene heißen Metallkessel standen, zu denen sich Hariq so hingezogen gefühlt hatte – die Kupferkessel, in denen die duftenden Öle aus den zarten Blüten destilliert wurden. Überquellende Körbe voller pinkfarbener und weißer Blütenblätter harrten des Schicksals, durch Dampf ihres kostbaren Duftes beraubt zu werden. Die Dschinn atmete das Aroma der Blüten ein und genoss die Hitze der Kessel, während bittersüße Erinnerungen in ihr aufstiegen. Sie waren so sehr davon überzeugt gewesen, ihren sicheren Hafen gefunden zu haben …

»Sidra!« Yvette entdeckte sie in der Dunkelheit. Verflucht sollten ihre Elfeninstinkte sein. »Wir arbeiten schon die ganze Nacht. Und wir haben uns gerade einen Angriffsplan zurechtgelegt. Du wirst nicht glauben, was wir geschafft haben!«

»Was ist das?«, fragte sie, als sie den Raum betrat, den Blick unverwandt auf eine Hexe gerichtet, die eine Glasflasche in der Hand hielt. »Was habt ihr getan?«

Yvette wischte sich die Hände an einem Lappen ab und deutete mit dem Kinn auf die Hexe. »Das ist Camille Joubert. Ihr gehört der Laden hier. Sie hat mir erlaubt, ihr bei der Anfertigung dieses Parfüms zu helfen.«

»*Enchantée*«, sagte Camille, bevor sie Sidra eingehender musterte. »Du bist Sidra? Ich habe das Gefühl, als würde ich dich bereits kennen. Hariq hat ständig von dir gesprochen, wenn er hier war.«

Bei der Vorstellung, dass diese Frau glaubte, sie zu kennen, verzog Sidra angewidert die Lippen. Yvette stupste sie an und formte mit den Lippen die Worte: »Benimm dich.«

»Tatsächlich bin ich begeistert, dich hier zu sehen«, fuhr Camille fort. »Ich würde mich über deine Einschätzung der Duftmischung freuen, die wir entwickelt haben.« Die Parfümhexe durchquerte den Raum und ging zu einem Tisch, auf dem mehrere Bechergläser mit einer geblichen Flüssigkeit darin standen.

Die Aromen von Vanille, Jasmin, Lavendel und irgendetwas Wildem, Animalistischem hingen in der Luft. Sidra fühlte sich von dem Duft angezogen wie eine verliebte Frau vom Anblick ihres Geliebten. »Was ist das?«, fragte sie, als sie die Nase über ein Glas hielt. Ihr Hirn wusste, dass es sich nur um eine Mischung aus den Blüten handelte, die sie bereits im Raum gesehen hatte. Aber da war noch etwas … Der Duft besaß eine geradezu magnetische Anziehungskraft, der sie nur schwer widerstehen konnte.

»Drei Dinge«, sagte Camille. Sie schenkte Yvette ein scheues Lächeln, und die Elfe quietschte fast vor Begeisterung. »Zum ersten: Wir haben eine wunderbare Mischung aus einigen der besten Düfte der Welt angefertigt. Zum zweiten: Yvette hatte eine ordentliche Menge Bibergeil bei sich, also haben wir das auch hineingeworfen.«

»Wie sich herausgestellt hat, stammt das Zeug, das die alte Hexe mir gegeben hat, aus dem Hintern eines Bibers«, meinte Yvette mit gerümpfter Nase.

»Und wird allenthalben hochgeschätzt für sein robustes Aroma.« Camille hob einen Finger, als wollte sie das *pièce de résistance* präsentieren. »Das Ganze wird – drittens – von einem Hauch einzigartiger Magie zusammengehalten. Eine Kombination aus meinen Zaubern und dem *Glamour* dieser jungen Dame hier.«

»Wir haben ein paar Tropfen meines *Fée*-Blutes in die Mixtur gegeben. Ein bisschen von meinem Fett wäre besser gewesen, aber nicht mit mir, so sehr habe ich mich unserer Aufgabe dann doch nicht verschrieben.«

Camille vollführte ein *comme ci, comme ça*-Achselzucken. »Ich denke, unsere Dschinn-Freundin hat uns gerade vor Augen geführt, dass auch Bibergeil als Ersatz bestens geeignet ist.«

Sidra spürte, wie eine untypische Leichtigkeit von ihr Besitz ergriff, also zog sie sich den Saum ihres Kaftans über Mund und Nase, bis nur noch ihre Augen zu sehen waren, und trat einen Schritt zurück. »Inwiefern habe ich euch etwas vor Augen geführt? Was für eine Art von Magie ist das?«

»Camille hat eine Theorie. Oder vielmehr hat dein … hat Hariq ihr die Idee in den Kopf gesetzt. Anscheinend kann Parfüm die Seele einer Person zum Leben erwecken. Sowohl das Gute als auch das Böse darin, je nach Duft.«

»Und je nach Person«, fügte Camille hinzu.

»Aber bei Dschinn spielt auch eine Rolle, welche Absichten sie hegen«, sagte Yvette. »Zumindest hat Hariq ihr das erzählt, als sie zusammen dieses Parfüm für dich geschaffen haben.«

Die Mischung aus dem Duft und dem Gespräch über ihren Ehemann verband sich in Sidra zu einem Wirbelwind aus Glück, Trauer, Sehnsucht und der allumfassenden Gewissheit, dass sie Hariq alles verzeihen würde, könnte er sich nur noch einmal materialisieren. Sidra schützte weiterhin ihre Nase, als sie sich gegen die Wand sinken ließ. Ihr Feuer – die Flamme, die sie auf der Hut und ihren Geist konzentriert sein ließ – flackerte in ihr, bis sie sich wie überschwemmt fühlte von wässrigen Gefühlen, die sich in ihrer Komplexität jeder Kontrolle entzogen. Sie hatte das Gefühl, ihre körperliche Hülle keinen Moment länger aufrechterhalten zu können. Und doch schaffte sie es nicht, sich lange genug zu konzentrieren, um sich aufzulösen. Yvette, die wie immer ein gutes Gefühl für das Wechselspiel der Stimmungen anderer hatte, eilte heran und stützte sie, da Sidra zu Boden zu sinken drohte.

»Bring sie in mein Büro«, sagte Camille und verschloss das Glas wieder.

Yvette setzte ihre Levitationskraft ein, um Sidra dorthin

zu geleiten. »Harter Tobak, hm?«, meinte sie, als sie die Dschinn in einen weichen Sessel drückte.

Mit ein wenig Abstand zu dem Duft konnte Sidra sich so weit erholen, dass sie die Herrschaft über Körper und Geist zurückerlangte. »Hariq hat sich sehr für die Kreation eines solch vielschichtigen Duftes interessiert«, sagte sie, sobald sie wieder klar denken konnte. »Doch was hat es mit dieser Aussage über gute und böse Absichten auf sich?«

»Da bewegen wir uns noch im Bereich der Spekulation«, sagte Camille, die sich nun zu ihnen gesellte. »Die Theorie lautet, dass angenehme Gerüche Dschinn anziehen, deren Absichten wohlmeinend sind. Oder zumindest ungefährlich.« Die Frau hielt kurz inne, als machte sie sich erst jetzt ein abschließendes Bild von Sidra. »Ein Dschinn mit bösartigen Absichten dürfte sich von solch angenehmen, luftgetragenen Aromen dagegen abgestoßen fühlen. Sie dringen in seine Lunge, Augen und Nase ein und foltern die Schleimhäute geradezu mit ihrem Wohlgeruch.«

»Mein Ehemann irrte sich bei diesen Dingen selten.«

»Also glaubst du, dass unser Dschinn-Abwehrmittel funktionieren könnte?« Yvette lehnte sich gegen ein Regal. Ihr sanftes, gleichmäßiges Glühen lenkte Augen und Geist von unangenehmen Gedanken ab.

Sidra hatte gerade den Mund geöffnet, um zu antworten, als sie die Flakons auf dem Regal hinter der Elfe sah. Reihen und Reihen von Fläschchen wie das, das Hariq ihr vor Jahren geschenkt hatte. Flakons mit ihrem Duft darin. Flakons wie der, den sie im Land der *Fée* zurückgelassen hatte.

Yvette musste inzwischen einen Witz gemacht haben, denn sie lächelte immer noch. Dann aber begann sie, ihr Kleid abzutasten, als suche sie etwas. »Oh, da fällt mir etwas ein. Ich vergesse immer wieder, dir das hier zurückzugeben.« Sie schob die Hand in die Tasche – wie stets merkte man ihr auch jetzt nicht an, dass sie etwas barg – und zog einen Flakon heraus. Er sah aus wie alle anderen hinter ihr, abgesehen von einem auffälligen und beängstigenden Unterschied, der Yvette indes nicht bewusst war.

Zum zweiten Mal in wenigen Tagen spürte Sidra, wie Kälte von ihr Besitz ergriff. »Wieso ist das hier?«

»Ich habe den Flakon auf dem Weg aus der Grotte eingesteckt. Wahrscheinlich bewahre ich ihn aus alter Gewohnheit für dich auf. Aber nachdem wir direkt danach aus dem Elfenreich geworfen wurden, war das wohl gut so. Ich weiß doch, wie viel dieses Fläschchen dir bedeutet. Es ist wie deine zweite Heimat, nicht wahr?«

Sidra starrte Yvette entgeistert an. Dass dieser spezielle Flakon sich in diesem seltsamen Raum befand ... »Du dummes Mädchen! Weißt du eigentlich, was du getan hast? Du musst den Flakon sofort zurück in das Reich deiner Mutter schicken! Durch das Portal, durch das deine leichtfertige Art ständig gleitet. Auf der Stelle!«

»Zurückschicken? Glaubst du, wenn ich wüsste, wie ich dieses Fläschchen zurückschicken kann, stünde ich noch hier?«

Sidras Feuer erwachte wieder zum Leben. »Der Flakon muss von hier verschwinden!«

Dieses närrische Mädchen! Sidra packte die Parfümflasche und konnte sich nur mit Mühe davon abhalten, das Kristallglas zu Staub zu zermalmen. Nicht, dass sie damit ihr Problem gelöst hätte ...

Plötzlich breitete sich Verständnis in Yvettes Miene aus. Ihre Lippen formten ein kleines O, dann schlug sie die Hand vor den Mund und starrte den Flakon an. »Du meinst also, du hast ihn die ganze Zeit mit dir herumgetragen?«

»Was?« Camille wirkte verständlicherweise verwirrt, doch die Dschinn hatte nicht vor, sie aufzuklären.

Sidra schob den Flakon in die Falten ihres Kaftans, drohte Yvette mit dem Tod durch tausend Feuerameisen, die ihr das bisschen Hirn aus dem Schädel nagen würden, wenn sie noch ein einziges Wort sprach, und entschwand dann mit einem Schimmern in den Äther. Es musste irgendwo in diesem Land voller Ungläubiger einen Ort geben, der nicht von Narren überlaufen war.

23

»Sie hat recht. Diese Zeichnung wird ein wenig helfen, aber sie kann keinen ernst gemeinten Angriff eines derart mächtigen Dschinns aufhalten, wie Jamra es einer ist.« Yanis hatte sein Holzbein abgenommen, um sich bewegen zu können, ohne durch das starre Glied eingeschränkt zu sein. Er lehnte sich vor und zeichnete das Symbol für die Venus in die untere rechte Ecke des siebenzackigen Sterns. Elena reichte ihm das Paket Salz, das sie mitgebracht hatte, auf dass er damit einen Kreis um den Stern zöge.

»Gibt es keine Möglichkeit, wie *sie* ihn aufhalten kann?«

»Sie ist, aus der Perspektive der Dschinn betrachtet, noch jung«, meinte er, als er den Zweifel in Elenas Augen bemerkte. »Versteh mich nicht falsch, Sidra ist Jahrhunderte alt, aber ihr Wille wurde noch nicht auf die Probe gestellt. Nicht so wie der Wille derjenigen, die schon seit Tausenden Jahren leben und mehr als einmal die Veränderungen dieser Welt bezeugt haben.«

»Ist das der Grund, warum Jamra fähig war, sie an die Stadt zu fesseln?«

»Was genau ist da geschehen?«

Elena erklärte die Wunschmagie, in der sie sich vor Monaten bei ihrem Besuch der Stadt verfangen hatte – das Aufmerken ihres Instinktes und das Gefühl, dass sie von einem

Wirbelwind aus Energie in eine bestimmte Richtung getrieben worden war. »Selbst Sidra konnte sich dem Sog ihrer eigenen Magie nicht widersetzen. Sie hatte nie vor, in die Stadt zurückzukehren, doch ein gestohlener Wunsch hat sie dazu gezwungen. Da hatte Jamra längst seine Falle für sie aufgestellt. Dadurch war sie sowohl körperlich als auch magisch außerstande, die Stadtgrenze zu überschreiten.«

»Wie ist sie dann entkommen? Sie wird den Bindungszauber ja wohl kaum allein gebrochen haben …«

»Das hat Jamra auch angenommen. Doch sie hat den Zauber nicht wirklich gebrochen. Unsere Sidra ist clever. Sie hat sich befreit, indem sie Oberons Schutz genutzt hat, um sich in das Land der *Fée* transportieren zu lassen. Anscheinend ist die Magie eines Dimensionswechsels ein wenig stärker als ein Bindungszauber, der jemanden an die Kreuzungen menschlicher Straßen bindet.«

Yanis schüttelte ungläubig den Kopf, bevor er ein weiteres Symbol zeichnete. »Oberon? Als Kind dachte ich, die *Fée* wären ein Mythos. Relikte von uralten Erzählungen aus der Antike.«

Elena vertraute ihm an, dass sie wiederum in vollkommener Unkenntnis der Existenz der Dschinn aufgewachsen war, und legte ihm anschließend ihre Erwägungen zu Sidras Flucht dar. »Ich kann mir nicht vorstellen, dass ihr feuriges Temperament bei den Einwohnern der Elfenlande gut angekommen ist. Das könnte der Grund sein, wieso Oberon beschlossen hat, sie wieder hierherzuschicken, an einen Ort, mit dem sie eine Vorgeschichte verbindet.« Elena sortierte ihre verbliebenen Besitztümer, um herauszufinden, welches davon am besten dabei helfen könnte, sie vor einem Dschinn zu beschützen, der fest entschlossen war, die Menschheit zu vernichten. »Setzt man Knoten ein, um einen Bindungszauber zu wirken?«, fragte sie und hob das Bündel Mariengras sowie ein Stück Schnur hoch.

»Ja. Aber zusätzlich ist auch noch ein kleines Ritual erforderlich, für das ein Talisman benötigt wird.« Yanis rieb sein Knie, als schmerze es. »Dafür gibt es eine Beschwörungsformel.«

»Und wieso können wir dieses Ritual dann nicht ausführen, um Jamra an die Stadt zu binden? Oder ihn gleich in etwas Kleineres bannen? In ein Gefäß beispielsweise. Das macht man doch eigentlich, oder? Man sperrt einen Dschinn in eine Öllampe oder eine Flasche und verkorkt sie fest.«

Yanis schüttelte den Kopf. »Um einen Dschinn zu binden, muss man seinen Namen kennen. Seinen wahren Namen«, sagte er mit erhobenem Zeigefinger, um diesen Punkt zu unterstreichen. »Den Namen, der aus dem Feuer aufsteigt, wenn er geboren wird.« Er schwieg einen Moment abgelenkt.

»Was ist?«

»Nun, die Dschinn scheuen keine Mühe, ihren wahren Namen zu schützen. Einfach, weil er in Zaubern gegen sie verwendet werden kann. Jamra hätte Sidras wahren Namen kennen müssen, um sie an die Stadt zu fesseln.«

»Hariq«, sagte sie. »Ihrem Ehemann hätte sie ihren wahren Namen vielleicht anvertraut.«

»Vielleicht. Aber Jamra muss ihn Hariq irgendwie heimlich entlockt haben. Oder er muss einen erfahrenen Zauberer an seiner Seite gehabt haben, der ihren Namen über einen Code herausbekommen konnte. Dafür werden Buchstaben und Nummern kombiniert, genau wie bei manchen Talismanen. Manchmal wird ein Name nämlich auf diese Weise geheim gehalten. Das tun die Dschinn, wenn sie ihren Namen einsetzen müssen, um ihre Macht anzurufen. Wie auch immer, Jamra muss Sidras wahren Namen kennen, um sie innerhalb der Stadtgrenzen binden können. Oder an jede andere Grenze.«

»Also können wir Jamra ohne seinen wahren Namen nicht festsetzen.«

»Nein. Es sei denn, Sidra kennt seinen Namen, was ich allerdings bezweifle, denn dieses hätte sie längst zu ihrem Vorteil genutzt.«

Diese Offenbarung ergab Sinn, auch wenn sie Elenas zarte Hoffnung arg dämpfte. Sie beobachtete, wie Yanis zu seiner Zeichnung zurückkehrte. Er achtete genau auf jede Linie. Obwohl er nur ein einfaches Stück Kreide benutzte, um die Symbole zu zeichnen, besaßen die Linien Klarheit und Prägnanz. Jede seiner Bewegungen war kalkuliert. Ordentlich. Zielgerichtet. Dies wiederum widersprach allem, was Sidra so verächtlich über diesen Mann gesagt hatte. Den sie einzig Scharlatan und Schakal nannte …

»Es ist nichts schiefgelaufen, oder? Mit dem Trank, meine ich. Ich weiß, dass ich die Frage vorhin schon einmal gestellt habe … aber das war, bevor ich gesehen habe, wie ernst du dein Handwerk nimmst«, sagte Elena.

»Und bevor du von meiner Vergangenheit wusstest?«

»Na ja … ja.« Über seine Schulter hinweg musterte sie die fast vollendete Zeichnung auf dem Boden. Ein echtes Kunstwerk. »Deine Ausbildung war offensichtlich sehr viel umfassender als die des einfachen Straßenverkäufers, in dessen Rolle du auftrittst.« Sie kniete sich neben ihn und spürte die Energie, die sich in den Symbolen sammelte und im Äther auf die Beschwörungsformel wartete. »Es gab noch etwas anderes, das bei Hariqs Tod eine Rolle gespielt hat, nicht wahr?«

Yanis legte die Kreide zur Seite und wischte sich die Fingerspitzen an seiner Hose ab. »Bitte sag Sidra nichts davon … aber ich habe mich oft gefragt, ob Hariq es selbst getan hat. Ob er seiner Dosis noch etwas hinzugefügt hat.«

»Du meinst … er hat sich selbst das Leben genommen?«

»Ich habe keinen Beweis dafür. Aber wir vier hatten einen Pakt geschlossen. Der Zauber konnte nicht funktionieren, wenn nicht jeder von uns die nötigen Worte sprach. Ich habe den Zauber selbst verfasst, fehlerlos. Niemand sonst hätte Einfluss darauf nehmen können.«

»Aber wieso hätte Hariq das tun sollen?«

»Eben! Er hätte so etwas niemals getan. Deswegen ergibt das Ganze keinen Sinn. Hariq und Sidra wirkten, als wären sie hier glücklich.« Er deutete mit dem Kinn auf die Stelle, an der Sidra zuletzt gestanden hatte. »Früher war sie einmal nett zu mir. Aber man kann die Gedanken anderer nie vollständig erfassen. Und hat auch keinen Einblick in eine Ehe, die nicht die eigene ist.«

»Ich habe sie nicht lange nach Hariqs Tod getroffen«, sagte Elena. »Im Gefängnis. Ihre Hinrichtung war bereits angesetzt.«

»Du hast ihr bei der Flucht geholfen!«

»Tatsächlich hat sie *mir* bei der Flucht geholfen. Und seitdem helfen wir uns gegenseitig.«

Elena hatte oft darüber nachgedacht, wie ihr Leben sich mit dem von Sidra und Yvette verwoben hatte. Ranken, die sich streckten und sich gegenseitig stützten … Ein seltsames Gewirr, das aber trotzdem die Frucht der Freundschaft getragen hatte.

»Es ist vollendet«, verkündete Yanis.

Er zog sich von der Zeichnung zurück, sprach eine Art Zauber oder Beschwörung in seiner Muttersprache und blies dann sanft über die Kreidestriche, um sie mit seinem Atem zu siegeln. Yanis hatte nie behauptet, dass die Magie Jamra zurückhalten konnte – doch mit etwas Glück konnte diese Zeichnung ihnen im Sturm ein Auge sein.

Elena mochte bei ihrer ersten Begegnung nicht an die Macht von Kreide und Atem und geflüsterten, fremdartigen Worten geglaubt haben, inzwischen aber war sie davon überzeugt, dass seine Bemühungen im Auge des Allwissenden gut aufgenommen wurden. Und auch im Auge des Allsehenden.

24

Schlafen sie schon?«

Der Hund hob den Kopf, um herauszufinden, woher die Stimme kam. Da … Die nervenzermürbende Kreatur saß mit baumelnden Beinen am Rande des Daches und starrte ihn aus Augen an, die wie Sterne funkelten.

»Die Hexe und der Zauberer sind noch wach. Sie versuchen, einen Schutzzauber zu wirken, der Jamra bändigt.«

»Ist das möglich?«

»Sie unterschätzen seine Macht. Die Kreidemagie des Zauberers wird brechen wie die spröden Knochen eines kleinen Vogels. Doch es besteht immer noch die Hoffnung, dass ihre anderen Talente erstrahlen werden.«

»Und Sidra?«

»Sie ist verängstigt. Verletzt. Für den Moment verschwunden. Doch sie wird zurückkehren, sobald sie verstanden hat, wie sie das Schicksal zu ihren Gunsten beeinflussen kann.«

Die Kreatur sah zu den Sternen hinauf und schaukelte mit den Beinen. »Welchen Weg auch immer die Magie einschlagen muss, welche Herzensnot auch immer sie verursacht … es muss so sein.«

Der Hund wusste, dass diese Worte der Wahrheit entsprachen, doch das milderte nicht den Schmerz, den es verursachte, die Geschehnisse in ihrem Werden beobachten zu müssen. Doch darum würde er sich später kümmern. Er wechselte das Thema, damit die aufmerksamen Augen dieser Kreatur seine Verzweiflung nicht erspähten. »Yvette hat das gut gemacht. Du hast dich in Bezug auf ihre Instinkte nicht geirrt.«

Das schien die Kreatur zu erfreuen. Dem Hund freilich war auch das vollkommen egal. Der starre Blick dieser Kreatur verursachte ihm schon seit Tagen Unbehagen. Es war, als könnte sie seine Absichten, seine Sorgen lesen. Aus lauter Angst, sie könne in seine Träume eindringen, hatte er kaum geschlafen. Mit einem schiefen Lächeln wandte die Kreatur nun den Blick ab – als hätte sie seine Gedanken gelesen. Sie rief ihre winzigen Schergen zu sich. Deren schwarzen Käferpanzer reflektierten das Licht der Sterne und lenkten die Aufmerksamkeit auf die Halfter auf ihren Rücken. In dieser Gestalt sah die Kreatur schrecklich aus. So albtraumhaft, dass jeder Mann sich fürchten würde, jemals wieder die Augen zu schließen. Der Hund war froh zu sehen, wie sie ihre Peitsche aus Grillenknochen schwang und in ihrem dünnwandigen Streitwagen davonfuhr. Schlafen würde er heute ohnehin nicht – doch das Wissen, dass dieses Scheusal durch die Nacht reiste, jagte ihm einen Schauder über den Rücken, als er sich auf einem Dach zusammenrollte, um mit dem Schwanz über der Nase auf die Morgendämmerung zu warten.

25

Die Wohnung war nicht sicher. Nicht mal ein schmaler Riss irgendwo in einer Mauer war sicher. Sidra glitt durch eine gepflasterte Gasse, wobei sie sich an den dunklen Rändern hielt, die nicht vom Mondlicht erhellt wurden. Sie hätte über die Dächer aufsteigen sollen, von wo aus sie die Bedrohung besser einschätzen konnte – nur wäre sie dann auch sichtbar gewesen. Ein einzelner Star, der in den Blick des schwebenden Falken flog.

Aber es musste doch irgendein Versteck geben! Einen Ort, an dem sie den Dolch wenigstens für ein Weilchen verbergen konnte, damit in diese Welt nicht diejenigen einfielen, die den Menschen darin die Kehle durchschneiden wollten. »Denk nach!«, ermahnte sie sich selbst. Doch die einzige Lösung, die ihr einfiel, war ebenfalls unsicher. Eine Alternative schien es allerdings nicht zu geben. Deshalb würde sie zum Alten gehen, sich ihm und seiner Weisheit anvertrauen. Und das schnell, noch bevor der Morgen am Horizont aufzog.

Sidra verließ ihre körperliche Hülle, bereit, so schnell wie möglich zur Höhle zu fliegen. Ihr Geist erhob sich über die Dächer – ein dünner Rauchfaden in der Nachtluft, verzweifelt auf der Suche nach Hilfe. Geschwind huschte Sidra zwischen Schornsteinen und Dachfirsten hindurch, glitt über die Baumwipfel von Zypressen und Palmen, so schnell wie der Zephir der Wüste. Als sie sich dem baufälligen Gebäude am Stadtrand näherte, drehte sie nach Westen ab, um sogleich in Höchstgeschwindigkeit über das offene Land zu sausen – doch dann knallte sie gegen eine Wand. Nach dem Zusammenstoß prallte sie weit zurück. Ihre Energie schwappte, als befände sie sich in einem Flakon, der geschüttelt wurde. Sidra fing sich und drängte erneut voran, traf jedoch abermals auf diese Barriere, die ihr jeden Weiterflug unmöglich machte. Sie hatte sich gerade materialisiert und die Hand nach dem unsichtbaren Hindernis ausgestreckt, als in ihrem Rücken eine Gestalt auftauchte, deren Schatten allein ihr den Atem raubte.

»Du bist leichtsinnig geworden, *jinniyah.*« Jamra trat vor sie. In seinen Augen brannte die unnatürliche Gier eines Grabräubers. »Es hat eine Zeit gegeben, wo ich mich nicht an dich heranschleichen konnte.«

»Du hast mich an diese Stadt gebunden.«

»Ich möchte doch nicht, dass du davonfliegst, bevor ich bekommen habe, was ich will. Hattest du nicht genau das vor?«

»Noch ist der Morgen nicht heraufgezogen.«

Jamra hob die Augen zum Himmel, dann deutete er. »Und doch erhebt sich da bereits Atarsamain, um unser Gespräch zu belauschen.«

Sidra wagte nicht einmal, einen Finger auszustrecken und damit das Fläschchen zu berühren. Wenn Jamra auch nur die kleinste Bewegung registrierte, würde er wissen, dass sie es bei sich trug. Und sie konnte – *wollte* – vor diesem Schakal den Blick nicht senken. »Der Morgenstern ist meinem Stamm wohlgesinnt«, sagte sie und zwang sich, so breit zu grinsen, dass die goldenen Verzierungen auf ihren Zähnen im Mondlicht leuchteten. Sie hoffte, ihn mit dem Gedanken zu verunsichern, dass der Morgenstern ihr bei diesem Gespräch seinen Segen gab. Jamras Stamm stammte aus dem

Land des Sonnenuntergangs. Wollte er angeben, war das für ihn nicht die geeignete Stunde. »Beabsichtigst du wirklich, diesen Unsinn unter seinem Blick fortzuführen?«

Jamra tigerte nach links. *Gut. Soll er ruhig das Gefühl haben, auf unsicherem Grund zu stehen.* Sidra hielt ihre Füße fest auf dem Boden, als er um sie herumwanderte. »Diejenigen, die du zu schützen suchst, sind es nicht wert. Sie sind schwach. Machtlos. Lehmfüßige Sterbliche. Sie brennen nicht so hell wie wir. Sie tun nichts anderes, als die Welt immer weiter mit ihren dummen, sterblichen Abkommen vollzustopfen. Das einzig Gute an ihnen ist, dass ihr Leben kurz und unwichtig ist. Sie sind Spielzeuge, vor deren Nase man mit einem Fünkchen Hoffnung wedelt, nur um zu beobachten, wie man sie damit in die Irre führen kann – und am Ende von einer Klippe stürzen lässt.«

Jamra lachte, und die Hitze seiner Verachtung ließ Rauch von den Dachschindeln über ihnen aufsteigen. »Die Welt ist besser dran, wenn man diese Idioten vom Antlitz der Erde tilgt.« Er stoppte vor Sidra, und sein heißer Atem dampfte in der kühlen Morgenluft. »Das Siegel und der Dolch sind der Grund, warum mächtige Familien wie unsere in die Welt gebracht wurden, Schwester. Wir wurden für höhere Ziele geschaffen. Zweifelst du daran?«

Auf jeden Fall zweifelte Sidra an seiner geistigen Gesundheit. Bevor sie Jamra getroffen hatte, hätte sie niemals behauptet, dass jemand zu viel Feuer besitzen konnte – doch seine Hitze bestand nur aus verbranntem Boden und schwarzen Kohlen. Daran würde sich nie etwas ändern. Und doch schimmerte er nun vor Angst. Die Furcht glitt durch seine Adern wie Benzin, das beißend und widerlich, das nach Zerstörung stinkend verbrannte.

»Ich zweifele daran, dass ich den Dolch jemals in deinen ungeeigneten Fingern sehen werde.«

»Stell dir die glänzenden Städte vor«, sagte er, »die wir für uns bauen werden, sobald die Sterblichen und ihre banalen Besitztümer in den Abgrund des Chaos gestürzt sind, das sie verdient haben. Oh, das hatte ich ja ganz vergessen … Die Sterne behaupten, dass du nicht lange genug leben wirst, um die Zukunft, die wir in Visionen gesehen haben, mitzuerleben.«

»Vielleicht hast du die Sterne rückwärts gelesen. Das ist oft ein Problem bei denjenigen, die nicht klar sehen können.«

»Du sitzt in der Falle und bist gebunden. Du wirst mir den Dolch ausliefern! Falls nicht, schwöre ich dir, dass ich dieses Kaff niederbrennen werde, bis es nur noch eine verkohlte Narbe auf einem nach Süden ausgerichteten Hang ist.«

Unwillkürlich verzog Sidra den Mund. »Nicht in diesem Leben.«

»Dann werde ich dich und alle anderen in diesem elenden Nest bis zum Ende des Tages in die nächste Welt schicken.« Jamra trat einen Schritt näher heran und blies ihr ein letztes Mal seinen stinkenden Atem ins Gesicht. »Ich weiß, dass der Dolch irgendwo hier versteckt ist, *jinniyah*. Ich habe in einem Traum eine Vision empfangen. Einzig die Frage, auf welches Versteck dein hinterhältiger Geist verfallen ist, hält dich noch am Leben.«

Jamra kniete sich auf den Boden und packte eine Handvoll Dreck aus dem Rinnstein, eine Mischung aus Sand, Mörtel und kleinen Steinen, die von den Dächern und Wänden gespült worden waren. Er rührte langsam kreisförmig mit dem Finger im Kreis darin herum und flüsterte einen Beschwörungszauber.

Sidra erkannte die Magie, die er rief, und wich langsam zurück. »Das kannst du nicht machen! Nicht hier!« Ihr Blick huschte über den Himmel. Jamra lachte nur.

»Sie kommen«, sagte er, blies seine Handfläche sauber und beschwor damit die hitzigen Reiter herbei, die in ihrem

Schlepptau den großen Habub über das Meer mitbringen würden.

Sidra hatte das nicht für möglich gehalten, nicht in diesem Land und so fern der Wüste. Doch sie fühlte, wie der Wind drehte, spürte, wie Sturm das Meer aufpeitschte, und verstand unweigerlich, dass Jamra mächtiger geworden war, als sie es sich je vorgestellt hatte.

»Ich habe dich davor gewarnt, dich mir in den Weg zu stellen.«

Jamra verging schimmernd im morgendlichen Nebel, während Sidra gegen den Impuls ankämpfen musste, wie ein verängstigtes Kind durch die Gassen zu laufen und alle ahnungslosen Schläfer in ihren Betten vor ihrem nahenden Tod zu warnen.

26

Ein Windstoß rüttelte an den Fenstern des Ladens. Elena zuckte zusammen. Jedes noch so kleine Geräusch schien sie nervös zu machen, seit die Uhr die letzte Stunde vor Sonnenaufgang eingeläutet hatte. Sie und Yanis waren die ganze Nacht wach geblieben, um den Schutzzauber vorzubereiten. Jetzt meditierte der Zauberer und rief seine Energie an, damit sie im richtigen Moment die Beschwörung sprechen konnten. Er war ein stiller Mann, seiner Kunst vollkommen verpflichtet. Angst hatte seinen Fähigkeiten jedoch die Schärfe genommen. Die Furcht hatte weder sein Wissen noch seine Scharfsinnigkeit beeinflusst, aber ihm das Selbstbewusstsein geraubt. Nach ihrer Konfrontation mit dem Dämon wäre Elena im letzten Jahr beinahe derselben lähmenden Angst erlegen, weshalb sie Yanis' Bedürfnis verstand, sich seiner Macht zu vergewissern … nun, da der entscheidende Moment herannahte.

Vermutlich war Elena ebenfalls mit dieser Aufgabe beschäftigt, auch wenn es für einen unbeteiligten Zuschauer wahrscheinlich aussah, als ließe sie sich Granatapfelkerne schmecken, während sie mit den Fingern immer wieder über ihr Zauberbuch strich. Das Buch hatte ihr das gesamte Leben lang gute Dienste geleistet – oder zumindest so lange, wie ihre Erinnerung reichte. Grand-Mère hatte es für sie angelegt, noch bevor Elena selbst schreiben konnte. Sie hatte Notizen und Anweisungen darin festgehalten, die Elena später, sobald sie etwas Erfahrung gesammelt hatte, ergänzt oder verbessert hatte. Doch wenn sie die Aufzeichnungen nun durchging – nachdem sie den Abend damit verbracht hatte, magische Symbole in Reihenfolgen zu bringen, die sie sich niemals hätte vorstellen können –, entdeckte sie etliche Lücken. Ihr Grimoire enthielt nur einen kleinen Teil des magischen Wissens der Welt. Sicher, dabei handelte es sich um die Magie, die Elena verstand und voller Selbstbewusstsein anzuwenden vermochte – doch waren diese Zauber nicht die einzigen, die es wert waren, eingesetzt zu werden.

Das Zauberbuch schien ihre veränderte Stimmung zu bemerken, denn es begann zu schmollen und blätterte sich nicht mehr um, nachdem Elena eine Seite gelesen hatte. Daher legte sie das Buch neben die Räucherschale, in der immer noch ein Stück *bakhoor* qualmte. Mit etwas Glück würden die Seiten den Geruch aufnehmen und bewahren, damit sie ihn auch nach ihrer Rückkehr nach Hause wieder aufrufen konnte. Wie immer löste der Gedanke an ihr Zuhause eine Mischung aus Schuldgefühlen, Sehnsucht und Verzweiflung in ihr aus, weil sie nicht bei Jean-Paul war. Bis zur Abfahrt des nächsten Zuges, die noch Stunden entfernt war, konnte sie nicht zu ihm gelangen – und selbst dann würde ihr das nur gelingen, *wenn* sie zu diesem Zeitpunkt noch am Leben war.

Trotzdem gab es einen Weg, nach Hause zu kommen, wenn auch nur auf passive Art. Elena rollte sich in einer Ecke des Sofas zusammen und dachte intensiv an Jean-Pauls kantiges Kinn, an die Hitze seiner Haut und die Art, wie er sie im Weinberg ansah, wenn sein Herz erfüllt war von Leben und Liebe zu ihr und all den Dingen, die sie gemeinsam aufbauten. Bald schon fand sie das silberne Band, das in der Schattenwelt zu ihm führte. Doch statt sie nach Hause an sein Bett zu führen, wie Elena es erwartet hatte, fand sie sich in einem kleinen Raum wieder. Der Boden bebte, und die Außenwelt, die immer noch in unheimlicher Dunkelheit lag, schwankte, als befände sich der Raum im Zentrum eines Tornados.

Und da war Jean-Paul, der aufrecht sitzend unter einer Decke schlief. Neben einem Fenster. Saß er in einem Zug? Sie sank tiefer in die Schattenwelt. Ja. Dort, ihm gegenüber, saß ein älterer Gentleman, der im Schlaf vor sich hin murmelte. Auf dem Sitz neben diesem Mann stand eine Reisetasche, aus der ein Zugticket herausragte.

Die beiden saßen im Nachtzug. In dem Zug, auf den sie wartete, um damit nach Hause fahren zu können.

Jean-Paul war auf dem Weg zu ihr.

Der Gentleman stieß ein Schnauben aus, um dann leise zu brummen. Da sie seine Privatsphäre nicht stören wollte, zog Elena sich aus der Schattenwelt zurück und öffnete die Augen. Nein, es war nicht der Gentleman im Zug, der das Geräusch erzeugt hatte. Es war Yanis. Er saß ihr direkt gegenüber, und sie hörte deutlich sein »Aha«. Er wandte den Blick ab und entschuldigte sich für sein Gemurmel, doch es war offensichtlich, dass etwas ihn beschäftigte.

»Was ist los? Ist etwas geschehen?«

»Nein, bisher nicht. Nur … du bist ja fähig, durch die Schattenwelt zu reisen«, sagte er, auch wenn es mehr wie eine Frage klang. Als versuche er, die Bedeutung dessen zu erfassen, was er gerade gesehen hatte. »In Trance, nehme ich an …«

Elena strich sich das Haar glatt. Nach zwei Tagen der Abwesenheit von zu Hause fühlte sie sich ungepflegt. »Ja«, gab sie zu, nur um im nächsten Moment ein Gähnen hinter der Hand zu verbergen. »Ich kann alle sehen, denen ich verbunden bin.«

Yanis presste nachdenklich die Finger gegen die Lippen,

bis Zuversicht seine Miene aufhellte. Offensichtlich hatte er eine Idee. Doch bevor er sie ihr mitteilen konnte, wackelten die Wände in einer Sturmböe. Sidra rauschte in den Laden und begann auf und ab zu tigern, kaum dass ihre Füße sich am Boden materialisiert hatten. Yanis, der immer noch im Namen des Wohlbefindens auf sein Holzbein verzichtete, stützte sich auf dem Tresen ab und hüpfte zu seiner Zeichnung, um sich zu vergewissern, dass sie Sidras Erscheinen überlebt hatte. Er entfernte ein paar Kreideverwischungen. Sidra beobachtete sein Tun, bis sie die Geduld verlor.

»Jetzt ist nicht die Zeit für Kreidezeichnungen, du Narr! Er hat die Ifrit herbeibeschworen.« Sie presste einen Finger auf den Teller der anderen Hand, während sie mit Yanis sprach.

»Und auch einen Habub?«, fragte er, den Blick zum Fenster gerichtet. Sein Optimismus von eben wich blankem Entsetzen.

»Wer ist Habub noch einmal?«, fragte Elena.

»Nicht wer, sondern was.« Geistesabwesend rieb sich Yanis über das Knie, dem der Unterschenkel fehlte. »Der Habub ist ein Sturm. Aus Sand.«

»Ein Sturm, der von den Füßen der Ifrit aufgewühlt wird, wenn sie über die Wüste reiten«, fügte Sidra hinzu.

Ein Sturm? Sie wusste, dass es möglich war, schlechtes Wetter heraufzubeschwören, aber nichts, was sie kannte, rechtfertigte Yanis' panische Reaktion.

»Ein Habub könnte die gesamte Stadt vernichten«, sagte Yanis, als hätte er die Zweifel in ihrer Miene erkannt. »Sie unter Sand begraben und jeden, der dem Sturm ausgesetzt ist, ersticken, weil die Körner in seine Nase, Kehle und Lunge eindringen würden.«

Seine Angst wirkte ansteckend, als Elena an all die Sterblichen dachte, die bald erwachen würden. »Wir müssen die Menschen warnen!«, verlangte sie, obwohl ihnen für diese

Aufgabe kaum genug Zeit bleiben dürfte. »Es muss einen Weg geben, die Einwohner auf die Gefahr aufmerksam zu machen.«

Sidra stapfte durch den Laden. »Es gibt nichts Schlimmeres als panische Sterbliche, die überall herumrennen, weil sie glauben, auf diese Weise ihr Leben retten zu können.«

»Doch wenn dieser Habub so schlimm ist, wie ihr beide behauptet, dann werden Unschuldige leiden, wenn sie bleiben.« Elena schüttelte den Kopf und kam zu einem unvermeidlichen Schluss. »Nein, du musst gehen«, sagte sie zu Sidra. »Verschwinde von hier. Mir ist egal, was dir prophezeit worden ist. Du musst diesen Dolch fortschaffen und hoffen, dass Jamra dir folgt. Dann könnte die Stadt verschont werden.«

Sidra kochte vor sich hin, bis heiße Luft um sie waberte. »Ich kann nicht.«

»Was meinst du mit *Ich kann nicht*? Willst du wirklich alle hier den Launen dieses Irren aussetzen?«

Sidra trat vor Elena und spie ihr die nächsten Worte förmlich entgegen. »Und was, glaubst du, wird geschehen, wenn Jamra eine Waffe in die Hände bekommt, die das Gleichgewicht zwischen Ordnung und Chaos in der Welt beeinflussen kann?«

Doch Elena ließ sich nicht einschüchtern. »Du musst den Dolch nehmen und verschwinden! Flieh! Renn meinetwegen bis ans Ende der Welt, um Jamra zu entkommen! Finde einen anderen Magus, der die Macht dieses Siegels beschützen kann.«

»All das würde ich ja gern tun, aber ich *kann* es nicht.« Sidra stemmte die Hände in die Hüften und zog sich zurück, dann dachte sie angestrengt nach. Bevor Elena weitere Argumente in die Waagschale werfen konnte, hob die Dschinn den Kopf, blickte dabei aber unverwandt zu Boden. »Er hat es wieder getan«, sagte sie. »Jamra hat einen Zauberer dazu gebracht, meinen wahren Namen über den Flammen zu flüstern. Dadurch bin ich hier gefangen. Er will mich und alle anderen hier durch den Sturm unter Sand begraben – nur um mich dazu zu zwingen, ihm den Dolch auszuhändigen. Aber das kann ich nicht. Das werde ich nicht tun.«

»Das ist eine Katastrophe. All diese Menschen …« Elenas Magen verkrampfte sich, und Verzweiflung stieg in ihr auf. »Kennst du vielleicht seinen wahren Namen? Könnten wir ihn nicht genauso binden, wie er es mit dir getan hat? Ihn womöglich sogar endgültig loswerden?«

»Elena kann in die Schattenwelt sehen«, mischte Yanis sich ein. »Wenn wir seinen wahren Namen wüssten, könnte ich den Zauber wirken, und sie würde dafür sorgen, dass Jamra nicht durch den Äther entkommt.«

»Mein Ehemann war der Einzige, der Jamras wahren Namen hätte kennen können. Verflucht soll der Himmel sein! Hariq hat mir nie verraten, wie sein Bruder heißt, sonst hätte ich diesen Schakal schon vor einem Jahrhundert auf die Größe seines vertrockneten Herzens zusammengestaucht, um mich endlich von ihm zu befreien.«

Sidra zog einen kleinen Parfümflakon aus ihrem Kaftan, der genauso aussah wie all die Fläschchen in Camilles Büro. Sie packte das Kristallglas fester und führte es an die Lippen, dann wanderte sie erneut durch den Raum und blieb erst vor dem Couchtisch mit der Räucherschale darauf wieder stehen. »Was ist das?«, fragte sie, als sie Yanis' Holzbein entdeckte, das er ans Sofa gelehnt hatte.

»Die abgenutzte Polsterung hat mir beim Arbeiten Schmerzen bereitet, also habe ich es abgenommen. Wenn du willst, stelle ich es woanders hin.«

Sidra sah von seiner Kreidezeichnung zu Yanis' Hosenbein, das auf Höhe der Prothese abgeschnitten war. Dann richtete sie den Blick wieder auf das hölzerne Bein, mit seinen Lederbändern zur Befestigung und dem Stahlstift anstelle des Fußes. »Nein, nein, ist schon in Ordnung. Kümmere dich wieder um deine Symbole.«

Die Dschinn setzte sich und drückte sich den Parfümflakon an die Stirn. Elena und Yanis ließen Sidra in Ruhe und kontrollierten stattdessen, ob die Zeichnung auf dem Boden noch in Ordnung war. Als sie erneut zu Sidra hinübersahen, wedelte sie sich gerade mit Räucherwerk geschwängerte Luft unter die Nase. Sie atmete mehrmals tief durch, dann packte sie den Flakon mit neuer Entschlossenheit. »Ich werde das Mädchen holen gehen«, sagte sie demütig. »Die Experimente von ihr und der Parfümhexe mögen närrisch sein, aber vielleicht gibt es irgendetwas, das wir tun können, um die Menschen hier zu warnen, bevor die Katastrophe über uns hereinbricht.«

Yanis deutete zum Fenster hinüber. »Ich würde sagen, das Unheil steht bereits vor der Tür.«

Alle drei begaben sich nun in den vorderen Teil des Ladens. Noch vor dem Tag zog am Horizont ein Sturm herauf. Wolken mit einer unheimlichen Färbung aus Pink und Sandbraun erdrückten die Dächer förmlich.

»Fang besser an, deine Schutzzauber zu wirken, Zauberer.« Sidra trommelte mit den Fingern auf den Kristallvogel am Verschluss des Flakons. »Ich werde zurückkehren, bevor die ersten Sandkörner vom Himmel prasseln«, sagte sie und verschwand.

Elena überschlug hektisch, wer eher eintraf, der Sturm oder Jean-Pauls Zug. Für einen kurzen Moment fragte sie sich, ob sie etwas unternehmen konnte, um die Lokomotive noch vor ihrer Einfahrt in den Bahnhof zu stoppen … Nein, angesichts ihrer jämmerlichen Vorräte lag das außerhalb ihrer Macht. Und was den herannahenden Sturm anging … Sie war durchaus fähig, ein sanfte Brise zu zügeln. Dafür war nur eine kurze Bitte an die Elementare nötig. Doch ihr Instinkt warnte sie, dass ihre Magie nutzlos wäre gegen die

Front aus trampelnden Hufen und Sand, die nun auf sie einstürmte.

»Schnell«, sagte Yanis, der neben seinem siebenzackigen Stern stand. »Wir müssen die Schutzmagie verstärken.«

Elena schloss sich ihm an, all ihre Zweifel unterdrückend, damit die Energie des Zaubers ja in die gewünschte Richtung floss und ihr Werk tat. Es blieb keine Zeit mehr, sich Spekulationen hinzugeben. Der Moment war gekommen. Jean-Paul befand sich auf Kollisionskurs mit dem Sturm … Genau wie sie alle. Also formte sie mit den Händen das heilige Zeichen, um Yanis' Magie mit der ihren zu verstärken.

Augenblicke später wurde es unheimlich still. Die ersten Strahlen der Sonne drangen durch das Fenster, dann verdunkelte eine Wolke aus Sand und Raserei den Himmel.

27

Sidra musste mit ihrer Energie haushalten. Der Bindungszauber hatte sie nicht nur in dieser Stadt festgesetzt, sondern auch ihre Macht geschwächt, sodass jede einzelne Handlung sie näher an den Rand völliger Erschöpfung brachte. Wenn sie nicht aufpasste, würde sie als hilfloses Opfer in den Fängen des Sturms enden. Doch auch die Dämonen würden auf der Hut sein. Jamras Magie war zwar mächtig, hinter den Ifrit lag allerdings eine Reise von den Wüsten ihres Heimatlandes über das offene Wasser bis hin zu dieser Stadt. Dennoch würde ihr Sturm von wildem Hunger erfüllt sein. Ein Hunger, der jeden töten würde. Ein Hunger, der nach einem vollen Bauch verlangte …

Die Dschinn materialisierte sich im Büro der Hexe in der Parfümfabrik. Dort brannte kein Licht. Und es hallte auch kein schrilles, aufgeregtes Lachen durch die Flure, auch wenn immer noch ein betörender Duft von Lavendel in der Luft hing. In der Nähe eines Destillierapparates saß ein Mann in einem weißen Laborkittel zusammengesackt. Sein Kopf lag auf dem Arbeitstisch. Sidra näherte sich dem Sterblichen und legte vorsichtig einen Finger an die Haut seines Halses. Sie zitterte bei der Berührung, doch seine Haut war noch warm, und der Mann atmete. Als er leise schnarchte, zog sie die Hand zurück.

Neugierig begab Sidra sich ins Erdgeschoss, nur um in der Eingangshalle ein ähnliches Bild vorzufinden. Lavendelduft und vollkommene Stille. Der Hauswart war an der Wand zusammengesunken und saß neben einem Eimer mit einem Wischlappen darin. Sie trat über seine ausgestreckten Beine hinweg, um durch eine Glastür nach draußen zu spähen. Ein Laternenanzünder lag am Boden und schnarchte leise, die Wange ans Pflaster geschmiegt. Es war, als wäre sie in ein Märchenland geraten, in dem alle Sterblichen einem Zauber anheimgefallen waren. Aber wo war das Mädchen?

Einen Moment lang fragte sich Sidra, ob Jamra dafür verantwortlich sein konnte. Dafür wirkte die Verzauberung allerdings nicht grausam genug. Nein, das war eine Magie, die von dem Mädchen und der Parfümhexe gewirkt worden war. Ganz bestimmt. Das wiederum bedeutete, dass die Fabrik noch sicher war. Sidra hatte einen Moment Zeit. Sie wanderte in Richtung des Ladens, wo sich Dutzende Flakons *Fleur de Sable* in Regalen reihten wie Vögel auf einem Kabel. Hariqs Geschenk. Seine Leidenschaft. Sidra trat durch die Tür, um sich den Flakons zu nähern. Sie hatte sich das letzte Mal sicher gefühlt, als sie an Hariqs Seite gelegen hatte. Bevor sie sich beide einen Tropfen dieses vorgetäuschten Todes in ihre Augen geträufelt hatten. Die Dschinn starrte die unzähligen Flakons an, erfüllt von dem Wissen, dass sie nie wieder den Moment erleben würde, wenn sich die Sonne über dem Horizont erhob. Nie wieder würden die Hitze und der Duft eines Körpers sie daran erinnern, dass ihr ein weiterer Tag voller Leben und Glück vergönnt war …

Dieses Leben gab es nicht mehr. Erinnerungen und Nebelschwaden. Sie stellte ihren Flakon zwischen all die anderen auf dem Regal und verabschiedete sich.

Das Mädchen. Mit einem Kopfschütteln erinnerte Sidra sich an ihre Aufgabe. Sie flog auf die Dächer, um in den Straßen nach der Elfe Ausschau zu halten. Die Morgendämmerung zog bereits am Horizont auf. Die Wolkenwand des Sturms kollidierte mit den ersten Sonnenstrahlen und färbte den Himmel in hellem Pink. Noch war es für die meisten Menschen zu früh, um unterwegs zu sein, doch diejenigen, die sie entdeckte – den Bäcker, die Zeitungsverkäufer, die Angestellten im Bahnhof –, waren ebenfalls in sich zusammengesunken. Und dann machte sie das unheimliche Leuchten des Mädchens aus, am Fuß des Hügels, auf dem Beifahrersitz eines kanarienvogelgelben Automobils. Die Dschinn setzte Energie ein, die sie eigentlich nicht verschwenden durfte, um auf den Rücksitz des Wagens zu springen.

Das Mädchen wirbelte herum. »Sidra! Du hast uns gefunden!«

»Gute Güte, hast du mich erschreckt«, sagte Camille und rückte den Rückspiegel zurecht, bevor sie das Auto an den Straßenrand lenkte.

Auf dem Rücksitz standen noch zwei Kanister, die geradezu betäubend nach Lavendel stanken. »Die Propheten mögen uns schützen! Was habt ihr damit vor?«

Yvette nickte in Richtung der Hexe. »Das war Camilles Idee. Wir waren bereit, den Duft einzusetzen, an dem wir gearbeitet haben …«

»… aber uns war schleierhaft, was diese überwältigende Duftmagie mit den Sterblichen um uns herum anstellen würde«, beendete Camille den Satz. »Einige von ihnen sind gute Freunde, vergiss das nicht.«

»Deshalb haben wir Thomas ein wenig davon unter die Nase gesprüht.«

»Das ist mein Assistent.«

»Und er ist sofort eingeschlafen. Camille denkt, das liegt an dem ganzen Lavendel, den wir verwendet haben.«

»Da bin ich mir immer noch nicht ganz sicher. Könnte auch sein, dass der *Glamour* aus deinem Blut ihre Gehirne beeinflusst hat.«

»Die wahrscheinlichste Erklärung dürfte jedoch die Kombination aus beidem sein«, sagte Yvette im Brustton der Überzeugung.

Camille musste ihr beipflichten. »Stimmt. Außerdem könnte es sein, dass ich mich beim Wirken des Zaubers zu sehr von meinem Schlafmangel habe leiten lassen.«

Sidra hob die Hand, um die beiden zum Schweigen zu bringen. Allein der Versuch, dem Gespräch zu folgen, erschöpfte sie. »Aber wieso sitzt ihr mit zwei Kanistern dieses Duftes in dieser Monstrosität von Fahrzeug? Habt ihr den Sturm am Horizont nicht bemerkt? Jamra und seine Ifrit werden Sand auf die Stadt niedergehen lassen, uns mit zerstörerischen Winden beschießen und jeden ersticken, der sich ihnen in den Weg stellt.«

»Nun, genau darum geht es.« Yvette sprühte aus einem Zerstäuber von der Größe einer Grapefruit Parfüm in die Luft. »Wir dachten, wir könnten vielleicht zwei Fliegen mit einer Klappe schlagen. Unsere göttliche Kreation einsetzen, um die Nasen der Ifrit zu beleidigen … und gleichzeitig die Sterblichen schützen, indem wir sie mit dem Zeug einnebeln. Wenn sie schlafen, können sie nicht ins Kreuzfeuer geraten.«

»Ich dachte, eure Gesetze verbieten solche Handlungen gegen Sterbliche?«

»Hör mal, das dient dem Allgemeinwohl! Du hast doch selbst gesagt, dass diese Fieslinge es ernst meinen. Nun, dasselbe gilt für uns.«

»Ihr könntet jeden Sterblichen damit in Schlaf versetzen?«

Camilles Lächeln verblasste. »Ich habe Tauben zu den Hexen in den anderen *parfumeries* geschickt. Sie wollen uns helfen und decken mit eigenen Kanistern die Häuser und Straßen oben und den Bahnhof am Fuß des Hügels ab.« Die Hexe beobachtete, wie eine Duftwolke vom Auto zu dem Wohngebäude rechts von ihnen trieb. Sie flüsterte eine Beschwörung, die trotz der gesprochenen Worte fast wie ein Lied klang.

»Schlaft, ihr Menschen, rührt euch nicht,
umhüllt von Duft und hellem Licht.
Atmet tief und träumet schön,
bis alle wir uns wiederseh'n.«

Die Hexe drehte sich zu Sidra, um ihr Gesicht zu mustern, als der Zauber besiegelt wurde. »Eine Straße nach der anderen.«

Sidra hielt den Plan der beiden Frauen für irrsinnig. Aber vielleicht war das wirklich besser als ein Massenexodus samt kreischender Menschen, die aus der Stadt flohen, um sich auf den umliegenden Feldern in Sicherheit bringen. Der Sturm könnte immer noch viele von ihnen umbringen, doch wahrscheinlich wäre es dann ein freundlicher Tod in süßer Ahnungslosigkeit. Nie zuvor in ihrem Leben hatte Sidra einen Sterblichen beneidet, doch jetzt – als sie sich vergegenwärtigte, dass der Duft keine andere Auswirkung auf sie hatte als die, ihr in Erinnerungen zu rufen, wie sie in glücklicheren Zeiten über purpurfarbene Felder geflogen war – flackerte ein Gefühl von Neid in ihr auf wie eine Kerzenflamme. Was hätte sie dafür gegeben, einfach einzuschlafen und niemals wieder aufzuwachen.

28

»Wusstest du, dass er das tun würde?«

Der Hund vermied es, die Kreatur anzusehen, als der Habub mehrere Kilometer von ihnen entfernt Form annahm. »Seine Seele ist verdorbener, als ich dachte«, antwortete er.

Bald wäre es vorbei. Dann wäre der Hund von dieser erzwungenen Allianz mit dieser Kreatur und ihrem vage beunruhigten Murmeln befreit. Doch für den Moment stellten die Ifrit einen Grund zur Sorge dar. Die Hufe ihrer Pferde würden noch an Kraft gewinnen, je näher sie der Stadt kamen.

»Sollen wir etwas unternehmen, um die Horde aufzuhalten?«

Hörte er da ein angstvolles Zittern in der Stimme der Kreatur? Der Hund schüttelte sein Fell aus und schlang auf seinem Sitzplatz am Rand des Daches den Schwanz um die Pfoten. Waren sich etwa selbst diejenigen, welche die Schachfiguren nach Belieben setzen konnten, nicht ganz sicher, wie sich ihre Züge auswirkten? Wie sollte man dann die Herausforderungen des Schicksals annehmen? Aber gut, hier ging es um Angelegenheiten des eigenen Blutes, das konnte noch die nobelste Einstellung beeinflussen …

»Es ist zu spät«, sagte er. »Oder zumindest übersteigt es

meine limitierten Fähigkeiten. Außerdem wird auf diese Weise das, worauf wir die ganze Zeit warten, schneller eintreten.«

Die Kreatur wappnete sich, als wollte sie beweisen, dass sie das Schlimmste ertragen konnte, sofern es nötig war, um zum Ziel zu gelangen. Dabei wäre sie vielleicht sogar imstande gewesen, den heranrollenden Sturm aufzuhalten – so denn mangelnder Mut den Hund zu einer Einmischung veranlasst hätte. Doch was wäre dann aus dem Ergebnis geworden, das herbeizuführen sie beide sich verbündet hatten?

»Du musst dich doch fragen, ob der Preis am Ende nicht zu hoch ist«, sagte sie.

Doch da irrte sie sich. Der Hund hatte die alberne Vorstellung, dass sich einzelne Ergebnisse gegeneinander aufwögen, schon lange aufgegeben. Er wollte diese Scharade einfach nur zu einem Ende bringen. Dann würde er im Gegenwind der Konsequenzen stehen und hoffen, dass er sich dem Leben erneut als Mann auf zwei Beinen stellen durfte.

Die Kreatur schien seine Zurückhaltung zu spüren, schien seine Gefühle ans Licht zerren zu können. »Wut ist nur eine Art von Energie im Spektrum der Emotionen«, sagte sie. »Vergebung eine andere. Du wirst früh genug erfahren, wo dein Platz dann ist.«

Sie lachte und schlug mit ihrer Peitsche in die Luft, bis er ein Donnergrollen hörte.

»Und du?«, fragte er. »Wirst du zufrieden sein?«

»Alle Schuld wird bezahlt sein.« Sie atmete tief aus, und die Schatten um sie herum lichteten sich, bis er ihr fast in die Augen blicken konnte. »Doch es ist eine eigenartige Art von Macht, diese Wunschmagie. Wie sie sich manifestiert und durch den Kosmos wirbelt gleich dem Schweif eines Kometen. Dieses brennende Verlangen, realisiert zu werden … Es sorgt dafür, dass Leben aufeinanderprallen, zurücktaumeln und erneut zusammenstoßen, während die

Entwicklung voranschreitet.« Sie hob einen knochigen Finger und rührte damit in der unsichtbaren Luft, bis Sternenstaub einen winzigen Strudel aus glitzerndem Licht bildete. »Die Wunschmagie sammelt sich in seltsamen kleinen Wirbeln der Übereinstimmung, zieht an hauchzarten Lichtfäden, die irgendwie alle miteinander verbunden sind.« Mit einer Bewegung ihres Fingers vertrieb die Kreatur den Wirbel und ließ ihn von einer Brise davontragen. »Die Magie interessiert sich nicht für den angerichteten Schaden, solange der Herzenswunsch des Empfängers erfüllt wird.«

»So funktionieren Wünsche.« Und noch während der Hund die Worte aussprach, spürte er ihre schmerzhafte Wahrheit: Auch er selbst würde vielleicht als Kollateralschaden enden, der vom Wind davongetragen wurde. »Deswegen sind sie kostbar und dürfen nicht verschwendet werden.«

Die Kreatur schien zufrieden damit, ihm Unwohlsein bereitet zu haben, zumindest emotional. »Ich werde mich einmischen, falls Blut vergossen wird. Dem habe ich nicht zugestimmt.«

Doch der Tod erforderte nicht notwendigerweise Blutvergießen. Niemand sollte so sorglos formulieren. »Ich verstehe«, sagte er.

Der Wirbelwind drängte immer näher heran. Die Wolkenwand gewann an Höhe und Breite. Der Hund war sich sicher, dass die Sturmfront groß genug war, um die Stadt vollständig zu vernichten. Und trotzdem schliefen die Einwohner, als ob …

Erst da realisierte er, wie seltsam leer die Straßen wirkten. Kein Bäcker, der seinen Laden öffnete, nirgends ein Mann, der die Flammen der Laternen löschte, kein Straßenkehrer, der den Dreck aus den Rinnsteinen entfernte. Niemand schlug Alarm. Sicher, der Sturm verbarg die Sonne, doch trotzdem war es hell genug, um den Tag einzuleiten. Er reckte den Hals.

»Was ist?«

»Riechst du das? Lavendel, durchdrungen von den Worten einer Hexe.«

Die Kreatur stand auf und hielt ihre Nase in die Luft. »Und Elfenblut.«

Er drehte den Kopf, um herauszufinden, ob sie das ernst meinte.

»Da«, sagte sie und deutete nach unten auf die Straße. Ein gelbes Auto bog rumpelnd in die Gasse unter ihnen ein. »Sie wirken einen Schlafzauber.«

Beide spähten über die Dachkante und schnüffelten. »Ja, das ist das Zeug«, bestätigte die Kreatur, und ein dünner Faden Speichel troff aus ihrem winzigen Maul. »Welche Träume werden heute Morgen geboren werden?«, fragte sie laut, während ein unheilvolles Funkeln in ihre Augen trat.

Der Hund erschauderte, als er diese Hebamme von Träumen aus den Augenwinkeln beobachtete. Niemand, den er kannte, sprach jemals von ihr – es sei denn, die Träume waren finster und unangenehm, sodass man mitten in der Nacht schweißgetränkt und mit um den Körper geknoteten Laken aufwachte. *Hebamme von Albträumen* wäre eine passendere Bezeichnung gewesen.

»Ich könnte mich zurückverwandeln, wenn dir das lieber ist«, sagte die Kreatur. »Aber wir hatten uns darauf geeinigt, dass es effektiver ist, wenn wir unsere alternativen Formen annehmen. So besteht ein geringeres Risiko, entdeckt zu werden … und damit die bevorstehende Aufgabe zu gefährden.«

Verflucht sollte sie sein! Es war unheimlich, wie sie seine Gedanken erahnte. Für einen Moment empfand er Mitgefühl mit all den Sterblichen, in deren Köpfe sie eindrang, um ein wenig Spaß zu haben.

»Der Wunsch ist fast erfüllt. Dann kannst du tun, was du willst«, sagte der Hund und trottete an die Ecke des Daches, um zu beobachten, wie das gelbe Auto ein Gebäude umrundete. Er verstand, was Camille und Yvette bewerkstelligen wollten. Es war ein edler Versuch. Sie mochten damit keine Leben retten, aber zumindest würden die Sterblichen nicht leiden. Und als die ersten Sturmböen sein Fell zausten, wünschte der Hund sich inständig, er könnte über alle anderen Beteiligten dasselbe sagen.

29

Ein heftiger Windstoß traf das Gebäude, brachte die Wände zum Wackeln und fuhr unter dem Dach entlang. Der Habub war fast über ihnen. Elena öffnete die Tür des Ladens, um einzuschätzen, wie viel Zeit ihnen noch blieb, bis das Schlimmste über sie hereinbrach. Eine halbe Stunde? Fünf Minuten? In der Ferne pfiff ein Zug. Das Geräusch durchschnitt die Luft wie der Schrei eines Tieres, dass einem Feind zu entkommen suchte. Das Wissen, dass Jean-Paul in diesem Zug saß, der gleich auf den Sturm treffen würde, schürte Panik in Elena und jagte Adrenalin durch ihre Adern. Was hatte sich ihr Ehemann dabei gedacht, das Weingut zu verlassen, obwohl er sich gerade erst von einem Fieber erholt hatte? Aber Elena wusste, warum er es getan hatte – um sie zu finden und sicherzustellen, dass Jamra sie nicht mehr bedrohte. Sie hätte für ihn dasselbe getan.

Und würde es auch jetzt tun.

Sand peitschte prasselnd auf die Dachschindeln und gegen die Fenster. Der Schutzzauber schien indes zu halten. Kein einziges Sandkorn drang in den Laden ein, während sie in der offenen Tür stand und zum Himmel hinaufstarrte. Immerhin etwas angesichts der dräuenden Wolken voller Sand, die sich über ihr auftürmten.

Elena schloss die Tür und warf einen letzten Blick auf

die Seiten ihres Zauberbuches, voller Hoffnung, darin einen Zauber zu entdecken, der stark genug war, um einen in Bewegung befindlichen Zug zu schützen, ohne die Reisenden zu verletzen. Es gab Illusionen und Haltezauber, aber sie alle waren dafür gedacht, Menschen zu bremsen, nicht eine fünfundzwanzig Tonnen schwere Lokomotive, die mit fünfzig Stundenkilometern durch die Gegend raste. Wenn sie den Zug aber nicht stoppen konnte, blieb ihr nur die Möglichkeit, am Bahnhof auf ihn zu warten und alle Ankömmlinge den Hügel hinauf in die Sicherheit des Ladens zu führen, bevor der Sand die Straßen unter sich begrub. Dafür musste sie den Schutzradius von Yanis' Zauber verlassen.

Draußen trieb der Sturm einen Wirbel aus Zeitungen und Dreck in Richtung des Marktplatzes. Die Sterne, die auch bei Tage am Himmel standen, waren durch das Fenster nicht zu erkennen, doch Elena wusste, dass der Zug jeden Augenblick in den Bahnhof einfahren musste.

Elena drehte den Ehering an ihrem Finger und sehnte sich mehr denn je danach, die Wärme von Jean-Pauls Körper neben sich zu spüren. »Ich muss zum Bahnhof«, sagte sie nun, da die Zeit gekommen war.

»Du kannst nicht ernsthaft dort hinausgehen wollen.« Yanis beobachtete, wie sie ihre Sachen einsammelte. »Die Ifrit könnten bereits in der Stadt herumschnüffeln.«

»Mein Ehemann sitzt im Morgenzug. Er hat keine Ahnung, was ihn erwartet. Er und die anderen Reisenden brauchen Hilfe. Deshalb muss ich aufbrechen, bevor es zu spät ist.« Elena warf sich den Riemen ihrer Tasche über Kopf und Schulter. Eigentlich befand sich nichts Nützliches mehr darin, aber ihr Zauberbuch und ihr Athame waren für sie gleichsam Teile ihres eigenen Körpers.

»Was ist mit Sidra? Und der Strahlenden? Sie sind noch nicht zurückgekehrt …«

Sidra war vor ungefähr einer Stunde kurz aufgetaucht, um

ihnen zu berichten, dass Camille und Yvette die Sterblichen mit Parfüm in Schlaf versenken wollten. Die drei konnten auf sich selbst aufpassen. »Yvette ist bei Sidra völlig sicher. Aber es gibt niemanden, der die Reisenden in dem ankommenden Zug warnt.«

»Dann sollte ich dich besser begleiten«, sagte Yanis und griff nach seinem Holzbein. »Zusammen bleiben wir vielleicht lang genug am Leben, um dann mit deinem Ehemann zu sterben.«

»Warst du schon immer ein solcher Optimist?«

»Realist«, stellte der Zauberer richtig, als er die letzten Riemen seiner Prothese festzog. Yanis schulterte seine Tasche mit den Utensilien, bevor er sich sein Halstuch über Mund und Nase band. Ehe er Elena erlaubte, den Laden zu verlassen, riss er von einem der Fenstervorhänge, die Sidra geschaffen hatte, ein recht großes Stück ab und reichte es Elena. »Bedecke damit Mund und Nase. Es wird dich davor schützen, zu viel Schmutz einzuatmen.«

Elena nahm den roten Seidenstoff entgegen und wickelte ihn sich genauso um den Kopf, wie Yanis es auch getan hatte. Sie achtete darauf, ihr Gesicht so zu verhüllen, dass nur noch die Augen hervorlugten, und knotete den Stoff dann hinter dem Kopf zusammen. Schließlich nickte sie. Gemeinsam verließen sie den Laden, um die letzten Momente relativer Ruhe vor dem Sturm zu nutzen.

Sie kamen nur langsam voran. Elenas Rock verhedderte sich immer zwischen ihren Beinen, der Wind griff sie an, und ihre groben Holzschuhe fanden kaum Halt auf dem Pflaster. Yanis allerdings schien trotz seines Holzbeins keinerlei Probleme zu haben, sich seinen Weg zu bahnen. Elena fragte sich, ob er sich wohl selbst mit einem Zauber belegt hatte. Angeblich verursachte ihm seine Prothese doch Schmerzen ... Aber das war nur ein flüchtiger Gedanke, denn schon verlor Elenas Fuß den Halt auf dem sandbedeckten Pflaster.

Ihr Haar peitschte um ihr Gesicht, als sie den Hügel nach unten rutschte und fast gestürzt wäre, hätte ihre Hand nicht einen breiten, pelzigen Rücken gefunden. Derselbe Hund, der sie bereits einmal gerettet hatte, war aus dem Nichts erschienen, um ihr Halt zu schenken. Elena richtete sich auf und setzte gerade an, ihm zu danken, als das Tier an ihrem Rock zerrte. Yanis wollte schon eingreifen, doch der Hund schaute ihn nur kurz an, fletschte die Zähne und zog Elena dann zur Seite.

»Was tut er da?«

»Ich glaube«, übertönte Elena das Heulen des Windes, »er möchte, dass wir dort entlanggehen.«

Sie deutete auf eine schmale Treppe, die zu einem zweistöckigen Gebäude führte.

Yanis stemmte sich fluchend gegen den Wind, um dem Hund zu folgen. Am Fuß der Treppe entdeckten sie einen großen Mann mit einer Lederschürze, der an eine Hauswand gelehnt im Hof schlief. Der Hund rannte zu dem Mann, zerrte an seinem Hosenbein und versuchte verzweifelt, ihn ins Gebäude zu schleifen, doch es gelang ihm lediglich, den Mann ein paar Zentimeter zu bewegen. Daraufhin gab der Hund den Stoff hechelnd frei und stieß ein Jaulen aus, während der Wind über ihren Köpfen heulte.

»Anscheinend sollen wir den Mann ins Gebäude bringen«, schrie Elena. »Bevor der Sturm ihn unter sich begräbt.«

Yanis starrte das Tier einen Moment lang an. Schließlich packten er und Elena den Mann an den Beinen und zerrten ihn in die Wohnung im Erdgeschoss, wo eine Frau aufrecht in einem Stuhl sitzend am Frühstückstisch schlief. Sobald sie den Mann gegen die Wand gelehnt hatten, hielten sie inne, um nach Atem zu ringen. Erneut starrte Yanis den Hund an. »Ist das derselbe Hund, dem du schon früher begegnet bist?«

»Ja«, antwortete Elena. »Er kann sehr hilfreich sein, wenn er das möchte.«

Der Hund legte den Kopf schief, bevor er wieder in die Gasse trottete. Elena und Yanis folgten ihm und schlossen die Tür hinter sich, damit die Wohnung vor dem Sturm geschützt war. Draußen stand der Hund mit gespitzten Ohren und aufgerichtetem Schwanz im Wind. Er bellte nachdrücklich, ehe er entschlossen in Richtung Bergbahn davonrannte.

»Ob die bei dem Wetter überhaupt fährt …?«, fragte Yanis.

Elena blickte ihn nur wortlos an. Daraufhin senkten sie beide die Köpfe, um sich vor dem Sturm zu schützen, und folgten eilig dem Tier. Sand und Windböen griffen sie von allen Seiten. Schon bald sah Elena sich gezwungen, ihr Tuch mit der Hand vor Mund und Nase zu halten. Obwohl niemand vor Ort war, der die Bahn hätte zum Bahnhof fahren können, sprang der Hund in den Wagen und wartete, bis sie seinem Beispiel gefolgt waren, bevor er einmal bellte. Mit einem kurzen Rucken setzte sich der Waggon in Bewegung.

Als die Bahn langsam den Hügel hinunterglitt – dabei kam ihnen der zweite Waggon entgegen, das nötige Pendant zu dem ihren –, erhaschten sie einen ersten Blick auf den heranrollenden Habub. Elena musste die Augen zusammenkneifen, um überhaupt etwas durch den wirbelnden Staub zu erkennen. Eine riesige Wand aus wirbelndem Sand ragte über der Stadt auf, verdeckte die Sonne und tauchte alles in unheimliches, bräunliches Licht. Sandkörner prasselten immer wütender auf sie herab, sodass sie die Köpfe abwandten, froh, dass ihre Gesichter nicht ungeschützt waren. Die Bahn zitterte in den Böen, die Räder jaulten in den Gleisen. Da wedelte der Hund bellend mit dem Schwanz, und der Waggon bewegte sich weiter ins Tal, auch wenn Elena sich nicht sicher war, ob er die Gleise noch berührte oder über dem Boden schwebte.

Endlich erreichte die Bergbahn die Station am Fuß des

Hügels. Der Hund sprang aus dem Waggon und rannte sofort hinüber in den Windschatten der Bahnhofshalle. Von den Gleisen her drang laut und kreischend ein Pfiff heran, als der Zug sich näherte. Die Lokomotive tauchte aus der braunen Wolke aus Dreck auf. Weißer Dampf stieg aus dem Schornstein. Die Räder drehten sich langsamer, die Bremsen quietschten, dann verklang das Stampfen der Lok mit einem Keuchen, und die Waggons hielten ordentlich in Reih und Glied. An den Fenstern waren Gesichter zu erkennen, die ungläubig den Sturm anstarrten – und auch das seltsame Trio, das auf sie wartete, dem Wind die Rücken zugewandt. Elena suchte hinter den Scheiben nach Jean-Paul, doch er war nicht unter den Gaffenden. Aber er musste da sein. Ihre Vision konnte sie nicht in die Irre geführt haben.

Ein heftiger Windstoß traf die Waggons, hart genug, um sie ins Schwanken zu bringen. Über dem Heulen des Windes waren die Schreie von Frauen zu hören. Der Schaffner lehnte sich aus dem Zug und spähte in Richtung des Bahnhofs. Aber es gab niemandem, mit dem er hätte sprechen können, nachdem Camille und Yvette auch hier gute Arbeit dabei geleistet hatten. Alle schliefen. Der Schaffner hatte gerade mit seinen Händen ein Sprachrohr geformt, um nach den Angestellten zu rufen, als Jean-Paul ihn zur Seite stieß und aus dem Zug sprang. Elena rief nach ihrem Mann, doch das Tuch vorm Mund und der Sturm dämpften ihre Stimme. Sie riss den Stoff fort und schrie erneut. Als Jean-Paul sie sah, rannte er auf sie und schloss sie in seine Arme, obwohl der Sand so hart auf sein Gesicht einprasselte, dass er ihm die Haut aufschlitzte und in den Augen brannte.

»Gott sei Dank! Geht es dir gut?«, fragte Jean-Paul, nachdem er Elena freigegeben hatte.

Sie nickte. »Ich wusste, dass du kommst. Ich habe gesehen, dass du aus deinem Fieber erwacht bist.«

Abermals umarmte er sie. »Dieser verdammte Dschinn.

Ich schwöre, ich werde ihn töten, falls er mir noch einmal begegnet.«

»Er war es. Ich meine diesen Sturm. Jamra hat den Habub heraufbeschworen, um Sidra zu bestrafen«, schrie sie. »Yanis sagt, es wird nur noch schlimmer.« Rasch stellte Elena ihrem Mann den Zauberer vor.

»Wir müssen alle aus dem Zug holen und im Bahnhof in Sicherheit bringen«, sagte Yanis, nachdem er Jean-Paul kurz die Hand geschüttelt hatte. Er wandte sich an Elena, als ein weiterer Windstoß den Zug traf und die Waggons fast umgeworfen hätte. »Uns bleibt keine Zeit, in den Laden zurückzukehren. Der Habub hat seine volle Kraft fast erreicht.«

Kaum hatte er die Worte gesprochen, barsten sämtliche Fenster der Waggons, noch dazu mit solcher Kraft, dass sich die Glasscherben in die Mauer der Bahnhofshalle bohrten. Panische Schreie erklangen, als die Menschen zu den Zugtüren stürzten. Sie drängten sich gegenseitig zur Seite, quetschten sich gleichzeitig durch die Ausgänge und sprangen ins Freie. Männer und Frauen fielen auf die Knie, als ein starker Windstoß ihnen die Füße wegriss. Doch es war nicht nur der Wind, der sie angriff.

Zwei grell leuchtende Dämonen in der Gestalt von Männern – mit Haaren und Augen aus Flammen, die rot und orange loderten – sanken mit hochgerissenen Armen aus den wirbelnden Wolken auf das Dach eines Waggons herab. Die Ifrit.

Ohne zu zögern, eilten die Dämonen über die Waggons und setzten die Dächer damit in Brand. Der Wind fachte das Feuer weiter an. Noch bevor die letzten Menschen fliehen konnten, brannten die Waggons lichterloh.

»Wir müssen die Leute rausholen!«, schrie Elena, während Frauen in langen Röcken aus den Fenstern kletterten und auf den hölzernen Bahnsteig fielen.

Yanis humpelte zum Ende des Zugs. Jean-Paul, der immer

noch an den Folgen seines Fiebers litt, konnte kaum mit ihm Schritt halten. Gemeinsam zogen sie die Reisenden aus Türen und Fenstern und drängten alle, im Bahnhofsgebäude Schutz zu suchen. Ungefähr ein Dutzend Leute steckten noch im Zug fest, als ein Windstoß die Waggons erneut ins Schwanken brachte. Elena schrie ihnen zu, nicht in Panik zu geraten, doch niemand hörte auf sie.

»Was sind das für Wesen?«, wollte ein Mann fast brüllend wissen. Er schirmte die Augen mit der Hand ab und spähte zum Dach der Waggons hoch. Bevor Elena ihm antworten konnte, katapultierte sich der Hund mit der Wucht einer Kanonenkugel in die Höhe. Knurrend schnappte er nach dem ersten Ifrit, der gerade seinen Fuß durch das Dach des Waggons rammen wollte. Elena befürchtete, dass der Dämon einen Feuerstrahl auf die verbliebenen Reisenden schicken wollte – nun sauste das Feuer auf den Hund zu. Das Fell des Tieres brannte in hellem Orange, doch dann verklangen die Flammen, als hätte sein Körper sie verschlungen. Das Tier sprang erneut nach oben und zerrte am Bein des Ifrits, bis der Dämon rückwärts vom Dach und in den Spalt zwischen Lokomotive und Bahnhof stürzte. Der Hund hechtete auf den Kohletender und schüttelte sich. Wie auf Befehl ergoss sich eine zischende Dampfwolke aus dem Boiler und traf den Feuerdämon. Dieser zerfiel zu einem Haufen feuchter Asche, der als schmutziger kleiner Hügel auf dem Bahnsteig zurückblieb.

Der zweite Ifrit sprang über den Hund hinweg und landete im Führerhaus der Lokomotive. Voller Entsetzen beobachtete Elena, wie die Kreatur das im Kessel prasselnde Feuer einatmete. Wasser! Sie musste Wasser finden! Oder etwas anderes zum Löschen. Die Hexe griff in ihre Umhängetasche, während der Wind ihr das Haar ins Gesicht peitschte. Sie musste doch irgendetwas dabeihaben, das ihr weiterhalf. Sand, noch heiß von der Wüstensonne, prasselte schmerzhaft gegen ihre Wange, als ihre Hand den Beutel mit Salz fand. Salz und Sand. Natürlich!

Elena gab Salz auf eine Hand, dann streckte sie die andere aus, bis sich auf dem Teller ausreichend Sand gesammelt hatte. Danach drehte sie den Rücken in den Wind und beäugte einen Hydranten. Sie vermischte das Salz und den Sand, konzentrierte sich und sprach ihren Zauber. Der Hund und der Ifrit stürzten sich derweil in der Fahrerkabine aufeinander.

»Gehorche mir, oh Wüstensand,
erhebe dich aus meiner Hand.
Zieh Wasser aus dem Boden hier
und lösch das Feuer in seiner Gier.«

Der Hydrant sorgte normalerweise für das Wasser im Kessel der Lokomotiven. Nun stöhnte und ächzte er unter der Macht des Zaubers. Elena dachte ausschließlich an Wasser. Sie streckte die Hand aus, um die Energie zu lenken, dann öffnete sie den Hahn und richtete den Schlauch auf den Zug. Der Hund spitzte die Ohren und sprang just in dem Moment aus dem Weg, als das Wasser mit schier übernatürlichem Druck in Richtung der Waggons spritzte. Die Flammen auf dem Dach flackerten schwach, und der Ifrit im Führerhaus sah plötzlich aus wie eine nasse Socke. Das Biest öffnete die Flügel und flog davon, nur um im Flug langsam in lavaähnliche Brocken zu zerfallen, die auf dem steinigen Hang landeten.

Die Menschen waren durchnässt, doch zumindest war die drängendste Gefahr gebannt. Der Sturm allerdings tobte weiter. Yanis und Jean-Paul halfen den verängstigten Reisenden ins Bahnhofsgebäude, wo sie vor dem Habub geschützt waren. Einige fragten zögernd, warum alle Bahnangestellten schlafend auf dem Boden lagen, doch in ihrem Schock schienen sie nicht zu bemerken, dass die Antwort ausblieb.

Elena entdeckte Jean-Paul in der Menge. Er zitterte und war vollkommen erschöpft. Sofort entzündete sie ein Feuer im Kamin der Halle und sprach ein schnelles Gebet, um den Raum zu erwärmen. Ein Teil der Furcht fiel von den Menschen ab. Sie begannen, ihre Wunden zu versorgen und ihren Schock zu verarbeiten. Sand und Wind peitschten unablässig gegen das Gebäude, doch die Wände hielten stand. Als Elena einen Blick aus dem Fenster warf, verhinderte der Schmutz in der Luft, dass sie auch nur die Umrisse von Häusern oder Straßen ausmachen konnte. Welcher Schaden wurde gerade auf dem Hügel angerichtet? Wo war Sidra? Wo Yvette? Oder Camille? Hatten sie Schutz gefunden oder kämpften sie bereits gegen Jamra und seine Dämonen? Und wo steckte dieser Hund? War er einer von ihnen? Konnte er etwas unternehmen? Doch das Tier war nicht mit ins Gebäude gekommen, und Elena entdeckte es nirgendwo auf dem Bahnsteig.

Sie würde sich erneut in den Sturm wagen müssen, daran ließ sich nichts ändern. Zuerst allerdings musste sie sich um die zwei Dutzend Sterblichen kümmern, die im Wartesaal des Bahnhofes standen und sich gegenseitig Geschichten von geflügelten Kreaturen aus Feuer zumurmelten. Yanis schien zum selben Schluss gekommen zu sein, denn er trat bereits an sie heran, ein Bündel Mariengras und Räucherwerk in der Hand.

»Wir können es schaffen, wenn wir schnell und unauffällig handeln«, sagte er.

»Was meint er damit?« Jean-Paul nahm seine Brille ab, um den Staub von den Gläsern zu wischen.

»Es tut mir leid, mein Liebling, aber wir müssen losziehen, um den anderen zu helfen.«

»Den anderen?«

»Sidra und Yvette. Dann noch Camille. Und auch dem Hund. Sie könnten in Gefahr sein.«

»Ein Hund? Das ist nicht dein Ernst.« Er schob sich die Brille wieder auf die Nase. »Dort draußen wüten Elemente, die …«

»Was der Grund ist, warum wir sofort gehen müssen! Die anderen können sich ihnen nicht allein stellen.«

Jean-Paul zog sie ein Stück zur Seite. »Elena, wir könnten alle in den Zug steigen und zurückfahren. Nach Hause. Was auch immer das für Kreaturen sind, sie haben gerade versucht, Dutzende Menschen zu töten. Sie besitzen Flügel aus Feuer, um Himmels willen!«

»Sie wollen mehr tun, als nur ein paar Zuginsassen zu töten«, entgegnete sie. »Das ist Jamras Werk. Er ist derjenige, der diesen Sturm herbeigerufen hat. Er ist derjenige, der die Dämonen heraufbeschworen hat. Wenn er seinen Willen bekommt, wird er Chaos in die Welt schicken und jeden Sterblichen töten, der ihm in die Hände fällt! Aber ja, lass uns nach Hause auf unser ruhiges Weingut fahren, abwarten und aufs Beste hoffen, während Menschen, die wir kennen und mögen, hier zurückbleiben, um sich allein diesem irren Dschinn zu stellen.«

Der Rechtsanwalt in Jean-Paul wollte weiter diskutieren, doch Elena presste ihm einen Finger auf die Lippen. Keine Magie, kein Zauber – sie wartete einfach nur ab, bis er erkannte, was getan werden musste.

»In Ordnung«, lenkte ihr Ehemann schließlich ein. Seine Schultern sanken nach unten, als er die verkratzten, schockierten Gesichter der Mitreisenden um sich herum musterte. »Du hast recht. Dieser irre Dschinn muss aufgehalten werden, bevor er so etwas noch jemandem antut.« Er wischte ein paar Sandkörner von ihrer Wange. »Kannst du es schaffen? Kann deine Magie ihn aufhalten?«

Sie wollte ihn nicht anlügen oder ihm falsche Hoffnungen machen, doch wenn sie nicht daran glaubte, würde sie niemals den Mut finden, dieses Gebäude zu verlassen. »Es ist möglich, wenn wir alle zusammenarbeiten. Aber wir müssen uns beeilen.«

Er drückte ihr einen Kuss auf die Hand und umarmte sie noch einmal fest, dann gab er den Weg frei.

Elena begann ihre Vorbereitungen, indem sie das Mariengras in den Kamin warf und unauffällig ihr Athame im Rauch reinigte. Sobald die Klinge in der nötigen Weise auf das Ritual vorbereitet worden war, schritt Elena einen Kreis im Raum ab – was bedeutete, darauf zu warten, dass eine Frau mit einem durchnässten Hut voller schlaff herabhängender Straußenfedern ihr aus dem Weg ging, damit sie das heilige Rund schließen konnte. Sobald das geschehen war, entzündete Yanis das Räucherwerk, dessen Geruch den Raum im Nu erfüllte. So ungezwungen wie möglich stellten die beiden sich in die Mitte des Kreises und wirkten einen schnellen Beruhigungszauber. Keinen Schlafzauber, doch die Wärme vom Kamin und der Geruch des schwelenden Mariengrases verbanden sich mit der Beschwörung zu einer Gemengelage, die alle im Raum befindlichen Menschen beruhigte.

Elena hoffte, dass Jean-Paul ihr vergeben würde – da er ein Sterblicher war, hatte keine Chance bestanden, ihn von dem Zauber auszunehmen. Die Hexe hob die Hände zur heiligen Pose und dankte dem Allwissenden dafür, dass er ihre Absichten erkannt hatte. Sie hatte vorgehabt, Jean-Paul ein weiteres Mal zu küssen, bevor sie aufbrach, aber sie konnte ihn in der Menge zusammengesackter Körper nicht finden. Deshalb trat sie über ausgestreckte Beine und drehte hier und da den Kopf eines jungen Mannes zu sich, doch Jean-Paul war nirgendwo zu entdecken. Da begriff sie.

Elena verließ das schützende Gebäudes, trat in das Chaos aus Wind und Sand – und da stand Jean-Paul. Er wartete auf dem Bahnsteig auf sie, das spitzenbesetzte *fichu* einer Frau um Nase und Mund gewickelt.

»Wir gehen zusammen oder gar nicht«, rief er im Tosen des Sturms.

Yanis und Elena wechselten einen Blick, bevor sie beide wieder Jean-Paul ansahen. Elena reichte ihm ein Stück Amethyst, Yanis streckte ihm ein Amulett aus seiner Tasche entgegen. Danach stapften sie zu dritt den Hügel hinauf zu dem Ort, an dem der Sturm in einem bedrohlichen Wirbel kreiste. Der Hund tauchte aus dem Zug auf und humpelte still hinter ihnen her. Alle paar Schritte hielt er an und sah über die Schulter zurück.

30

Ein wild kreisender Wolkenrüssel senkte sich auf das Dach des Uhrenturms herab. Aus ihm sprang Jamra heraus, flankiert von zwei Feuerdämonen. Sidra hatte auf ihn gewartet, hatte vom Dach des Glockenturms der Kathedrale beobachtet, wie der Sturm sich aufbaute. Sie wusste aus der Vogelschau, dass dies der Ort war, an dem sie sich ihrem Erzfeind stellen musste.

Das Mädchen und die Parfümhexe hatten sich, erschöpft von den Anstrengungen der Nacht, in den Laden ein paar Querstraßen entfernt zurückgezogen. Dauerhaften Schutz konnten ihnen diese Wände nicht bieten, für den Moment indes würde er ausreichen. Sie hatten die Menschen in Schlaf geschickt und anschließend einen Unterschlupf aufgesucht, um das Hereinbrechen des Sturms abzuwarten. Sobald Wind und Sand ihre volle Macht entfaltet hatten, war Sidra zu einem Dach des Glockenturms entschwunden, wo sie ihres Feindes harrte. Nun war er da und starrte mit glühendem Hass in den Augen zu ihr hinüber.

So soll es sein.

Sidra breitete die Arme aus, um ihren Gegner willkommen zu heißen. Die Ärmel ihres längst zerrissenen und dreckigen Kaftans flatterten im Wind. Ihre Armbänder klirrten, als sie die Arme höher hob.

Komm!, dachte sie. *Versuch dir zu nehmen, was du für deinen Besitz hältst!*

Jamra verschwand in einem Blitz vom Uhrenturm und materialisierte sich einen Augenblick später neben Sidra auf dem Glockenturm. Er hatte seinen abendländischen Anzug aufgegeben und stattdessen sein bestes Gewand angelegt: eine indigoblaue Kaftanjacke mit Goldstickereien und dazu passende Hosen, die in weiten Falten über die weichen Lederstiefel fielen. Fast als besuchte er eine Krönungszeremonie, die er selbst überraschend einberufen hatte … Die Dämonen dagegen rochen nach verfaulendem Fleisch und den Exkrementen einer Kuh. Die beiden Gestalten kauerten auf der Mauer hinter Jamra, jede an einer Ecke des Turms. Ihre Schwänze baumelten über den Rand des Gebäudes, und ihr übel riechender Atem verpestete die Luft. Sidra jedoch behielt einzig Jamra im Blick. Der Wind wirbelte wild um sie herum, doch nach Jamras Landung trafen die Böen sie nicht mehr. Sie standen im Auge des Sturms, abgeschnitten von der Zerstörung um sie herum.

Jamra verschränkte die Arme vor der Brust. »Im Namen der Vernunft hoffe ich, dass du den Dolch bei dir hast.«

»Im Namen vom allem, was heilig ist, versichere ich dir, dass er dir nie gehören wird.«

Es waren nur Worte – Luft, die in den Gestank ausgestoßen wurde –, doch die Rebellion darin musste Jamra in den Ohren brennen. Er verzog das Gesicht, sein üblicher Hochmut wich einem Ausdruck von allumfassender Abscheu.

»Ich habe genug von diesem Spiel.« Schnell wie der Blitz schoss seine Hand vor und packte Sidra an der Kehle, um sie in die Luft zu reißen. Sie zerrte an den Fingern um ihren Hals und kämpfte darum, sich aus der Umklammerung zu befreien. »Du wirst dich nicht auflösen! Du wirst nicht die Form wechseln! Du kannst nirgendwo hin, denn du bist an diese Stadt gebunden. In diesem dreckigen Kaff voller

Menschlein gibt es keinen noch so winzigen Spalt, in dem ich dich nicht aufspüren würde!« Er stellte Sidra wieder ab. Keuchend sog sie Luft in ihre Lunge. »Ich werde nicht mehr bitten, *jinniyah*. Wenn du mir den Dolch nicht auf der Stelle gibst, wirst du deinen Freunden beim Sterben zusehen.«

Jamra schnippte mit den Fingern. Die beiden Dämonen in seinem Rücken sprangen vom Dach. Sidra betastete ihren Hals, während sie rußigen Schleim aushustete. Jamras Berührung hatte sie verbrannt. Seit ihrer letzten Begegnung hatte er weiter an Kraft gewonnen – während sie, gebunden an die Stadt, die ihre hatte schwinden sehen. Trotzdem richtete sie sich nun höher auf und jagte einen dem Sturm gestohlenen Stoß aus Energie in Jamras Bauch. Er stolperte nach hinten und landete auf die Dachschindeln. Seine schicke Kleidung zeugte mit schmutzigen Flecken von dem Fall.

Sidra wappnete sich gegen weitere Gewalt, doch statt zurückzuschlagen, stand Jamra nur auf und lachte über ihren jämmerlichen Versuch. Er streifte den Dreck von seiner kostbaren, blauen Jacke – tilgte Spur um Spur –, bis die Feuerdämonen wieder hinter ihm auftauchten. Es war kein Bluff gewesen. Jeder Dämon hielt eine zappelnde Frau in den Krallen: Yvette, die vor Wut schimmerte, und Camille mit weit aufgerissenen Augen. Die schuppigen Hände der Ifrit pressten sich auf die Münder der Frauen, auch wenn beide Monster die Köpfe abgewandt hielten, um nicht den Gestank einatmen zu müssen, der von den Frauen aufstieg. Jamra irrte sich, falls er wirklich glaubte, dass Sidra seinen Beteuerungen Glauben schenken würde. Er hatte niemals versprochen, die Frauen wieder freizugeben, sollte sie ihm zu Willen sein und ihm den Dolch – und damit das gefährliche Siegel – aushändigen. Daher konnte sie nur Gleichgültigkeit heucheln.

»Diese beiden bedeuten mir nichts«, sagte sie und hoffte inständig, dass er nicht durch den Stoff ihres Kaftans hindurch erkennen konnte, wie ihre Beine zitterten.

Jamra näherte sich Camille. »War sie diejenige, die mit dir im Gefängnis saß?« Er schnüffelte am Haar der Hexe, wandte aber abrupt den Kopf ab, als widerte der Geruch ihn an. »Nach einer Weile sehen sie für mich ja alle gleich aus. Allerdings würde ich mich an den Gestank erinnern …«

Camille hatte gezittert, mit Tränen in den Augen. Bis er diese Worte sprach … Die Frau hatte zwar noch immer Angst, doch irgendetwas hatte sich verändert. Sie löste die Hände vom Arm des Dämons, der sie hielt, und schob die Finger behutsam in eine Tasche ihres Laborkittels.

»Wo ist der Dolch?«

Sidra achtete darauf, keinerlei Gefühle zu zeigen. Wenn Jamra sie ansah, würde er in ihren Augen nur Gleichgültigkeit erkennen. Nicht mehr. Als sie weiterhin schwieg, begann Jamra sie abzutasten, ließ seine Hände unter ihr Gewand gleiten, klopfte ihre Rippen ab und betastete ihre Brüste. Sidra starrte auf den Uhrenturm gegenüber, während sie die Demütigung seiner Berührung ertrug. Als wäre sie so dumm, die Klinge immer noch bei sich zu tragen …

Frustriert stieß Jamra sie von sich. »Ich habe dich gewarnt.«

Er packte Camilles Haar und entriss die Hexe dem Feuerdämon. Hinter ihm stieß Yvette einen gedämpften Schrei aus und nahm den Kampf gegen ihren Gegner auf. Ihr Atem ging schwer hinter den schuppigen Fingern, die ihren Mund zupressten.

Sidras Nasenspitze zuckte, als röche sie etwas, dann sah sie Camille an, nur um den Blick rasch wieder abzuwenden. So unauffällig wie möglich schickte sie der Hexe den Gedanken zu, dass sie nicht hilflos war.

Obwohl Jamras Hand nach wie vor Camilles Haar festhielt, zog diese einen Zerstäuber mit dem verzauberten Parfüm aus der Tasche ihres Kittels, richtete ihn direkt auf das Gesicht des widerwärtigen Dschinns – und drückte den Ballon zusammen. Der Dschinn erschauderte und riss den Kopf herum. Kochend vor Wut hustete und spuckte er den sinnlichen, wunderbaren Duft aus Lunge und Mund. Camille befreite sich aus seinem Griff, allerdings nicht schnell genug, um dem Schlag mit dem Handrücken zu entkommen. Sie fiel in dem Moment zu Boden, in dem die Glocken der Kathedrale zu schlagen begannen.

Der dröhnende Lärm erschütterte das Dach. Diese Ablenkung nutzte Sidra, Camille zu packen und zusammen mit ihr vom Turm auf das weiter unten liegende Dach eines Hauses zu springen. Bei der Landung verlor Camille das Gleichgewicht, doch die Dschinn bewahrte sie vor einem Sturz und senkte sie sanft hinunter auf die Straße. Bevor der Ifrit ihr hinterherspringen konnte, um sie zurückzuholen, rannte Sidra die Turmwand hinauf und schleuderte den Feuerdämon in den tobenden Wirbelsturm. Der Wolkenrüssel verleibte sich den Körper des Ifrit ein und spuckte ihn auf der anderen Seite des Äthers wieder aus. Dieser Einsatz von Magie hatte Sidra freilich einiges gekostet. Erschöpft beugte sie sich vor und wartete auf den nächsten Angriff.

Jamra wischte sich mit dem Ärmel seiner Jacke über die Augen. In brennendem Zorn befahl er dem zweiten Ifrit, Yvette vom Dach zu werfen. Das Mädchen schrie und wand sich in den Klauen der Kreatur. Irgendwann hatte sie immerhin ihren Mund befreit. »Lass mich los, du *fils de pute*!« Der Ifrit, dem es schwerfiel, Yvettes manische Energie zu kontrollieren, ließ sie über den Rand des Daches baumeln. Sie packte einen Flügel der Kreatur, dann einen Arm und schließlich ein Bein, bevor es dem Dämon gelang, Yvette abzuschütteln und über die Kante zu stoßen.

Sidra wollte sich schon auf ihn stürzen und eingreifen, hielt aber in letzter Sekunde inne. Stille senkte sich herab. Der Ifrit lehnte sich vor, um den Fleck zu beäugen, der auf dem Boden tief unter ihnen entstanden sein musste. Offensichtlich hatte er es bisher noch nie mit einer Elfe zu tun bekommen. Sobald das Biest sich über den Rand des Daches beugte, wurden sein Haar und seine Klauen von einem Stromstoß versengt, der aus Yvettes Fingerspitzen schoss. Das Mädchen schwebte höher, in Balance gehalten von ihrer *Fée*-Macht. Ihr *Glamour* leuchtete und knisterte vor Macht.

Der Ifrit strich sich gelassen die versengten Haare von den Armen, bevor er nach Yvette schlug, als wäre sie nicht mehr als eine lästige Möwe. Diese hatte unter Anleitung ihrer Großmutter fraglos an Kompetenz gewonnen. Mühelos und ohne das Gleichgewicht zu verlieren, schwebte sie nun aus der Reichweite des Dämons. Als dieser sie ein zweites Mal attackierte, zog auch sie einen Zerstäuber aus den bodenlosen Taschen ihres Kleides und sprühte dem Dämon den Duft mitten ins Gesicht, ganz wie Camille es bei Jamra getan hatte. Der Ifrit würgte, schnaubte und wischte sich Nase wie Mund ab, um den für ihn schrecklichen Geruch loszuwerden, der seine Sinne vernebelte.

Jamra schrie ihm zu: »Töte sie!«

Das Biest schnaubte ein letztes Mal Schleim aus, dann sprang er vor. Yvette, die vor Wut glühte, reagierte mit einem elektrischen Blitz, der den Ifrit von den Füßen riss. Er wedelte wild mit den Armen und schien mit seinen verquollenen Augen nichts mehr zu sehen. Schließlich löste er sich auf, um der Elektrizität zu entkommen, die immer noch über seinen Körper zuckte.

Jamra wirbelte auf dem Stiefelabsatz herum und marschierte auf Sidra zu. »Den Dolch! Jetzt!«

Das Mädchen, das nun keinen Gegner mehr hatte, warf sich im selben Moment nach vorne wie er. Jamra schickte einen Feuerstrahl aus, der Yvette den Weg abschnitt und sie zwang, die Hände vors Gesicht zu reißen und sich wieder zurückzuziehen.

»Komm doch und hol ihn dir!«, höhnte Sidra und sprang

abermals vom Glockenturm auf das Dach des Gebäudes darunter.

Dem Allsehenden sei Dank verfolgte Jamra sie tatsächlich, schenkte Yvette also keine Beachtung mehr. Die Dachschindeln klirrten, als er in der Hocke neben Sidra landete. Sie spielte auf Zeit, auch wenn sie noch nicht wusste, was sie dadurch zu gewinnen hoffte. Um sie herum legte sich der Sturm ein wenig. Das Chaos aus peitschendem Wind und Sand ließ nach, während ihr Herz immer schneller schlug. Sidra wusste nur, dass sie Jamra noch weiter von Yvette weglocken musste.

Sidra bog abrupt nach links ab, bewegte sich im Zickzack über die alten Dächer, zertrat Schindeln und strich mit den Sohlen ihrer Sandalen über die Kronen der höchsten Palmen. Eine Schicht aus Sand bedeckte Straßen und Fensterbretter. Die feinen Körner hatten sich in Blumentöpfen genauso gesammelt wie in Regenrinnen. Sidra spürte Jamras heißen Atem im Nacken. Wo sollte sie hin? Als der Sand langsam in der Luft herabsank, erkannte sie vor sich den Marktplatz. Sidra löste sich auf und entkam durch den Äther, ließ die Dächer der schmalen Gasse hinter sich, in der Yanis lebte. Eine Klamm mitten in der Stadt, an manchen Stellen lediglich eine Armlänge breit, auf beiden Seiten gerahmt von den Gebäuden, über deren Dächer sie gerade noch gelaufen war … Unsichtbar schwamm Sidra durch die Luft, auf der Suche nach einer Ecke oder einem Spalt im Pflaster, wo sie sich verbergen konnte, bevor sie an die Grenzen des Ortes stieß und gezwungen wäre, in seine Mitte zurückzukehren. *Verflucht sollten Jamra und sein Zauberer sein!*

Plötzlich führte die schmale Gasse nicht länger aufwärts, sondern abwärts. Die Straße bog und wand sich erst nach rechts, dann nach links, bis Sidra nicht länger sagen konnte, in welche Richtung sie sich eigentlich bewegte. Hatte sie sich verflogen? Unmöglich! Dennoch hielt sie nun nicht auf den oberen Teil der Stadt zu, sondern auf die Parfümfabrik im Zentrum. Schon konnte sie den Duft in der Luft wahrnehmen. Was hatte sie hierher geführt? Hatte sie in ihrer panischen Verzweiflung, Jamras Feuer zu entkommen, den Einfluss einer unsichtbaren Energie um sich herum missachtet, die sie jetzt aber leitete?

Sidra hielt inne. War das möglich? War sie irgendwie von einer fremden Macht beeinflusst worden? Dergleichen war ihr schon früher widerfahren. Dann war sie an einem Ort gelandet, den sie nicht hatte besuchen wollte. Doch jemand anderen hatte es genau danach verlangt … Lag darin die Bedeutung des Hundeschwanzes, den sie in der Vogelschau gesehen hatte? Wurde ihr Wille ein weiteres Mal von den Launen anderer beeinflusst, die sie wieder und wieder im Kreis herumführten, bis ihr zu schwindelig war, um noch zu verstehen, wo sie sich gerade materialisierte?

Schwere Schritte, die auf dem Dach hinter ihr erklangen, verrieten ihr, dass sie Jamra keinen Moment getäuscht hatte.

»Zeig dich, *jinniyah*!« Er landete auf dem Pflaster, nur ganz knapp vor der Stelle, an der sie im Äther innegehalten hatte, um sich zu orientieren. »Ich weiß, dass du hier bist. Du aber solltest dir darüber im Klaren sein, dass die Strahlende einen schmerzhaft langsamen Tod erleiden wird, wenn du nicht herauskommst.«

Eine goldene Strähne sank vor Sidra zu Boden. Über ihr hielt ein Ifrit Yvette an einer Kette. Das närrische Mädchen war doch nicht entkommen. Ein eiserner Ring umspannte nun ihren Hals, um ihre *Fée*-Macht zu unterdrücken. Jamra tigerte in seinen weichen Stiefeln auf und ab, wobei er sich mit jedem Schritt der Fabrik näherte. Konnte er hier, in der Stadt, den Lockruf des Siegels spüren? Selbst in ihrem körperlosen Zustand fühlte Sidra, wie sich ihr Herz verkrampfte, als sie daran dachte, was alles schiefgelaufen war. Und wie sehr sie Hariq vermisste. Wieso hatte sie sich von seinem wahnhaften Plan überzeugen lassen? Die Täuschung hatte ja scheitern müssen …

Sie starrte die goldene Strähne vor sich an. Soll Jamra doch bekommen, was er haben will, dachte sie. *Gib ihm den Dolch und bring diese Farce hinter dich.* Wer weiß, vielleicht hielt er in seiner Befriedigung sogar sein Wort und gab das Mädchen frei. Vielleicht würde er verschwinden und ihre Freundinnen – denn genau das waren sie – könnten unversehrt nach Hause zurückkehren. Andere Bewohner der Welt würden leiden und kämpfen müssen, aber vielleicht hatte Jamra recht. Vielleicht hatten einige Sterbliche Vergeltung für all das verdient, was die Menschheit den Dschinn in der Vergangenheit angetan hatte.

Sidra materialisierte sich. Es gab keinen Grund mehr zur Flucht. Wenn der Allsehende sie samt und sonders zum Narren halten wollte, dann sollte es eben so sein. »Ich bin hier«, sagte sie und ging auf die Fabrik zu, um der Spur jenes mysteriösen Schicksals zu folgen, das sie an diesen Ort geführt hatte.

31

Die Bergbahn war aus den Gleisen gekippt und lag jetzt mit dem Rädern nach oben im Gestrüpp. Die Hexe, der Zauberer und der Mensch mussten den restlichen Weg folglich zu Fuß zurücklegen. Der steile Aufstieg wäre schon ohne die verhängnisvolle Magie hart genug gewesen, der Wind machte die Aufgabe nun aber noch schwerer. Elena lehnte sich kurz gegen einen Türrahmen, um frische Kraft zu sammeln. Jean-Paul, immer noch geschwächt vom Fieber, beschwerte sich nicht über die Pause im Windschatten. Genauso wenig wie Yanis, der sein Holzbein leicht nachzog und schwer atmete. Der Hund war ihnen den Hügel hinauf gefolgt und ruhte nur widerwillig, als sie anhielten.

Aus reiner Neugier spähte Elena durch das Fenster neben der Tür. Zwei junge Männer, Haar und Haut von weißem Staub überzogen, schliefen sitzend vor einem Ofen, der noch nicht entzündet worden war. Einer von ihnen hielt eine Streichholzschachtel in den Händen. »Es ist, als wären sie in der Zeit erstarrt«, sagte sie.

Der Hund stellte sich auf die Hinterbeine und presste seine Nase gegen das Glas, um die Sterblichen zu betrachten.

»Du könntest dich endlich zu erkennen geben«, meinte Elena. »Und falls es etwas gibt, das du uns noch nicht erzählst, wäre jetzt ein guter Zeitpunkt.«

»Ist das nicht derselbe Hund, den ich in den Weinbergen gesehen habe?«, fragte Jean-Paul, während er sich die Stirn mit der Spitze des *fichu* abwischte.

»Ja. Er ist auch derjenige, der mich vor meinem Entführer gerettet hat.«

Das Tier ließ sich wieder zu Boden sinken und musterte sie mit einer Unruhe, die Elena verriet, dass sie nicht länger hier verweilen sollten.

Jean-Paul strich dem Hund kurz über den Kopf. »Was hast du gemeint, als du ihn aufgefordert hast, sich zu enthüllen?«

»Sie will damit sagen, dass er ein Dschinn ist«, sagte Yanis. Der Hund wich jedem Blickkontakt mit dem Zauberer aus.

Jean-Paul zog die Hand zurück, als bestünde die Gefahr, dass der Hund ihn biss. »Oh, natürlich«, sagte er. »Ich hätte es merken müssen. Was habe ich mir nur gedacht?«

Der Hund trottete ein Stück die Gasse entlang, bevor er zurückkam, um sie aufzufordern, in eine andere Straße abzubiegen.

»Er will, dass wir diesen Weg einschlagen«, sagte Elena, den Blick nach vorn gerichtet.

»Können wir ihm vertrauen?«

Yanis stand auf. »Ich glaube, in diesem Punkt können wir das«, sagte er. »Schnell, der Wind lässt nach. Das sollten wir ausnutzen.«

Das Tier bellte und trottete die schmale Straße entlang, die Ohren aufmerksam gespitzt, den Schwanz hoch erhoben. Die Gruppe kam trotz allem nur so langsam voran, dass Elena an ihren häufigen Albtraum denken musste, in dem sie einen Fuß vor den anderen setzte und trotzdem niemals ihr Ziel erreichte, obwohl sie sogar auf dem Bauch vorwärtskroch und die Finger in den Boden grub … Jedes Mal erwachte sie schweißgebadet.

Schließlich, nach gefühlt einer Stunde der Mühsal, hatten

sie den Marktplatz fast erreicht. Sie planten, sich dort einen Moment auszuruhen, um wieder zu Atem zu kommen, doch dann hörten sie das Geräusch zerbrechender Dachschindeln über ihren Köpfen. Elena hob den Blick und entdeckte eine Gestalt in Rot und Gold, die von einem Hausdach auf das nächste sprang. »Da ist Sidra!« Der Hund knurrte, als die anderen ebenfalls die Köpfe in den Nacken legten – gerade noch rechtzeitig, um zu sehen, wie Jamra ihr hinterherhechtete. Heiße Flammen stoben unter den Füßen des Dschinn auf, als er landete.

»Ihnen nach!«, rief Yanis, bevor er durch einen schmalen Gang zwischen zwei Häusern davoneilte.

Es war unmöglich, mit den Dschinn Schritt zu halten. Obwohl der Sturm verklungen war, bedeckte Sand die Straßen und Gassen, sodass jeder Meter Weges doppelt so viel Anstrengung verlangte wie sonst. Sie würden die Dschinn aus den Augen verlieren.

»Dort entlang.« Jean-Paul zeigte nach vorn, wo Sidra gerade erneut von einem Dach zum anderen sprang.

Gefangen in den Gängen des Straßenlabyrinths, konnte die Gruppe einfach nicht schnell genug die Richtung wechseln, selbst wenn sie einen Blick auf die zwei Dschinn erhaschte, die nach wie vor über die Dächer jagten. Sidra steckte in Schwierigkeiten, rannte wahrscheinlich um ihr Leben – und doch gab es wenig, was sie hätten unternehmen konnten. Selbst wenn es ihnen gelingen sollte, sie einzuholen, würden sich daran kaum etwas ändern …

Elena stoppte abrupt und zog das Tuch vom Mund. »Du musst uns helfen!«, schrie sie. Erst als der Hund die Ohren gespitzt und sich umgedreht hatte, fuhr sie fort: »Ich weiß nicht, worauf du wartest. Ich weiß nicht, auf wessen Seite du stehst oder was du davon hast, uns zu leiten … Aber wenn es etwas gibt, das du tun kannst, um Sidra zu retten, dann tue es jetzt.«

Der Hund sah zu den Dächern hoch. Sein rechtes Ohr zuckte, dann witterte er die Luft. Er drehte die Nase in die entgegengesetzte Richtung und atmete tief ein, um die Gerüche im Wind zu erfassen. Sorge flackerte in den Augen des Hundes auf, als er den Kopf wieder senkte. Er hatte sie verstanden, das wusste Elena genau – aber aus irgendeinem Grund zögerte er, ihr zu helfen. Stattdessen deutete er weiter mit der Nase auf eine Seitengasse und wurde mit jeder Sekunde ungeduldiger. Elena bog um die Ecke, um zu sehen, was ihn beunruhigte – und Camille humpelte auf sie zu.

Elena rannte zu ihr, gefolgt von den anderen. »Geht es dir gut? Was ist geschehen?«

»Sie haben uns überfallen. Im Laden.« Camilles Haar hing wirr in ihr Gesicht, und Tränen hatten Spuren im Staub auf ihren Wangen hinterlassen. »Diese Biester, sie haben Yvette und mich auf die Spitze des Glockenturms geschleppt.« Bei der Erinnerung überlief ein Zittern ihren Körper. »Dort war der Dschinn. Er hat versucht, uns zu töten, aber Sidra … sie hat mir das Leben gerettet. Ich habe diesem Vieh meinen Duftzauber ins Gesicht gesprüht, und Sidra hat mich sicher nach unten gebracht.« Die Parfümhexe lehnte sich gegen die Wand und atmete tief durch.

»Aber wo ist Yvette?«

Camille schüttelte den Kopf. »Sie war noch auf dem Dach. Ich weiß nicht, was mit ihr geschehen ist. Ich habe einen Blitz gesehen. Tut mir leid. Mehr weiß ich nicht.«

»Du hast eine Auseinandersetzung mit einem Ifrit überlebt«, sagte Yanis. »Das ist durchaus eine Leistung.«

»Ja, aber sie haben immer noch Yvette in ihrer Gewalt. Dieser Grobian wird sie umbringen, wenn Sidra ihm nicht gibt, was er will.«

Der Hund rannte auf und ab und schnüffelte, als suche er nach einer verlorenen Duftspur. Er hielt die Nase in alle vier

Himmelsrichtungen, bevor er jäh erstarrte und ein leises Wimmern ausstieß.

»Was stimmt nicht mit ihm?«, wollte Camille von Elena wissen.

»Er muss Sidra verloren haben. Wir sind ihr gefolgt. Jamra hat sie über die Dächer gejagt, aber wir konnten nicht mit den beiden Schritt halten.«

»Aber er könnte es«, sagte Yanis und deutete auf ihren vierbeinigen Freund. »Wenn er es wollte, könnte er Schritt halten.«

Der Hund stieß ein Grollen aus.

Elena hatte bereits gesehen, wie das Tier sich mit der Geschwindigkeit der Dschinn bewegte. Er hätte sie also jederzeit zurücklassen können, um Sidra einzuholen. Warum hatte er das nicht getan? Warum war es ihm so wichtig, dass sie ihm folgten?

»Jamra hat Sidra an die Stadt gebunden«, erklärte sie dem Hund. »Sie können nicht allzu weit gekommen sein.«

Der Hund sah zu ihr auf und fletschte die Zähne.

»Willst du ihnen allein folgen?«, fragte sie.

Der Hund schüttelte sich, dann senkte er den Hintern aufs Pflaster.

»Macht es dir etwas aus, wenn ich versuche, sie auf meine Weise zu finden?« Elena folgte einer Eingebung, als sie ihre Hand auf das Fell des Tieres legte und die Augen schloss, um die Grenzen ihrer Verbindung zur Schattenwelt ebenso auszuloten wie die der Toleranz des Hundes. Obwohl er sich verborgen hielt, fühlte sie Intelligenz, Loyalität und … Liebe. Tiefgreifende Liebe. Transzendentale Liebe. Die Art von Liebe, die von Poeten in Gedichten verewigt wurde. Dieses Gefühl war es, das ihn so dringlich vorantrieb. Doch aus irgendeinem Grund versteckte er sein wahres Ich weiterhin in dieser felligen Kreatur.

Trotzdem … dank der Gefühle des Tieres war sie fähig,

Sidra aufzuspüren. Elena sank tiefer in ihre Trance, tiefer in die Schattenwelt, bis sie einer unsichtbaren Spur folgte, die erst in die eine, dann in die andere Richtung führte. Schnell und voller Panik huschte die Fährte eine schmale Gasse entlang, nur um dann umzudrehen und in die entgegengesetzte Richtung zu führen. Obwohl Elena sie nicht sehen konnte, erkannte sie Sidras Energie. Ihren feurigen Geist im Äther. Doch irgendetwas nahm Einfluss auf die freie Ortswahl der Dschinn. Zwang sie in eine Richtung, in die sie nicht gehen wollte. Spielte mit ihr, bis sie ihr Ziel nicht länger selbst bestimmen konnte.

Elena nahm das Gefühl der Panik in sich auf. Ihr Herzschlag beschleunigte sich, als sie der Dschinn durch die Straßen nacheilte, unter Torbögen hindurch, in denen sie nach einem Spalt suchte, in dem sich Sidra vielleicht versteckt hielt. Elena fürchtete fast, sie könne nicht mithalten mit der Geschwindigkeit, in der sich Sidras Geist bewegte. Dann aber nahm sie in der Ferne einen vertrauten Geruch wahr. Den Duft von Blüten, die gesammelt und ausgepresst worden waren, die ihre Essenz freigegeben hatten. Camilles Fabrik. Sie starrte auf das Gebäude – und auf Jamra. Er tigerte auf der Suche nach Sidra durch die Straße. Elena keuchte. Sie spürte, dass Sidra versuchte, nicht aufzugeben, sich nicht zu zeigen, stark zu sein. Nur lag da auf dem Pflaster eine Strähne blonden Haares …

Alle Hoffnung erstarb, als die Dschinn aus dem Äther trat und sich dem sicheren Tod stellte.

32

Sie hatten sich kaum in der Eingangshalle der Parfümfabrik materialisiert, als Jamra bereits über den Geruch zeterte. Sidra hätte dasselbe über den schwefeligen Gestank des Ifrit sagen können, der Yvette an der Kette führte. Wenn es nur einen Duft gäbe, um dem Mädchen neue Kraft zu schenken! Die Elfe war durch die Berührung des Eisens an ihrer Haut förmlich verwelkt. Hätte das Biest die Kette nicht so kurz gehalten, wäre sie zu Boden gesunken.

Jamra hielt sich den Unterarm vor Mund und Nase, um sich vor dem Duft zu schützen. »Ich werde nie verstehen, was meinen Bruder an diesen Ort geführt hat. Ich hätte einen Bogen von hundert Kilometern um dieses stinkende Kaff geschlagen. Dieser Geruch ist ja nicht auszuhalten!«

Sidra verzog die Lippen. War er so selbstbezogen, nicht zu erkennen, dass sie genau deswegen dieses Versteck gewählt hatten?

»Hier entlang«, sagte sie und glitt durch die Wand des Ladens, in dem die unzähligen Parfümflakons aufgereiht standen, um an wohlhabende Touristen verkauft zu werden. Für Sidra roch es hier berauschend gut. Liebeselixir, so hatte Hariq es genannt. Sidra hatte ihn wegen seiner Arbeit in der Fabrik aufgezogen, hatte seine Bemühungen als frivoles Interesse an einer minderwertigen Magie bespöttelt. In Wahrheit aber hatte sie deren Möglichkeiten genauso hoch geschätzt wie er. Die Art, wie die Essenzen der Natur vermittels weniger eingeatmeter Moleküle Gefühle oder Erinnerungen – je nach der Kombination der Düfte – wachrufen konnten, war ein faszinierendes magisches Forschungsfeld.

Per fumum. Durch den Rauch. Es war ihr geheimes Bettgeflüster gewesen, während Hariq mithilfe der Hexe den Duft perfektioniert hatte. Bis er Sidra eines Tages das Ergebnis seiner Mühen präsentiert hatte. Ihren ganz persönlichen Duft. *Fleur de Sable*, wie die Hexe es nannte. Sandblume. *Zahrat al sahra'*. Seine Blume der Wüste.

Wenn dies der Ort war, an dem sie sterben sollte, dann erfreute es sie, dass sie Hariq dabei so nahe war, wie die Geschehnisse es eben erlaubten.

Das Gemisch der Düfte, die aus den Flakons im Laden aufstiegen, verwirrte Sidras Sinne. Sie musste sich darauf konzentrieren, sich nicht erneut aufzulösen. Denn sie würde Jamra geben müssen, was er wollte. Er war zu mächtig geworden, als dass sie sich ihm noch länger widersetzen könnte. Auch in diesem Punkt hatte Hariqs Plan zu viele Risiken geborgen. Er hatte mit ihrer Zukunft gespielt. Mit der Sicherheit des Dolches. Und auch mit ihrem Leben.

»Wo ist der Dolch?« Jamra stand mit verschränkten Armen mitten im Laden.

Sidra trat an ein Regal heran, in dem grüne Glasflaschen mit filigranen Einlegearbeiten aus Metall standen. Jede von ihnen hatte einen Pfropfen in Form eines Kristallvogels, der schon für sich genommen ein Kunstwerk war und von der Schönheit der Welt sprach. Yvette stieß ein protestierendes Geräusch aus. Trotz des brennenden Eisenrings um ihren Hals. Als könnte sie Gedanken lesen. »Das Siegel ist dort«, sagte Sidra und deutete auf ein Fläschchen auf dem dritten Regalbrett von oben. Auf den vierten Flakon von links.

Jamra schnappte sich den Flakon und zog den Stopfen

heraus. Er warf ihn achtlos auf den Marmorboden, wo die Flügel des Kristallvogels zerschellten, kippte das Fläschchen und schüttelte es, als rechnete er damit, dass ein kleiner Dolch herausfiel. Stattdessen ergoss sich ein Schwall Parfüm über sein wunderschönes Obergewand. Sidra hoffte, dass der Seidenstoff für immer ruiniert war. Sie mochte den letzten Augenblicken ihres Lebens entgegensehen, doch das änderte nichts an ihren Gefühlen gegenüber diesem Kamelarsch.

»Mein Fehler«, sagte sie und erfreute sich an dem Anblick von Jamras tränenden Augen, als er in einer Wolke des Parfüms stand, das nur für sie geschaffen worden war.

33

Elena eilte die schmale Gasse entlang. In ihren Holzschuhen schlitterte sie geradezu über den sandbedeckten Boden, als sie um die Ecke bog. Die Stufen, die zur *parfumerie* führten, lagen direkt vor ihr. Es konnte noch nicht zu spät sein. Ihre Vision lag erst wenige Augenblicke zurück.

»Hier entlang«, rief Yanis.

Der Zauberer bewegte sich verdächtig schnell über die Pflastersteine, selbst wenn er sein Holzbein nun halb hinter sich herziehen musste. Camille humpelte gleichfalls heran, wobei sie ihre Verletzungen und ihre Erschöpfung ebenso wenig beachtete wie den Körper, der unter einer Decke aus Sand neben einem Laternenpfahl lag. Der Hund trottete neben Elena und Jean-Paul her, ohne seine übernatürliche Geschwindigkeit einzusetzen. Offenbar hielt er absichtlich Schritt mit ihnen. Fast als warte er auf etwas … Vielleicht trieb er sie auch vor sich her, als wären sie Schafe, die in den Pferch sollten. Derweil glitt sein Blick ständig über die Dächer, und auch seine Ohren blieben gen Himmel gespitzt. Seine ausbleibende Panik war das Einzige, was Elena die Hoffnung schenkte, dass sie nicht zu spät kamen.

Die Gruppe erreichte die Parfümfabrik, außer Atem und erschöpft von dem Kampf gegen den peitschenden Wind und das Adrenalin in ihren Adern. Der Platz vor der Fabrik war der Ort, an dem Elena in ihrer Vision Sidra zuletzt gesehen hatte. In der Luft hing immer noch der Duft von gerösteter Orangenschale und Räucherwerk, aber auch der Gestank von Fleisch, das zu lange über dem Feuer gehangen hatte. Sidra und Jamra hatten sich noch vor wenigen Minuten auf dem Platz aufgehalten … Wohin waren sie nun verschwunden?

Der Hund witterte ebenfalls in der Luft, folgte aber nicht, wie Elena eigentlich erwartet hatte, der Spur zur *parfumerie*, sondern wirbelte herum und knurrte den Himmel an.

»Moment!«, sagte Yanis. »Etwas stimmt hier nicht!«

Der Hund verkrampfte sich und knurrte wieder. Zuerst fürchtete Elena, sie hätte die Gruppe an den falschen Ort geführt, doch dann erschien ein dunkler Fleck am Himmel. Er wurde größer und größer, als er durch den Staub nach unten sank. Kurz darauf ließen sich die Umrisse von Flammenflügeln und einem Schwanz erkennen. Sekunden später rührte ein halbes Dutzend Flügel die Luft auf, als drei weitere Ifrit aus hoher Höhe zu ihnen hinunterschossen und über dem Platz kreisten.

»Lauft!«

Die Gruppe rannte zur Fabriktür, nur um festzustellen, dass sie verschlossen war. Camille angelte mit zitternden Händen nach dem Schlüssel in ihrer Rocktasche, während der Hund bellte und nach den Kreaturen schnappte.

»Mach schon, Camille! Sie kommen!«

Die Hexe schob den Schlüssel ins Schloss und drehte ihn genau in dem Moment, da zwei schuppige Füße neben ihnen das Pflaster berührten. Camille besprühte das Biest mit ihrem Parfüm, sodass es sich keuchend die Nase rieb. Diese Ablenkung verschaffte ihnen die Zeit, die nötig war, in die Fabrik zu gelangen und die Tür hinter sich zuzuschlagen.

Ihnen allen – außer dem Hund. Ihr Führer und Wächter hatte es nicht geschafft.

Elena spähte gerade rechtzeitig durch ein Fenster, um zu sehen, wie der Hund vom Arm eines Ifrit in die Luft gerissen und auf ein Dach auf der anderen Seite des Platzes getragen wurde. Voller Mitleid für das arme Wesen schloss sie die Augen. Wäre er nicht gewesen, hätten sie alle ihr Leben längst verloren.

Hinter ihr wedelte Jean-Paul mit der Hand vor seinem Gesicht herum. »Riecht es hier drin immer so intensiv nach Parfüm?«

Ein überwältigender Duft hing in der Luft. Er beeinflusste sie, doch niemanden so stark wie Camille. Entsetzt registrierte sie die Dichte der Geruchsmoleküle in der Luft. »Mein Parfüm«, sagte sie und drehte den Kopf. »Es riecht, als ob … oh, nein, nein, nein. Was tut er da?« Sie zuckte zusammen, als sie hörte, wie Glas zersplitterte. Eine weitere Wolke *Fleur de Sable* aus dem Laden waberte zu ihnen in die Eingangshalle.

Camille marschierte auf die Ladentür zu, bis Jean-Paul sie bei den Schultern packte und zurückzog, um zu verhindern, dass sie entdeckt wurde. Und er hatte recht – sie konnten nicht einfach losstürmen. Wer wusste schon, wie Jamra reagieren würde, sollte er sich in die Ecke getrieben fühlen? Die Parfümhexe gab nach und presste nur noch die zitternden Finger an den Mund, erfüllt von der Sorge um ihre kostbaren Erzeugnisse, die auf der anderen Seite der Glasscheibe zerstört wurden.

Die Gruppe zog sich ein Stück zurück, um über ihr Vorgehen nachzudenken, während die Flügel weiterer Ifrit gegen das Gebäude schlugen. Auf der anderen Seite der Glaswand erhob Jamra die Stimme. Sie alle erstarrten in Erwartung eines gewalttätigen Ausbruchs oder des Geräuschs zersplitternden Glases, doch hörten sie nur das höhnische Lachen des Dschinn. Etwas hatte sich verändert. Die drängende Panik, die Elena noch bei der Verfolgung von Sidras Spuren gespürt hatte, schlug nun in etwas anderes um: in reinen Überlebensinstinkt.

Und da war noch etwas: Eine Wolke statischer Elektrizität schien in der Luft um sie herum zu hängen. Camille bemerkte diese Veränderung ebenfalls und hob die Hand, um damit durch die Luft zu fahren. Über ihnen erschien eine leuchtende Wolke in der Eingangshalle und drehte sich in schimmernden Spuren im Uhrzeigersinn um sich selbst.

»Ist das deine Magie, Camille?«, flüsterte Elena.

Die Parfümhexe schüttelte den Kopf.

»Yanis?«

Der Zauberer schluckte schwer. »Nein. Und es erinnert mich auch an nichts, was ich je gesehen hätte.«

»Ist es wohlwollend?«, fragte Jean-Paul, bevor er sich für alle Fälle nach einer Waffe umsah. Er packte einen Regenschirm aus dem Ständer, der neben dem schlafenden Hausmeister am Eingang stand, und hob ihn wie einen Degen, bereit, in den Kampf zu ziehen.

Elena rieb sich die Finger, um die Luft mit ihrer Schattensicht zu durchleuchten. Sie konnte keine Aura der Gefahr von der seltsamen, leuchtenden Wolke wahrnehmen. Und auch keine Magie, obwohl die Wolke unheilvoll direkt über ihnen schwebte. Während sie noch darüber nachdachte, was sie davon halten sollte, erklang ein gedämpfter, wütender Schrei aus dem Laden.

Die blonde Haarsträhne. Yvette. Sie musste es sein. Sie hielt sich ebenfalls in diesem Raum auf. Jamra hatte sie beide in seiner Gewalt.

Es wurde Zeit, jede Zurückhaltung aufzugeben. Dschinn-Magie oder nicht, sie konnte Sidra und Yvette nicht diesem Irren überlassen. Die Wolke billigte ihren Entschluss offenbar, denn Elena vernahm in ihrem Kopf die Worte: *Bereite deine Magie vor!*

Hatte Yanis diese Aufforderung ebenfalls gehört? Immerhin begann er, verzweifelt nach seiner Kreide und seinen Talismanen zu suchen, während Elena zu ihrer Beruhigung in ihrer Tasche nach dem Zauberbuch tastete und gleichzeitig einen Schutzzauber flüsterte.

Und dann explodierte die Welt innerhalb der *parfumerie*.

34

Jamras aufbrausendes Temperament verängstigte Sidra nicht mehr. Mochte er doch den Wind zum Heulen bringen, mochte er sie unter einem Berg von Sand begraben – Sidra war seine Wutanfälle leid. Sie war diese Fehde leid. Sollten ihre Familien sich doch bekämpfen, bis *Jahannam* sie ins Leben nach dem Tode saugte! Verflucht sollten sie alle sein! Und verflucht sollte Hariq dafür sein, dass er gestorben war und es ihr allein überlassen hatte, sich seinem käferherzigen Bruder zu stellen …

Nein, das nahm sie zurück. Hariq hatte immer versucht, das Richtige zu tun. Er hatte ein gutes Leben geführt und sie zu einem Teil seiner Welt gemacht. Ihnen mochten nur wenige, allzu kurze gemeinsame Jahrhunderte vergönnt gewesen sein – doch zumindest einmal in ihrem Leben war Sidra wirklich geliebt worden. Und bald schon wäre sie wieder mit Hariq vereint. Mit ihrem Tod würde der Dolch den Fingern ihres Feindes für immer entgleiten und stattdessen in die Hände eines demütigen Retters fallen.

Jamra zerschlug auf der Suche nach der Klinge einen weiteren Flakon auf dem Marmorboden. Er würde sich nicht noch einmal von falschen Versprechungen aufhalten lassen. Daher wurde es für sie höchste Zeit, zu kämpfen oder zu fliehen. Zuerst musste sie allerdings noch das Mädchen befreien und dadurch jene Waagschale zu ihrem Vorteil senken, die über ihren Eintritt ins Jenseits entschied. Gerade als Sidra vortrat, um ihren eigenen Hals im Tausch gegen den von Yvette anzubieten, nahm sie ein weiteres Wesen im Raum wahr. Jamra bemerkte es ebenfalls.

»Wen hast du herbeigerufen?«, fuhr er sie an, während sein Blick über die dunklen Ecken des Ladens huschte.

Sidra schüttelte den Kopf. Sie konnte die Präsenz genauso wenig ausmachen wie er. Sie erkannte lediglich den Umriss einer silbernen Wolke an der Decke, und Erstaunen stieg in ihr auf. »Das ist kein Dschinn.«

Jamra hob den Blick zu dem wirbelnden Licht. »Diese widerliche Magie ist dein Werk!« Er trat drohend vor Sidra, bis sich sein Gesicht nur eine Klingenbreite vor ihrem befand. »Schließlich stehst du mit Hexen und Zauberern im Bunde!«

»Und mit wem pflegst du Umgang?«, fragte sie. »Mit Ifrit? Dämonen? Welchen Pakt hast du mit Blut und Flammen besiegelt, um deine Rachegelüste an Unschuldigen zu stillen?«

»Unschuldig?«

Sie hatte einen Nerv getroffen. Jamra biss die grünspanigen Zähne zusammen, bis sie knirschten.

»Unsere Art wurde gedemütigt. Erniedrigt. Wir, die höherwertigen Wesen, wurden gezwungen, Frondienst zu leisten für einen selbstgefälligen, sterblichen König, dessen fetter Arsch nach Jahren der Schwelgerei auf unsere Kosten nicht länger auf seinen Thron passte.« Er schien seinen Fall dem Ifrit darzulegen, der Yvette an der Kette hielt, als wäre der Dämon gleichzeitig Richter und Geschworener. Jamra spie ihm die Worte entgegen, bis Spucke durch die Luft flog. »Aber«, fuhr er geifernd fort, »seine sterblichen Nachkommen werden die Peitsche der Vergeltung spüren, weil sie versucht haben, sich auf ihren tönernen Füßen über ihren Stand zu erheben.«

»Und jetzt willst du eines der sieben Siegel dazu einsetzen, ahnungslose Menschen zu töten? Die Ungerechtigkeit, die dich so erzürnt, liegt Jahrtausende zurück!«, hielt Sidra mit einem Kopfschütteln dagegen. Sie spürte, wie sich ihr Entschluss verfestigte. »Dein verkohltes Herz kennt nichts außer Zerstörung. Ohne den Dolch bist du nichts. Selbst mit dem Siegel in der Hand wirst du so unbedeutend sein wie der Wurm im Darm eines Kamels.«

Eine Explosion, die Frucht albernen Zornes, erschütterte den Raum rechts von Sidra. Regalbretter voller Flakons barsten, Fenster zersplitterten. Die Ladentür wurde aus den Angeln gerissen. Scherben schossen durch den Raum und verfehlten Yvette nur knapp.

Sobald Jamras Wutausbruch seine Wucht einbüßte, zog Sidra sich das schützende Tuch vom Gesicht. Die Wand zwischen Laden und Eingangshalle war eingekracht, sodass Sidra nun in vier staubige, schockierte Gesichter schaute, die sie ihrerseits entgeistert anstarrten. Sie hatte inständig gehofft, diesen Teil der Vogelschau falsch verstanden zu haben. Diese verfluchten Narren! Ausgerechnet in dem Moment aufzutauchen, da hier Wände einstürzten – und die letzten Reste von Jamras geistiger Gesundheit unter sich begruben.

»Verflucht soll dieser Ort sein! Befrei mich von diesem menschlichen Gestank!« Jamra riss den Arm vors Gesicht, bevor er sich in die durch die Explosion entstandene Duftwolke vorwagte. Er ging in die Eingangshalle und entdeckte dort Elena, Yanis den überwiegend Ehrlichen und den Ehemann der Hexe, der sich scheinbar von seiner Wanderung durch die Wüste erholt hatte. Alle drei kauerten auf dem Boden, die Arme schützend über den Kopf geschlagen. Außerdem lag da unter einer Schicht aus Staub und kleinen Splittern noch Camille. Jamra richtete den Blick wieder auf die drei anderen. Sein Grinsen erinnerte an eine Hyäne.

»Jamra, warte!« Sidra schob sich zwischen ihn und die anderen. »Lass uns nach dem Dolch suchen! Im Schutt. Du hast doch keine Querelen mit ihnen. Und auch nicht mit dem Mädchen.« Mit einer schnellen Bewegung des Handgelenks stabilisierte sie die Wand, wobei sie hoffte, dass der Putz halten und das Dach über ihren Köpfen nicht einstürzen würde. »Du machst es nur schwieriger, das Relikt zu finden, wenn du alles um uns herum zerstörst. Dabei muss es hier irgendwo sein«, sagte sie. »Was du suchst, ist hier.«

Jamra warf den Eindringlingen hinter ihr einen bösen Blick zu. »Sind das diejenigen, die du zu Hilfe gerufen hast? Hast du dich tatsächlich mit Hexen und Zauberern verbündet?«

»Sie sind gar nichts. Nur Haare in der Suppe. Lass sie in Ruhe! Ich werde dir helfen, nach dem Dolch zu suchen.«

Nun erhob sich die Parfümhexe. Unglaube spiegelte sich in ihrer Miene, als sie den Schaden in ihrem Laden betrachtete. Sobald sie aber Yvette entdeckte, die der Ifrit in eine eiserne Kette gelegt hatte, flackerte Wut in ihren Augen auf. Camille murmelte beißend scharfe Worte. Jamra befahl ihr, den Mund zu halten, doch sie ließ sich nicht zum Schweigen bringen, sondern brachte ihren Zauber mit geschlossenen Augen zu Ende.

Die Hexe atmete aus. Eine Wolke des vergossenen Parfüms sammelte sich, waberte auf den Ifrit zu und traf ihn mitten ins Gesicht. Seine Augen tränten, er würgte hustend Schleim aus und erstickte fast an dem Gestank von Jasmin und Bibergeil. Dann zerfiel das Biest zu Asche und verschwand im Äther. Yvette blieb unbewacht zurück.

»Dreckige Hexe!« Jamra riss die Hand hoch und ballte sie zur Faust, bis seine Knöchel weiß hervortraten. Camille presste die Fingerspitzen an die Schläfen, als hätte sie plötzlich schreckliche Kopfschmerzen bekommen. Eine Sekunde später sickerte Blut aus ihrer Nase, und sie fiel bewusstlos zu Boden.

Sidra wog das Risiko ab. Eisen war immer schwierig, doch die Ifrit waren nicht dafür bekannt, besonders komplexe Magie einzusetzen. Das billige Metall würde also irgendwann zerfallen. Mit einer kurzen Bewegung des Kinns löste sie daher den Ring um den Hals der Elfe, noch ehe Jamra den Blick von der Parfümhexe abgewandt hatte.

Yvette schnappte nach Luft und tastete ihren Hals nach Wunden ab. Sobald der Effekt des Eisens nachließ, leuchtete sie auf und schwebte zwischen die Hexe und Jamra. »Was hast du mit Camille angestellt, du dämlicher *cochon*?«

Feuer und Rauch, kann das Mädchen sich nicht mal einen Augenblick zusammenreißen?

Jamra wirkte amüsiert von Yvettes nassforschem Auftreten. Kaum kniete die Elfe allerdings neben ihrer am Boden liegenden Freundin nieder, schlug seine Laune wieder um. »Geh von ihr weg!«, zischte er. Als Yvette daraufhin nur in unzweideutiger Geste mit den Fingern gegen ihr Kinn schnippte, flackerte Hass in seinen Augen auf.

Sidra kannte den tödlichen Instinkt, der in ihm brodelte. »Das Mädchen ist dreist«, sagte sie und machte eine wegwerfende Handbewegung, um Yvettes Verhalten herunterzuspielen. »Vergiss ihre Narrheiten! Sie und die Hexe sind nichts als Rauch in deinen Augen.«

Ein Kribbeln lief über ihren Rücken. Elena und Yanis hatten beide ihre Macht angerufen. Ihre Energie vibrierte in der Luft, ganz wie der Strudel seltsam wirbelnder Energie, der immer noch unter der Decke hing. Wenn Jamra diese Macht nicht spürte, war er ein Narr. Er ballte die Hand erneut zur Faust, um Yvette dasselbe Schicksal angedeihen zu lassen wie Camille, doch Yanis schleuderte ihm einen Blockadezauber entgegen, der ihn aus dem Gleichgewicht bringen sollte. »Die Propheten mögen uns beschützen«, sagte Sidra, weil sie wusste, wie viel Mut es den Zauberer gekostet hatte, sich Jamra entgegenzustellen.

»Vorsicht, Zauberer. Man könnte ja fast meinen, du willst mit dem Feuer spielen.« Der Dschinn brachte sich in Position und schoss einen Feuerstrahl auf Yanis' Holzbein ab. Dem Magus gelang es zwar, einen Großteil der Flammen mit einem Abwehrzauber abzulenken, ein Teil des Feuers jedoch fand sein Ziel. Die Luft füllte sich mit dem Geruch von verbrannter Eiche, bis Yanis die Flammen mit seiner zerfetzten *taqiyah* erstickte.

Bevor Jamra ein zweites Mal zuschlagen konnte, schob Sidra, ermutigt von der Courage des Zauberers, die Ärmel nach oben. Sie beschwor eine mannsgroße Kobra herauf. Anders als die letzte Schlange war diese hier keine Illusion aus Rauch und Luft. Ihr Gift konnte einen Elefanten zu Fall bringen. Mit einem einzelnen, wütenden Dschinn dürfte sie also nicht die geringsten Schwierigkeiten haben. Sidra schickte die bösartig zischende Kobra direkt vor Jamras Füße. Die Schlange hatte den Kopf bereits gehoben und ihre Haube gespreizt, richtete sich nun aber noch höher auf, bereit zum Angriff. Sidra bewegte die Finger, um die Kobra direkt zu einer Ader Jamras zu lenken – doch der war schneller. Verdammter Kerl! Er brachte sich mit widerwärtiger Geschwindigkeit in Sicherheit und verbrannte die Schlange zu Asche, bevor Sidra das Tier in einen zweiten Angriff schicken konnte. Glücklicherweise hatten die anderen sich mit dem Erscheinen der Kobra aus Jamras Blickfeld zurückgezogen.

»Das Siegel ist ganz in der Nähe, *jinniyah*, ich kann es spüren. Deshalb finde ich es allein ... was bedeutet, dass du für mich nur noch Asche bist.«

Der Dschinn flüsterte ein paar Worte in seine hohle Faust, und eine Peitsche aus Feuer erschien darin. Er ließ sie knallen. Das Ende knisterte und rauchte in der Luft, verhieß gottlose Pein. Sidra wich geschickt aus, als Jamra mit der Peitsche um sich schlug, sodass ihr brennendes Ende einzig die hellblauen Vorhänge an dem zertrümmerten Fenster hinter ihr traf. Jamra verhöhnte sie. Verspottete sie, indem er sie knapp verfehlte. Die Vorhänge fingen Feuer, Rauch driftete durch das Erdgeschoss der Fabrik.

Feuer war freilich keine Herausforderung für sie. »Ein Kinderspiel«, sagte sie nur und trat näher an die Flammen heran. Sie rief die Flammen aus den Vorhängen zu sich. Das Feuer klammerte sich an den Saum ihres Kaftans, kletterte die Ärmel hinauf und tanzte in hellem Orange um ihren Kopf. Sidra blies auf ihre Fingerspitzen, bis sie hellblau leuchteten, dann schüttelte sie die Flammen von ihrem Körper, auf dass sie in Rauch vergingen.

»Das kannst du doch besser.« Sidra blickte Jamra herausfordernd an. Langsam umkreisten sich die zwei Dschinn.

»Tu das nicht, Sidra!«, rief Yvette von der anderen Seite des Raums. »Lös dich einfach auf!«

Das Mädchen wusste nicht, wie es war, das eigene Schicksal im flackernden Feuer und in der Vogelschau zu sehen. Aus den Augenwinkeln bemerkte Sidra, dass das silbrige Licht an der Decke begann, sich immer schneller zu drehen. Alles um sie herum schien zu rotieren. Die Spannung stieg. Das Schicksal gewann an Kraft, war bereit, die Kontrolle über sie zu übernehmen. Chaos oder Ruhe? Leben oder Tod?

»Flieht!«, sagte sie zu ihren Kameraden, als Jamra erneut die Peitsche schwang. Das glühende Ende wickelte sich um ihren Hals. Das Feuer brannte. Die Schlinge zog sich zusammen. Der Raum wirbelte um sie herum, als sie von den Füßen gerissen wurde.

35

Jamras feurige Peitsche hielt Sidra gefangen und zerrte sie durch den Raum. Elena stürzte vor, vermochte den Angriff aber nicht zu stoppen. Ihr blieb nichts anderes übrig, als darauf zu warten, dass ihre Freundin aufstand und sich wehrte, ganz wie es ihrem hitzigen Temperament entsprach. Doch die Dschinn blieb bewegungslos am Boden liegen.

Elena griff in ihre Tasche. Die paar Rosmarinzweige und der halb leere Beutel Salz würden sicher nicht ausreichen, um Jamras Magie in ihre Schranken zu weisen. Keine Illusion, die sie heraufbeschwören könnte, würde ihn davon abhalten, alle und alles in diesem Gebäude zu zerstören, um zu bekommen, was er wollte. Yanis schüttelte den Kopf, weil er ebenfalls keine Ahnung hatte, wie sie den Dschinn mit ihrer dürftigen Ausrüstung aufhalten sollten. Da aber der Blutstein nach ihr rief, nahm sie ihn an sich.

Jamra wartete einen Moment, um zu sehen, ob Sidra sich erheben würde. Als sie das nicht tat, trat er an sie heran, stieß ihr den Fuß in die Seite und verzog verächtlich die Lippen. Die Brust der Dschinn hob und senkte sich unter ihrem Gewand, doch sie wachte nicht auf.

»Hey!« Yvette winkte, um Jamras Aufmerksamkeit zu erregen. »Ich habe ihn. Ich habe den dämlichen Dolch, nach dem du suchst. Lass sie zufrieden, womöglich kriegst du ihn dann sogar.«

»Den hole ich mir, wenn die *jinniyah* tot ist.« Während er sprach, ließ er die Peitsche durch seine Finger gleiten, als genösse er es, die Flammen zu spüren.

Die Hitze in seinen Augen, der Hass in seinem Herzen – Elena wusste, dass er Sidra mit dem nächsten Schlag das Leben nehmen würde. »Das kannst du nicht machen!«, sagte sie, in der Hoffnung, den letzten Rest von Anstand in dem Dschinn anzusprechen. »Das hat sie nicht verdient.«

Jamra trat etwas zur Seite, als suchte er nach dem besten Winkel für den letzten Schlag. »Verdienen? Sie ist eine Mörderin. Eine Diebin. Und jetzt wird sie sterben, weil sie es gewagt hat, sich mir zu widersetzen.«

Jean-Paul presste den Arm über Elenas Brust und zwang sie, mit ihm an die Wand zurückzuweichen. Dort kauerten sie alle sich hilflos zusammen. Der Dschinn spielte den Tyrannen, ließ die Peitsche über seinem Kopf kreisen, bereit, Tod und Vernichtung freizusetzen. Zum dritten Mal hob er die brennende Peitsche, dann riss er seinen Arm nach vorn, sodass sich über seinem Kopf eine Feuerspur bildete. Elena hielt den Atem an, erschauderte aber in Erwartung des schrecklichen Moments – doch das Geräusch, auf das sie sich innerlich vorbereitet hatte, blieb aus.

Noch bevor die Peitsche Sidras Körper berührte, zersplitterte in der Eingangshalle Glas. Der Hund – Elena hatte ihn schon tot geglaubt – sprang durch das Fenster zu ihnen. Er spannte seine starken Muskeln an und hechtete blitzschnell weiter, während die Peitsche des Dschinns auf Sidra zuschnellte. Der Hund packte die feurige Waffe mit den Zähnen und zerrte daran, bis sie Jamra aus der Hand glitt, und schüttelte die Peitsche, als wäre sie ein Kaninchen. Sofort löste sich die Waffe in einer Rauchwolke auf.

»Wo kommt der denn her?«, stieß Yvette überrascht aus.

Sie und Elena nutzten die Ablenkung, um sich Sidra wieder zu nähern.

Blut tropfte aus zwei Einstichstellen an der Seite des Hundes. Elena hätte ihn gerne umarmt und mit ihren Kräutern geheilt, doch noch war der Hund auf Jagd. Knurrend starrte er Jamra an. Die mächtige Schultermuskulatur des Hundes zeichnete sich ab, als er sich mit langsamen, bedrohlichen Schritten dem Dschinn näherte.

Jamra wich rückwärts in die Richtung zurück, wo Sidra bewusstlos am Boden lag. »Wer bist du? Das ist nicht dein Kampf! Verschwinde!«

Der Hund drängte weiter voran. Sein Knurren wurde noch bösartiger, als Jamra fast über einen Haufen Scherben gestolpert wäre. Elena hatte schon einmal miterlebt, wie der Dschinn Angst zeigte. Damals, als die seltsame Vision von Titania in ihrer Schattensicht aufgeblitzt war … Derselbe alarmierte Ausdruck breitete sich nun, da der Hund sich ihm mit gefletschten Zähnen und jederzeit zum Angriff bereit näherte, auf Jamras Gesicht aus. Bald schon könnte er sich nur noch in den Äther zurückziehen, auch wenn Elenas Instinkt ihr sagte, dass er selbst dort verfolgt und gejagt würde.

»Was hast du ihr angetan?« Yvette glühte leise, die Hand auf Sidras Stirn gedrückt. »Sie wacht nicht mehr auf.«

Ihrer Intuition folgend, legte Elena den Blutstein auf Sidras drittes Auge. Der Hämatit war für seine belebende Wirkung bekannt. Er konnte den Kreislauf anregen, gebrochene Herzen heilen und, kombiniert mit dem richtigen Zauber, Gifte aus dem Körper ziehen. Zumindest bei Menschen. Da Dschinn aber aus Feuer bestanden, nicht aus Fleisch und Blut, nahm Elena an, das dritte Auge, dieses Tor zur Psyche, wäre der beste Ort, um Sidras Geist zu heilen.

Mit einem Mal hielt der Hund inne und spitzte die Ohren, als wollte er Elenas Bemühungen kontrollieren. Jamra schien dies als Unachtsamkeit seines Gegners zu werten. Er streckte die Hand aus, packte Yvettes Haar und zog sie auf die Füße. Sie wand sich unter seinem Griff und schrie, bis er einen Arm um ihren Hals presste und sie in den Würgegriff nahm. Seine Lippen waren ganz dicht an ihrem Ohr. »Wenn dieses Weib hier einem von euch irgendetwas bedeutet«, warnte er die anderen, »dann soll dieser Köter von Dschinn sich zurückziehen.« Während Jamra auf die Entscheidung des Hundes wartete, übte er immer größeren Druck auf Yvettes Hals aus, sodass diese verzweifelt die Augen schloss. Endlich zog der Hund sich ein wenig zurück. »Und jetzt«, flüsterte Jamra Yvette ins Ohr, »gib mir den Dolch!«

Yvette öffnete die Augen und sah die anderen an, als hoffe sie auf eine Eingebung.

»Gib ihn mir!« Jamra schüttelte Yvette.

Elena zog ihr Athame aus der Tasche. Die Klinge war ihr heilig. Ein wichtiges Werkzeug für Rituale. Gleichzeitig war das Messer unglaublich scharf. Sie wusste nicht sicher, ob Dschinn bluten konnten, doch wenn Jamra noch eine Drohung ausstieß, würde sie es herausfinden.

Die silbrige Wolke, die bisher über ihnen gehangen hatte, fing plötzlich an, wie wild zu blitzen und zu wirbeln. Jamra stoppte seinen Angriff kurz, um den Blick zur Decke zu heben. »Wer hat diese Magie gerufen?!«, brüllte er.

Niemand antwortete.

Das Licht der Wolke explodierte nun geradezu, doch der Hund näherte sich ihr ohne Angst. Während das Licht in einem fort wie irr strudelte, bildete sich in der Mitte ein dünner, strahlend heller Faden, der sich nach unten zog. Alle traten einen Schritt zurück. Sobald dieser Rüssel des Wirbels den Marmorboden berührte, stieg eine Wolke silbrigen Staubs auf, aus der eine Frau trat, gewandet in einen irisierenden Mantel, der mit Käferpanzern und Schmetterlingsflügeln besetzt war. Auf ihrem Kopf saß eine Krone aus Libellenflügeln, die von mit winzigen Perlen besetztem Silberdraht zusammengehalten wurde.

»Titania!«, rief Yvette.

»Unsinn«, sagte diese. »Nenn mich Grand-Mère, Kind!«

Jamra presste den Arm noch stärker gegen Yvettes Kehle. »Wieso steht die Hexenkönigin vor mir? Was hast du hier zu suchen?«

Die Königin der *Fée* schenkte ihm ein Lächeln und deutete auf den Hund.

Dieser schüttelte sich kurz und kräuselte die Nase. Schon begann die Luft um ihn herum in einer Weise zu flirren, als stünde er an einem sengend heißen Tag irgendwo auf vertrocknetem Erdboden. Doch war dies nur ein kurzer Moment. Eine Luftspiegelung, die nach einem Blinzeln verschwand – nur stand anschließend anstelle des Hundes ein Mann im Raum. Er trug ein ärmelloses, mit Gold besticktes schwarzes Gewand, das seine breiten Schultern betonte. Unter dem Saum spähte ein Paar schwarz-goldener Pantoffeln mit aufgerollter Spitze hervor. An seinem Gürtel hing ein Krummdolch, dessen Heft Rubine schmückten. Elena vermutete, dass dies seine wahre Gestalt war. In den Augen des Mannes leuchtete warme Aufrichtigkeit, wenn auch gedämpft von tiefem Bedauern.

Abgesehen von dem volleren Gesicht und der gesünderen Hautfarbe ähnelte dieser Mann Jamra in geradezu unheimlicher Weise: dasselbe dunkle, lockige Haar, derselbe schmale Bart, dieselben weißen Zähne und dieselbe eindrucksvolle Körpergröße.

»Das kann nicht sein …« Jamra blinzelte ungläubig. »Du bist tot!«

»Offenbar nicht.« Der Dschinn in Schwarz wandte den Blick keinen Moment von Jamra ab, als er fragte: »Hast du Papier und Kreide dabei, Zauberer?«

»Stopp! Was tust du?« Jamra packte Yvette noch fester.

Yanis und Elena wechselten einen ungläubigen Blick, bevor Yanis das Wort ergriff: »Hariq! Wie kann es sein, dass du hier bist?«

Hariq?

»Hast du dein magisches Feuer, Hexe?«, fragte dieser.

»Ich habe *Stopp* gesagt!« Jamra wurde unruhig. Er trat einen Schritt zurück, wobei er Yvette mit sich zog. »Wieso sprichst du so mit ihnen?«

Elena schnippte mit den Fingern, und eine Flamme erschien auf ihrer Handfläche. »O ja, ich habe mein Feuer.«

Titania folgte Jamra und schwebte immer näher an ihn heran. »Gib meine Enkelin frei!«, befahl sie.

Jamra blinzelte, während sein Blick von Hariq zu Titania huschte. »Nein!«

Hinter ihnen malte Yanis Symbole auf ein Stück Papier, dicht zu den Ecken hin, aber doch so, dass er noch einen Kreis um die Zeichnung mit der leeren Stelle in der Mitte ziehen konnte.

Hariq musste den wahren Namen seines Bruders kennen. Das war ihre einzige Chance. Elena wies Jean-Paul leise an, einen Flakon zu suchen. Oder ein anderes kleines Behältnis. Während ihr Mann die Scherben auf dem Boden durchkämmte, um etwas Passendes zu finden, zog der Zauberer ein wenig Mariengras aus einem Bündel und verknotete die Stränge.

Titania hielt Jamras Blick weiterhin stand, scheinbar unbeeindruckt von ihm und seiner Magie. »Willst du mir meinen Wunsch wirklich verwehren, kleiner Dschinn?« Ihre Stimme klang spöttisch – als ihr Gesicht sich plötzlich veränderte und zu einer zombieartigen Maske aus grauer Haut wurde, mit schwarzen Augen und Reißzähnen, von denen roter Speichel tropfte. »Mit diesem Gesicht bin ich durch deine Träumen gewandelt, als dein Herz sich danach verzehrt hat, Angst zu verbreiten und jeden Frieden zu zerstören.«

»Weg von mir, du scheußliche Vettel!«

»Eigentlich bist du nur ein kleiner Junge, der sich vor unheimlichen Kreaturen in der Nacht fürchtet«, fuhr Titania fort, während sie näher und näher an ihn heranrückte. »Ein Bub, der verängstigt unter der Decke kauert und schreit, wenn Albträume ihn heimsuchen.«

»Ich werde ihr den Elfenhals brechen, das schwöre ich!«

Titania nahm wieder ihr altes Gesicht an und klatschte einmal in die Hände. »Konzentrier dich, Yvette! Ein solcher Narr kann eine Tochter der Elfenlande nicht bezwingen.«

Yvette, die angesichts der Verwandlung ihrer Großmutter immer noch entsetzt die Augen aufgerissen hatte, hörte auf, sich gegen den Dschinn zu wehren. *»Merde!«* Sie schloss die Augen, dann löste sie sich in Gold schimmernden Nebel auf, entzog sich Jamras Griff und materialisierte sich erst am anderen Ende des Raumes wieder.

Der Dschinn schob die Ärmel nach oben und blies Feuer auf seine Fingerspitzen. Noch im selben Moment erschienen zwei Ifrit vor einem zerbrochenen Fenster. Als hätte er nach seinen Hunden gepfiffen … Mit brennenden Augen starrten die Dämonen die Elfenkönigin an.

Hariq zuckte zusammen, bereit zum Kampf. Titania dagegen schien erstaunlich entspannt, dies selbst dann noch, als der erste Feuerdämon durchs Fenster kletterte und auf sie zustrebte. Mit einer kaum merklichen Bewegung ihres Fingers schickte die Elfenkönigin den Eisenring, der um Yvettes Hals gelegen hatte, hinüber zum Fenster. Er verwandelte sich in der Luft in eine eiserne Stange, die den Körper des Ifrit durchbohrte, bevor er sich hätte auf seine Gegnerin stürzen können. Das Biest kreischte, als das Metall seine brennende Mitte durchschlug. Seine Eingeweide flossen wie Lava über das Fensterbrett, wo sie sich zu Stein verhärteten. Der zweite Ifrit brüllte vor Wut, doch hütete er sich, das Fensterbrett zu berühren, auf dem noch immer die Magie der Elfenkönigin lag.

Jamra wich geduckt zurück. Titania folgte ihm, als wollte sie ihn veranlassen, sie anzugreifen.

Hariq rief dem Zauberer zu: »Er heißt Shayik. Schnell!«

Yanis schrieb den Namen in die freie Mitte des Kreises, legte die verknoteten Grashalme darauf, faltete das Papier und nickte Elena auffordernd zu. Erneut fachte die Hexe die Flamme auf dem Teller ihrer ausgestreckten Hand an, woraufhin Yanis in seiner Muttersprache die Worte des Zaubers intonierte.

»Verflucht sollt ihr alle sein!«, schrie Jamra und entzog sich der materiellen Welt, um in den Äther zu entschwinden.

Yanis hielt das Papier über das Feuer, bis es sich entzündete. »Du musst ihm folgen.«

Während der Rauch schlingenförmig aufstieg, löschte Elena ihr Feuer und sank in einen tranceähnlichen Zustand, um ihren Geist durch die Schattenwelt wandern zu lassen. Sie brauchte nur Jamras wuterfüllter, unsichtbarer Energie zu folgen, um diesen sofort zu finden. Irgendwo in der körperlichen Welt fiel ein Spiegel von der Wand und zerbrach. Knisternd entstanden Risse im Putz der Decke. Eine Tür sprang aus ihren Angeln. Elena konzentrierte sich und jagte weiterhin Jamras verwegener Energie nach. Er floh schnell. Noch bevor er sich ihr aber entziehen konnte, sprach sie seinen Namen – seinen *wahren* Namen, der ihn binden würde. Der Rauch von Yanis' Zauber schwebte neben ihr durch den Äther und folgte ihrer Stimme, bis beides, Name wie Rauch, das Ohr ihres Gegners trafen. Und Jamra fesselten und gefangen hielten.

Elena packte die Fessel aus Rauch. Sie kehrte in ihren Körper zurück und zog den Dschinn mit sich. Er versuchte zwar, sich zu wehren, aber im Banne des Zaubers war er nicht stärker als ein neugeborenes Lamm. Zurück in der Welt der Menschen öffnete Elena die Lider. Der Rauch von Yanis' Zauber waberte vor ihr in der Luft. Jean-Paul streckte ihr den Parfümanhänger aus Opal entgegen, den sie bei ihrem ersten Besuch der Fabrik in der Eingangshalle bemerkt hatte. Elena schloss die Hände um den winzigen Behälter und leitete den Rauch durch den schmalen Hals. Als der letzte Rest im Anhänger verschwunden war, schraubte Elena den Deckel so fest zu, wie sie nur konnte. Da die Wut des darin gefangenen Dschinns das Glas sofort zum Glühen brachte, ließ Elena den kleinen Flakon an seiner Kette baumeln.

Der Dschinn, der sich gewünscht hatte, das Chaos in der Welt zu regieren, herrschte nun in einem leeren Behälter, der nach dem Rosenwasser einer alten Frau roch.

36

Wärme erfüllte Sidras Adern, allerdings nicht die willkommene Hitze eines knisternden Feuers, sondern die feuchte, anstrengende Schwere eines schwülen Tages. Ihr Körper fühlte sich an wie ein nasser Lappen, der ausgewrungen werden musste, und schien nur widerwillig auf ihre Gedanken zu reagieren.

Endlich öffneten sich ihre Lider, doch irgendetwas Unförmiges beeinträchtigte ihre Sicht. Ein Stein. Auf ihrer Stirn. Sie packte ihn – seine Oberfläche wurde wie die Haut eines Salamanders von seltsamen Adern durchzogen – und setzte sich auf. Auf der anderen Seite des Raums hielt die Hexe – diejenige, die Wein machte – eine Kette mit einem winzigen Flakon daran in der Hand und lenkte Rauch in das Gefäß. Wo war Jamra? Wo der Zauberer? Und wo der Dolch?

Sidras Kopf brummte wie ein Wespennest. Sie konnte kaum geradeaus schauen. Jamra stand nur ein paar Schritte entfernt, doch er trug nun ganz andere Kleidung und roch nach Adlerholz. Wie aus dem Nichts war auch die Elfenkönigin aufgetaucht. Schimmernd stand sie neben ihm und beobachtete, wie der Rauch in den Flakon glitt. Sidra tastete ihren Kopf nach Blut oder Beulen ab. Sie spürte keine dauerhaften Schäden und empfand auch keine Schmerzen – zumindest nicht, bis das Mädchen ihr ins Ohr kreischte.

»Du bist in Ordnung! Schaut mal alle her! Sidra ist aufgewacht!« Yvette eilte zu Sidra und ging neben ihr in die Hocke. »Er ist weg. Sie haben ihn erwischt. Jamra ist gefangen.«

Sidra wusste, dass sie die Worte des Mädchens richtig verstanden hatte, doch sie konnte die Aussage nicht mit dem Anblick des Mannes in Einklang bringen. Jamra stand doch offensichtlich vor ihr im Raum. Sein Haar war länger und sein Bart etwas voller – aber das war er! Wer sonst? Nach den Worten des Mädchens riss er allerdings den Kopf herum und kam auf Sidra zugestürzt. Musste sie unbedingt so sterben, auf dem Boden liegend und durch die Hand dieses Kamelarsches? Doch statt anzugreifen, sank er vor ihr auf die Knie und strich ihr sanft die Haare aus dem Gesicht.

»Habibti.«

Die Züge vor ihren Augen gewannen an Schärfe. Dieses Gesicht, das wie bei einem Sterblichen aus Haut und Knochen bestand. Das sie seit ihrer Eheschließung jeden Tag als Erstes gesehen hatte. Sidra hatte immer ihre Finger durch das lange Haar gleiten lassen, wenn das erste Morgenlicht die roten und goldenen Akzente darin zum Leben erweckt hatten. Doch dieses Gesicht konnte sie nicht hier sehen! Hariq war tot.

Der Mann ergriff ihre Hand und senkte den Kopf. »Ich habe vieles zu erklären«, sagte er. »Und vielleicht darf ich nach meinem Geständnis auf Vergebung hoffen …«

»Du bist am Leben?« Bisher hatte sie nicht gewusst, dass sich Euphorie, Verwirrung und Wut gleichsam zu dritt unter einer einzigen Bettdecke tummeln konnten. »Wieso bist du hier? Ist das ein Zauber? Steckt Yanis dahinter? Hat er einen Handel mit Mutter Ghulah und den Toten abgeschlossen?«

»Sidra, hör mir zu!«, flehte Hariq, doch sie ignorierte ihn. Ihre Gefühle waren zu sehr in Aufruhr, als dass sie ihn hätte ansehen können, ohne von Schwindel überwältigt zu werden.

Sie wich im Sitzen zurück, dann erhob sie sich. Die Wespen in ihrem Kopf schwärmten. Sie schob ihre Ärmel nach oben, weil sie den Drang verspürte, einen Sturm aus Magie zu entfesseln, aber nicht wusste, welcher Magie und gegen wen. Dennoch gelüstete es sie, die Welt zu strafen, die sie nach ihrer Bewusstlosigkeit derart verwirrt hatte. Unfähig, sich zurückzuhalten, ließ sie den Stein in ihrer Hand quer durch den Raum schießen wie eine Pistolenkugel. Er traf einen Tontopf mit einer Palme darin. Der Topf zerbrach und der Baum kippte zur Seite.

Sidra marschierte hinüber zu dem Haufen aus zerstörten Flakons und grub mit der Fußspitze darin herum. »Wo ist Jamra? Wir müssen ihn aufhalten.«

»Das haben wir schon«, antwortete Yvette. Sie deutete auf den Anhänger in Elenas Hand, diesen winzigen Flakon, von dem Sidra nicht sicher zu sagen gewusst hätte, ob er eine Illusion war oder nicht.

Als wollte sie etwas beweisen, hob Elena die Kette ein wenig höher. »Hariq hat uns seinen wahren Namen genannt, Yanis ihn in den Behälter gebannt.«

»Das haben wir zusammen vollbracht«, ergänzte der Zauberer.

Sidra streckte die Hand aus, bis Elena den kleinen Anhänger darauflegte. Selbst durch das Glas spürte sie die knisternde Energie auf ihrer Haut. »Und der Dolch?«, fragte sie, als sie den Blick des Zauberers auffing.

»Soweit wir wissen, ist er nach wie vor in Sicherheit.«

»Hier.« Yvette griff in ihre bodenlose Tasche und zog eine Parfümflasche mit zwei Kristallvögeln auf dem Stopfen heraus.

Elena zuckte zusammen. »Dann hattest du ihn also wirklich? Ich dachte, das wäre eine Finte.«

»Ich habe mir diese kleine Schönheit vom Boden geschnappt, als Jamra nicht hingesehen hatte. Kaum hatte ich den Flakon gesehen, wusste ich, dass er Sidra gehört.« Yvette deutete auf den Metalldraht auf dem Fläschchen, der von den ständigen Berührungen abgerieben war. »Und er ist vollkommen unversehrt.«

Dabei ist sie doch sonst so clever, diese Yvette!

Hariq rieb sich den Bart. »Der Dolch ist im Flakon? Wenn man sich vorstellt, dass das Glas hätte zerbrechen können und die Klinge dann ungeschützt gewesen wäre … Das war knapp.«

Hariq. War er wirklich am Leben? Aber wo hatte er sich dann die ganze Zeit über verborgen? Warum hatte er sie verlassen? Sie angelogen?

»Wie kann es sein, dass du hier bist?«, fragte sie mit brennendem Blick. »Wieso nennst du mich *habibti*, wenn du derjenige bist, der mich alleingelassen und diesem Schicksal ausgeliefert hat?«

Hariq streckte die Hand nach ihr aus, doch Sidra wich zurück. Sie wollte seine Hitze nicht auf ihrer Haut spüren. Noch nicht. Nicht, während in ihrem Kopf noch Verwirrung surrte wie tausend wütende Wespen.

»Ich werde es dir erklären«, beteuerte er. »Ich werde dir alles erklären. Bitte, setz dich einfach und hör mir zu.«

Da schaltete sich jedoch die Elfenkönigin ein. »Wir haben über den Dolch zu reden.«

»Vorerst ist er in Sicherheit«, antwortete Hariq mit einem Blick auf den unbeschädigten Flakon. »Deshalb soll Sidra nun endlich die Wahrheit erfahren, damit sie wieder zur Ruhe kommen kann.«

Hariq spreizte die Finger und wedelte mit der Hand. Damit schuf er zwischen den zerbrochenen Parfümflaschen und der umgestürzten Palme Sitzkissen für alle. »Bitte, komm und setz dich.«

Sidra nahm Yvette das Parfümfläschchen ab und setzte sich. Es stimmte ja: Das feine Metall auf der Oberfläche war nach all den Monaten und Jahren, in denen sie das Geschenk in Ehren gehalten hatte, abgegriffen. Wie oft hatte sie es in die Hände genommen und bewundert, erfüllt von der Gewissheit, die glücklichste Frau auf Erden zu sein, weil ihr Mann einen Duft allein für sie geschaffen hatte … Das Mädchen setzte sich neben sie und legte ihr eine Hand auf den Rücken. Sidra protestierte nicht gegen die Berührung. Sie beschwerte sich auch nicht über das sanfte Glühen der Strahlenden, das seltsamerweise die letzten Reste von Trägheit aus ihrem Körper vertrieb. Es machte ihr nicht das Geringste aus, als Elena sich nun auf ihrer anderen Seite niederließ und ihr einen kleinen Amethyst in die Hand drückte.

Hariq nahm auf einem Sitzkissen gegenüber den Frauen Platz. Seine Hände ruhten locker verschränkt zwischen seinen Knien. Er wich ihrem Blick nicht aus, als er seine Erzählung begann. Seine Stimme, in der nichts von der Schärfe mitschwang, die so oft mit Entschuldigungen einherging, blieb ruhig, aber fest.

»Wahrscheinlich war unser Plan von Beginn an zum Scheitern verurteilt«, sagte er mit einem schnellen Seitenblick auf Yanis. Den anderen zuliebe fügte er hinzu: »Meine Ehefrau und ich haben ein kompliziertes Verhältnis zu unseren Familienangehörigen. Es gibt eine Fehde zwischen ihrem Stamm und meinem. Niemand kann sich erinnern, wann diese ihren Anfang genommen hat, doch keine Seite will nachgeben. Es wurden Mauern errichtet, lange bevor wir in die Welt kamen und uns verliebt haben.« Hariq suchte erneut Sidras Blick. »Es gab Einwände gegen unsere Eheschließung, und niemand wollte uns bei sich haben. Alle hackten auf uns ein wie Raben, die sich um eine tote Maus streiten.« Er machte eine wegwerfende Geste. »Um frei zu sein, mussten wir sie verlassen. Aber vielleicht wisst ihr das alles schon?«

Yvette nickte, weil sie die Geschichte kannte, das Gleiche galt für Elena.

»Ihr müsst gute Freundinnen sein, wenn Sidra euch das erzählt hat«, meinte Hariq mit einem sanften Lächeln. »Dann wisst ihr vermutlich auch von dem Doch und der Verantwortung, die uns übertragen wurde. Wir sollten die Sicherheit des Siegels garantieren. Vor allem da in Gestalt meines Bruders Jamra eine neue Gefahr auf den Plan gerufen worden war.« Er senkte den Blick auf die Hände und rieb sich die Schenkel, als könne er so ein unerwünschtes Gefühl vertreiben. »Deswegen haben wir beschlossen, die Welt zum Narren zu halten und unseren Tod vorzutäuschen. Sobald wir auf diese Weise von der Verantwortung für das Relikt entbunden gewesen wären, brauchte weder mein Bruder noch sonst jemand uns deswegen zu jagen. Aber …« Er hielt inne und wagte es, Sidras vernichtenden Blick zu erwidern. »… um einen derart verschlagenen Charakter wie Jamra von unserer Finte zu überzeugen, war eine Glaubwürdigkeit nötig, die nur durch echte Trauer und wahren Verlustschmerz erreicht werden konnte. Darum musste einer von uns beiden überleben, ohne die ganze Wahrheit zu kennen. Das war der Grund, warum wir auch dich getäuscht haben.«

Falten bildeten sich auf Sidras Stirn. Ihre Nasenflügel blähten sich. Wieso sprach er von *wir*?

Hariq beschrieb, wie er Sidras Teil des Trankes verdünnt hatte, sodass sie einen Tag vor ihm erwachen würde. Für die Welt hatte er als tot gegolten. Es sollte alles so aussehen, als hätte sie ihn nach einem Streit getötet. Nur dieses Szenario hätte Jamra von der Lüge überzeugen können, hielt er Sidra doch aufgrund ihrer Abstammung aus einer anderen Familie grundsätzlich einer solchen Handlung für fähig.

»Wir haben gehofft, die lange bestehende Fehde zwischen unseren Stämmen auf diese Weise einmal zu unserem Vorteil nutzen zu können.« Er zog die Brauen zusammen. »Doch als du mich für tot gehalten hast, bist du mit dem Dolch entkommen.«

»Um die Sicherheit des Siegels zu garantieren.«

»Du bist zu Jamra geflogen.«

»Um ihn zur Rede zu stellen. Dummerweise habe ich nämlich gedacht, er hätte dich umgebracht. Dabei war auch das nur ein … Trug«

»Diese Täuschung war notwendig.«

»Ich wurde wegen Mordes ins Gefängnis geworfen. Man wollte mir den Kopf abschlagen. Ich stand kurz davor, wegen deiner Scharade geköpft zu werden!«

»Nein!«, entgegnete Hariq scharf. »Das hätte ich niemals zugelassen. Wir hatten einen Plan, dich zu retten, bevor das Beil gefallen wäre. Eine Illusion, die alle – auch Jamra – davon überzeugt hätte, dass du bei der Hinrichtung gestorben bist … und der Dolch für immer verloren.«

Sidra stand auf und fuchtelte mit ihren vor Wut zitternden Hände vor seinem Gesicht herum. »Wen beinhaltet dieses *wir*, von dem du ständig redest?«

Es gereichte Hariq zur Ehre, dass er ihre Wut akzeptierte wie jemand, der wusste, dass er sie verdient hatte. »Das soll er dir selbst erklären.«

Die Luft um sie herum wurde wärmer. Ein sanfter Duft von Kurkuma und Kreuzkümmel stieg auf, als Rajul Hakim sich neben Hariq materialisierte. Obwohl der Alte sich eigentlich nie außerhalb seiner Höhle zeigte, blieb Hariq bei seinem Erscheinen völlig ruhig. Er stand auf und hieß seinen adoptierten Stammesführer mit einer kurzen Verbeugung willkommen, bevor er ihm sein Sitzkissen anbot. Der uralte Dschinn ließ sich nieder, strich sich den langen Bart glatt und beschwor seine *shisha* herbei. Ohne seine Pfeife war er einfach nicht er selbst.

Schmerz, Enttäuschung, Erstaunen – ein Tornado aus diesen unangenehmen Gefühlen hatte bereits in Sidra getobt, bevor sie einer weiteren Person, der sie vertraut hatte, in die Augen sehen musste. »*Du* hast dich also ebenfalls gegen mich verschworen?«

»Täuschungsmanöver«, sagte der Alte, »sind manchmal lang und verschlungen wie der Schwanz eines Affen.« Er nahm einen Zug von seiner Pfeife und stieß den Rauch so aus, dass er seinen Kopf umhüllte. »Ohne Möglichkeit, einen Ast zu packen, würde der Affe vom Baum fallen. Ich möchte, dass du das im Kopf behältst.«

Elena und ihr Ehemann wechselten einen zweifelnden Blick. Doch so sprach Rajul Hakim manchmal vor Publikum. Die Hexe bat Sidra, sich wieder zu setzen und trotz der Theatralik des alten Dschinn die Geschichte in Ruhe anzuhören. Sidras Ohren brannten zwar bereits bei dem Gedanken, sich noch mehr Lügen anhören zu müssen, dennoch nahm sie wutschnaubend Platz.

»Wir konnten dich nicht in unsere Pläne einweihen. Wie hätte jemand so Gerissenes wie Jamra reagiert, wenn er auch nur den Hauch von Unaufrichtigkeit in deiner Reaktion gespürt hätte?« Ohne Sidra aus den Augen zu lassen, sog der Alte nachdenklich an seiner Pfeife. »Unser Tun war grausam, aber darauf ausgerichtet, dein Leben ebenso zu retten wie das von Hariq. Nie wieder solltet ihr euch fragen müssen, wann das Chaos in die Hände von jemandem fällt, der bereit wäre, der Welt den Unterleib aufzuschlitzen.«

»Wir wollten im Moment der Hinrichtung eingreifen«, erkläre Hariq. »Doch dann bist du aus deiner Zelle geflohen, bevor wir diesen letzten Teil unseres Plans in die Tat umsetzen konnten.«

»Und das geht auf meine Kappe«, sagte Titania. Sie erhob sich und trat an Hariq heran.

Sidras Magen verkrampfte sich, als sie Yvettes Großmutter so nahe neben ihrem Ehemann stehen sah. Wieso bestand zwischen ihnen solche Vertrautheit?

»Meine Enkelin sollte an ihrem sechzehnten Geburtstag mit ihrer Familie vereint werden. Doch ihr Schicksal hat eine andere Richtung eingeschlagen.«

Yvette schlang die Arme um sich selbst. Als sie nickte, war ihr Leuchten gedämpft. Titania beschrieb, wie sie Yvette nach ihrer Flucht im Auge behalten hatte. Wie sie gelegentlich auf dem Jahrmarkt nach ihr Ausschau gehalten hatte, in der Hoffnung, dass die Wiedervereinigung immer noch arrangiert werden konnte. Eines Tages aber fand sie Yvette dort nicht mehr. Überhaupt nirgendwo mehr. Nicht einmal mit der Hilfe von Oberons Visionen hatte die Elfenkönigin sie aufspüren können. Sie war und blieb verschwunden.

»Erst nach einer zufälligen Begegnung mit einem Vogel, der zu mir kam, als ich neben einem kleinen Bachlauf ruhte, habe ich dich wiedergefunden. Er hat sich auf einem Ast über mir niedergelassen und ein sehr interessantes Lied angestimmt. Darin ging es um eine Dschinn, mit der er gerade in einer Gefängniszelle gesprochen hatte und die ihn aus ihren Fingern mit einem Weberknecht und einem Silberfischchen gefüttert hatte. Zusammen mit ihr waren eine Hexe und ein ungehobeltes Straßenkind mit gelbem Haar eingekerkert. Da habe ich natürlich sofort vermutet, dass er von unserer Yvette spricht.«

»Ich bin *nicht* ungehobelt«, stieß das Mädchen aus, erntete aber nur allgemeinen, wenn auch stummen Widerspruch.

Die Elfenkönigin lächelte, und ein helles Strahlen umspielte ihren Körper. »Die mächtige Runenmagie rund um das Gefängnis hatte Yvette meinem suchenden Blick entzogen. Doch ihr goldenes Haar und ihr … wie sollen wir es nennen … farbenfrohes Vokabular räumten jeden Zweifel aus.«

»*Mon dieu.*« Yvette hielt sich die Ohren zu, als wollte sie nichts mehr von alldem hören.

»Also, eine Hexe, eine Elfe und eine Dschinn zusammen

in einer Zelle.« Titania presste die Handflächen gegeneinander und drückte die Fingerspitzen an die Lippen, als durchlebe sie noch einmal den Moment, in dem sie diese Informationen erhalten hatte. »Es musste einen Weg geben, Vorteile aus dieser Kombination zu ziehen.« Ihr Blick fiel auf Jean-Paul. »Und dann fand ich dich, einen selbstsicheren Sterblichen«, sagte sie. »Du gebietest nicht über Magie, und doch bist du hier, ohne Scheu vor denen, die dich umgeben.«

»Einer der Nebeneffekte, wenn man sich in eine Hexe verliebt«, antwortete er.

»Ich wusste sofort, dass ich mich auf dich verlassen kann.« Sie beugte sich mit hochgezogener Augenbraue vor. »Muss ich noch gestehen, dass die Streichhölzer, die du am Morgen deines Gefängnisbesuches in der Küche gefunden hast, mir zu verdanken gewesen sind?«

»Die Streichhölzer, die ich Elena gegeben habe?«

Die Elfenkönigin nickte bestätigend.

»Und ich habe sie Yvette gegeben«, sagte Elena.

»*Merde*. Und ich habe Sidra die angezündete Zigarette gegeben.«

Titania nickte den Sprechenden jeweils zu, als folge sie einer miteinander verbundenen Kette. »Und unsere Dschinn hat sich selbst in Flammen gesetzt und ist entkommen … stand aber gleichzeitig in der Schuld derjenigen, die noch in der Zelle saßen.«

Der Alte ließ eine Reihe von Rauchringen aufsteigen. »Damit hatten wir nicht gerechnet«, gab er zu.

Hariq verschränkte die Arme vor der Brust. »Damit standen wir vor einem neuen Dilemma. Nachdem Sidra zurückgekehrt war, um ihre Zellengenossinnen zu befreien, verschwand sie erneut.« Er sah seine Frau an. »Ich habe überall im Äther nach dir gesucht, aber ich konnte dich nirgends finden.« Die Wärme in seinen Augen, als er mit ihr sprach, war magnetisch und zog Sidra an, obwohl sie das nicht wollte.

Noch nicht. Nicht, wenn Vergebung nach wie vor eine Frucht war, in die sie zu beißen sie nicht wünschte. »Also bin ich stattdessen der Hexe gefolgt, in der Hoffnung, dass sie mich zu dir führen würde. So habe ich erfahren, dass sie die seltene Begabung besitzt, in die Schattenwelt zu blicken.«

»Und du besitzt die seltene Begabung, unentdeckt zu bleiben«, meinte Elena. »Meine Instinkte haben deine Gegenwart nicht bemerkt … jedenfalls so lange nicht, wie du es nicht wolltest.«

»Verborgen zu bleiben ist unser größtes Talent, Madame Martel.« Hariq lächelte bescheiden, als er eine Hand an die Brust legte und den Kopf neigte.

Es freute Sidra, dass Hariq ihre Freundin mit ihrem Familiennamen ansprach, andererseits begann dieses vage Gerede allmählich, sie zu verunsichern. Sie hatte geglaubt, sie könne mühelos im Feuer lesen – doch da gab es so viel, das sie nicht gesehen hatte. Ihr wurde ganz schwindelig bei dem Gedanken an die sich drehende Welt und die Vielzahl all der Schicksale, welche sich mit ihr drehten und somit für alle die Zukunft bestimmten, sei es nun für ein einzelnes Wesen, sei es für die Gesamtheit aller Kreaturen. Und an all die Fügungen, die unter einer Decke der List verborgen gelegen hatten, mochte sie erst recht nicht denken.

Da der Alte wieder das Wort ergriff, setzte sich Hariq so dicht im Schneidersitz neben Sidra, dass sie den köstlichen Duft seiner Haut wahrnehmen konnte. Sie erhob keinen Einspruch.

»Als du entkommen bist … mutmaßlich mit dem Dolch in deinem Besitz …, da dachten wir, wir hätten die einzige Chance vertan, Jamra zu überlisten«, erklärte Rajul Hakim, den der Rauch seiner Pfeife einhüllte. »Obendrein haben wir um dein Leben gefürchtet. Die verschlungenen Wege des Schicksals haben uns jedoch erneut eine Gelegenheit geboten, alles in Ordnung zu bringen.«

»Und welche?« Sidras Wut klang ein wenig ab und wich der Neugier, wie ihr Leben zum Spielball für diejenigen hatte werden können, die das Talent zur Täuschung besaßen.

Da schaltete Titania sich ein. »Nachdem du meine Enkelin befreit hattest, wollte mein Herz keine Ruhe geben, bis sie ihr Heim bei uns gefunden hatte. Im Land der *Fée*. Ihre Mutter hatte bereits dafür gesorgt, dass ihre Tochter einen Weg gehen konnte, um an ihrem sechzehnten Geburtstag zu uns zu stoßen. Er begann in dieser jämmerlichen Wohnung einer Sterblichen und hat ihr all die Jahre offengestanden. Daher musste ich meiner Enkelin nur einen kleinen übernatürlichen Stups versetzen, damit sie das Büchlein und folglich auch den Weg fand.« Die Elfenkönigin gab ihr Bestes, bescheiden zu wirken, doch ihre vorgespielte Demut wirkte so fehl am Platz wie Weihnachtsschmuck im Juli. »Aus diesem Grund habe ich dann einen Wunsch gestohlen. Einen Wunsch, der euch beide in die Stadt geführt hat.«

»Moment mal! Sprichst du etwa von *meinem* Wunsch?« Ungläubig starrte Yvette ihre Großmutter an. »Du hast ihn …?«

»Es war trotzdem dein Herzenswunsch. Allerdings habe ich in die Dschinn-Magie eingegriffen, als ihr euch beide im Übergang befandet.«

Immer diese Strahlenden mit ihren versponnenen Ideen und der nur vagen Wahrnehmung der Grenzen zwischen Richtig und Falsch. Sidra hatte es stets für unwahrscheinlich gehalten, dass allein das Verlangen des Mädchens Einfluss auf ihre Magie genommen hatte. »Aber wie kann eine *Fée*-Königin aus einer Laune heraus Dschinn-Magie beeinflussen?«, fragte sie.

»Dschinn träumen, genau wie alle Kreaturen«, antwortete Titania mit einem gefährlichen Glitzern in den Augen. »Ihre Hoffnungen, Ängste, Sehnsüchte … sie schweben im Äther und werden im Schlaf von den gleichen Strömungen getragen wie die Wünsche aller anderen. Auf diesen Strömungen segelt meine Macht. Ich gleite mit dem Duft des Verlangens unter die Nasen von Männern, spioniere Liebenden hinterher, die von Küssen träumen, und gleite über die Lippen von Damen, um dort den Geschmack der Lust zu hinterlassen. Manchmal trage ich auch die Angst vor dem Tod in die Träume kleiner Jungen, die zu oft an das Feuer denken sowie an die Schmerzen, die sie anderen zufügen wollen.« Erneut verwandelte sich ihr Gesicht für den Bruchteil einer Sekunde in diese Furcht einflößende Visage. Bis auf den Alten keuchten alle auf. »Ich bin schon zu lange mit dem Geist der Dschinn vertraut und kann nach Belieben durch ihre Traumgedanken gleiten. Einer von ihnen einen Wunsch zu stehlen war für mich daher genauso einfach, wie die Saite einer Harfe zu zupfen.«

»Die Königin der *Fée* hat sich eines Privilegs bedient, das nur wenigen vergönnt ist«, erklärte Rajul Hakim mit einem Nicken. »Doch sie war bereit, für den Diebstahl zu zahlen, sobald der Wunsch in Erfüllung gegangen und ihre Enkelin ordnungsgemäß in den Schoß ihres Volkes zurückgekehrt war.« Der Alte legte seine Pfeife zur Seite und machte Anstalten aufzustehen. Sofort sprang Hariq hinzu und stützte ihn. »Ich saß zu lange in dieser Höhle«, sagte Rajul Hakim und gab Hariqs Arm frei, sobald er sein Gleichgewicht gefunden hatte. Fast schmerzhaft langsam trat er ein paar Schritte vor, bis er vor Sidra stand. »Den Flakon, bitte.«

Sidra legte beide Hände um das grüne Fläschchen, das von Kristalltauben gekrönt wurde. Es war ihr wertvollster Besitz, dennoch reichte sie es nun, ohne zu zögern, ihrem Clanführer.

»Ein überaus belangloser Gegenstand, nicht wahr?« Der Alte hob den Flakon ins Licht, als könne er so ins Innere sehen. »Wir haben Sidra erneut aus den Augen verloren, nachdem der Wunsch gestohlen worden war, von einem kurzen

Moment abgesehen, als sie die Hexe in einem Café in der Stadt bewirtet hat. Doch dann war Titania so freundlich, uns mitzuteilen, dass unsere Dschinn in diesem Behälter in ihr Reich geschmuggelt worden war.« Er hob das Fläschchen ans Ohr und schüttelte es leicht, als lauschte er auf etwas im Inneren. »Als Strafe für den Diebstahl des Wunsches« – er hob einen mahnenden Finger in Titanias Richtung – »hat sie Sidra sicher im Land der *Fée* verborgen. Und sie hat uns benachrichtigt, als Jamras Träume erneut voller Gier um das vermisste Artefakt kreisten.«

Yvette starrte ihre Großmutter mit offenem Mund an. »Wieso hast du uns zurück in die Welt geschickt, wenn du wusstest, dass dieser irre Dschinn hinter dem Dolch her war?«

Sidra musterte Rajul Hakim aus zusammengekniffenen Augen. »Weil man einem Löwen nicht entkommt, indem man vor ihm flieht. Ihm muss man eine Falle stellen.«

Der Alte nickte. »Wir hatten bereits Yanis, der den Fesselungszauber sprechen konnte. Doch jetzt wussten wir auch von einer Hexe … einer Kameradin von dir …, die in die Schattenwelt sehen konnte. Eine Hexe, welche die Falle zuschnappen lassen konnte, sobald sie mit dem richtigen Köder bestückt wurde.« Der Alte nahm Elena den Parfümanhänger ab und hielt ihn an der Kette hoch. Seine Augenbrauen, auch sie zwei Taubenflüge, schlugen förmlich zusammen, als er das zerbrechliche Glasbehältnis musterte, in dem der Dschinn nun gefangen saß. »Du und der Dolch waren unser Köder«, sagte er zu Sidra. »Nun seid ihr beide in Sicherheit.« Er streckte die Hände aus, als wöge er den Flakon gegen den Parfümanhänger ab. »Und Chaos und Ordnung verbleiben im Gleichgewicht.«

Der Alte übergab Hariq den Anhänger, damit dieser ihn sicher aufbewahrte, und richtete seine Aufmerksamkeit dann wieder auf Sidras Flakon. »Ich gebe unumwunden zu, dass ich höchst nervös war, als Jamra angefangen hat, die Fläschlein zu zerschlagen. Nicht auszudenken, was geschehen wäre, wenn dieser kleine Flakon Schaden genommen hätte.«

Sidra zuckte mit den Achseln. »Ich hätte einen Schatz verloren, aber die Welt wäre noch immer sicher gewesen.«

Der Alte zog den Stöpsel heraus und schüttelte das Fläschchen kopfüber, sodass alles, was sich darin befand, auf seinen Handteller fallen musste. Dieser blieb jedoch leer.

»Welcher Zauber ist nötig, um den Dolch zu entnehmen?«, fragte er.

Sidra grinste so breit, dass die goldenen Verzierungen auf ihren Zähnen funkelten. »Manchmal bestückt man eine Falle am besten mit einer Täuschung.« Die Dschinn durchquerte den Raum und blieb vor Yanis stehen. Ihre Armreifen klimperten, als sie die Kaftanärmel hochschob. »Heb dein Bein.«

»Was tust du da?« Verwirrt hob Yanis sein gesundes Bein.

»Das andere«, meinte Sidra, als sie vor ihm in die Hocke ging.

Der Zauberer packte sein Holzbein an der Stelle, wo Prothese und Fleisch aufeinandertrafen, und hob es an. Sidra stellte das untere Ende auf ihr Knie und klopfte mit den Fingerknöcheln gegen das Holz.

»Das hast du nicht getan …!« Elena starrte ihre Freundin entgeistert an.

Mit Yanis' Erlaubnis löste Sidra den Haken am unteren Ende des falschen Beins und entnahm dem hohlen Inneren einen silbernen Krummdolch mit schwarzem Heft. In eine Seite des Knaufs war ein rundes Siegel eingelassen, das einen Sonnenaufgang jenseits der Medianlinie zeigte, auf der anderen Seite ging die Sonne unter.

»Die Umstände haben mich gezwungen, ein wirklich sicheres Versteck für den Dolch zu finden«, sagte sie. »Bei jemanden, der das Herz und die Fähigkeit besitzt, ein solches

Objekt vor denen zu beschützen, die es missbrauchen würden.«

Yanis, der von Sidra nur Drohungen und Hohn gewöhnt war, presste die Handflächen aneinander und neigte den Kopf. »Ich fühle mich geehrt, deines Vertrauens für wert befunden worden zu sein.«

»Es steht nicht in meiner Macht, dir ein neues Bein zu schenken«, erwiderte sie, »doch wir können ein künstliches Bein anfertigen, das dir keine Schmerzen mehr verursacht.«

Sie suchte Hariqs Blick, und er nickte ihr zu, Bewunderung in den Augen. Damit anerkannte er den beschwerlichen Weg, den sie zurückgelegt hatte, um in Yanis' die Person zu sehen, die er wirklich war.

»Ich meinerseits kann dir den Schmerz nicht nehmen, den meine Unehrlichkeit dir verursacht hat«, sagte Hariq, als er nach ihrer Hand griff. »Aber ich hoffe, dass du mit der Zeit verstehen wirst, dass ich das nicht getan habe, um dich zu verletzen, meine Geliebte. Dass ich immer vorhatte, dich zu finden und wieder mit dir vereint zu werden … damit wir den Rest unseres Lebens gemeinsam verbringen können, ohne jemals wieder nervös über unsere Schultern blicken zu müssen.«

Wie oft hatte Sidra gedacht, sie würde Hariq alles verzeihen, wenn er nur am Leben wäre? Sie hatte nicht geahnt, wie sehr die Worte ihr die Kehle zuschnüren würden, sobald dieser Moment tatsächlich gekommen war. Chaos und Ordnung waren zwei Seiten einer scharfen Schneide, doch dasselbe galt für Schmerz und Vergnügen. Harmonie und Zwietracht. Ohne das eine gab es das andere nicht. Stets gingen Zerren und Ziehen Hand in Hand. Man konnte sich nur entscheiden, in welche Richtung man sich lehnen wollte, wenn die Klinge zur Seite kippte.

»Es freut mich, dich lebend zu sehen, *habibi*«, sagte sie,

weil sie wusste, dass ihr Herz immer der Vergebung zugeneigt war.

Hariq sah sie an, als wäre sie der einzige Stern in einer wirbelnden Galaxie, den zu betrachten es wert war. Und sie beschloss, ihre Zukunft erneut dort zu suchen. In seinen Augen.

37

Die Schäden rundum waren leicht zu beheben: hier etwas zerbrochenes Glas, dort eine Tür, die aus den Angeln geflogen war. Ein paar verbogene Laternen, die wieder in Form gebracht werden mussten. Noch am Schlimmsten war der Sand. Der Habub hatte die Körner in jede Straße und jedes offene Fenster getrieben. Blumentöpfe ertranken fast unter dem Sand, Markisen bogen sich unter seinem Gewicht, und die Sterblichen, die von dem Lavendeltrank in Schlaf versetzt worden waren, mussten sich Kleidung und Haar gründlichst waschen. Doch mit zwei Dschinn und der Elfenkönigin beanspruchten diese Aufräumarbeiten kaum mehr Zeit oder Anstrengung, als nötig war, um eine Terrasse von einem Ende bis zum anderen zu kehren. Die Menschen erwachten benebelt und verwirrt – vielleicht juckten einigen auch ein paar Sandkörner tief in den Ohren –, doch ansonsten nahm ihr Leben den gleichen Lauf wie an jedem anderen Tag: Titania, die immer noch ihre Verkleidung trug, hatte dafür gesorgt, dass sie alle die Anstrengungen beim Erwachen ihren Träumen zuschrieben.

Der Zug nach Norden sollte pünktlich abfahren. Hariq hatte die Waggons mit der gebotenen Umsicht wieder aufgerichtet und sämtlichen Sand aus dem Kessel entfernt, sodass er nun fröhlich dampfte. Auch die Bergbahn hatte er wieder in die Gleise gesetzt, doch im Vergleich zu der Mühsal, die ihm die Lokomotive des Zugs bereitet hatte, war das ein Kinderspiel. Elena und Jean-Paul verließen das Bahnhofsgebäude, Fahrkarten für die Rückfahrt in den Händen. Beide wirkten lediglich ein wenig angegriffen, als sie auf dem Bahnsteig standen, sie in ihren Schlamm bespritzten Holzschuhen, er noch geschwächt durch das abgeklungene Fieber. Doch die zwei waren frohen Mutes, als ihre Freunde zum Bahnhof kamen, um sich zu verabschieden.

Hariq und Sidra gaben ein attraktives Paar ab. Er trug nach wie vor seine schwarze Tunika – und ein breites Lächeln auf die Lippen. Sie hatte sich ein wunderschönes neues Gewand und klimpernde goldene Armreifen heraufbeschworen. Der Duft von Jasmin, gerösteter Zitronenschale und Holzrauch hing in der Luft um sie herum.

Hinter den beiden schlurfte krumm und mithilfe eines Gehstockes der alte Dschinn heran. In seiner Begleitung befand sich Yanis. Über seiner Schulter hing ein Lederriemen, an dem eine mit aufwendigen Schnitzereien verzierte Holzkiste befestigt war. Elena wusste, dass sich darin nur ein normales Messer befand. Der echte Dolch ruhte erneut in dem polierten Holzbein mit der aufwendigen Polsterung, ein sicheres Versteck während der bevorstehenden Reise. Denn auch Yanis und den Alten erwartete eine Reise, geschützt von Hariq und Sidra. Alle hatten Yanis' Einschätzung zugestimmt, dass der Dolch erneut der Fürsorge des Ordens der Sieben Sterne übergeben werden musste, um in künftigen Jahrhunderten geschützt zu sein und so das Gleichgewicht in der Welt zu bewahren.

»*As-salaam-alaykum*«, sagte Sidra zu Elena und Jean-Paul, als sie auf dem Bahnsteig voreinander standen.

Elena schüttelte der Dschinn die Hand. »Weißt du, ich glaube, wir beide, du und ich, wir haben uns noch nie richtig begrüßt oder verabschiedet.«

»Das nicht – aber vielleicht hatten wir alles dazwischen«, sagte Sidra, als sie Elenas Abschiedsgruß erwiderte.

Hariq drückte Jean-Paul die Hand und erwähnte dabei, wie sehr er bei seinem Besuch die Weinberge bewundert hatte. »Ich hoffe, eines Tages die feinen Jahrgänge kosten zu können, die dort heranreifen.«

Jean-Paul zuckte kurz zusammen, bevor ihm wieder einfiel, dass er ja mit dem Hund sprach, der sich zwischen den Reben versteckt hatte. »Natürlich«, sagte er. »Lassen wir erst *les vendanges* vorbei sein, dann seid ihr uns jederzeit willkommen, das Weingut zu besuchen. Es wäre uns ein Vergnügen.«

Elena bemerkte, mit welcher Beiläufigkeit ihr Ehemann inzwischen einen Dschinn auf das Weingut einlud. Er hatte einen weiten Weg zurückgelegt, seit er inmitten der Weinreben zum ersten Mal einem Gargoyle begegnet war. Jean-Paul floh nicht länger vor dem Übernatürlichen, und er bestand im Angesicht bewiesener Tatsachen auch nicht länger auf seinem Glauben. *Tawazun*, wie Sidra sagen würde.

»Wir würden uns geehrt fühlen.« Hariq hob einen Finger. »Aber wir wollen nicht bis dahin warten, Ihnen das hier zurückzugeben. Ich glaube, es gehört Ihnen, *madame*.« Der Dschinn trat hinter einen Pfosten am Bahnsteig und kehrte mit einem zusammengerollten Teppich zurück. Elena war sich sicher, dass er sich vor einer Minute noch nicht dort befunden hatte. »Er hat einen Grasfleck auf der Rückseite, und ein Ast hat einen Faden gezogen, aber ansonsten ist er in tadellosem Zustand und jederzeit flugbereit.« Ein Lächeln begleitete den Scherz.

»Mein Wandteppich. Ich hatte nicht geglaubt, ihn je wiederzusehen.«

»Ich bin zu alt, um auf Vorlegern zu fliegen«, sagte Rajul Hakim mit einem Seufzen. »Also zwingen meine Freunde mich, in dieses gelbe Biest zu steigen, um zur Küste zu fahren. Und dann stopfen sie mich in ein Boot. Ein Boot!«

Camille winkte in ihrem großen, gelben Automobil, das mit dem Duft von Wüstenblumen bezahlt worden war.

»Das ist dem Zauberer zuliebe nötig. Doch sobald wir sicher am Ziel angekommen sind, wirst du in der Sonne in einem Café sitzen, deine Pfeife rauchen und all das hier vergessen können«, meinte Sidra. »Im Übrigen tut es nur gut, hin und wieder das eigene Haus zu verlassen.«

Eine Glocke bimmelte und verkündete damit die Ankunft der Bergbahn von der Spitze des Hügels. Sie drehten sich um. Noch bevor die Waggons gestoppt hatten, erregte Yvettes Haar und das leise Leuchten ihres Körpers die Aufmerksamkeit der kleinen Gruppe. Auch sie trug neue Kleidung. Sie hatte einen hellblauen Anzug gewählt, dazu einen passenden Dreispitz samt Pfauenfeder, der auf ihrem goldenen Haar saß. Sie stieg aus und eilte strahlend auf den Bahnsteig, um gute Neuigkeiten zu verkünden.

»Ich werde zur Parfümeurin ausgebildet werden!«, sagte sie. »Ist das zu fassen?« Die junge Frau hob wie zur Bestätigung einen offiziellen Brief in die Höhe. »Camille hat das eingefädelt. Ich werde in *La Maison des Amoureux* lernen, Parfüms herzustellen. Grand-Mère hat ihr die Idee in den Kopf gesetzt, daran zweifele ich keinen Moment … Trotzdem, ist das nicht wundervoll?«

»Du bleibst hier?«, fragte Sidra.

»O ja, so leicht wirst du mich nicht los!«

Elena erwartete eigentlich, dass Sidra unwillig darauf reagierte, sich die Stadt mit der jungen Frau teilen zu müssen, doch ein sanftes Lächeln schlich sich auf das Gesicht der Dschinn. Als könnte man die Langweile des Lebens mit ein wenig Irrsinn heilen. Sidra griff in die Falten ihrer neuen Seidengewandes und zog zwei bronzene Amulette heraus. Eines davon gab sie Elena, das andere Yvette. »Eines für jede von euch. Der Zauberer hat sie für mich angefertigt«, sagte sie, bevor sie auf den Stern und das Vogelsymbol in der Mitte des eingravierten Pentagramms zeigte. »Ihr braucht den Talisman nur auf eure Handfläche zu legen und meinen Namen zu sprechen, dann werde ich euch antworten.«

»Was, wenn es etwas gibt, um das ich dich jetzt schon bitten möchte?«, fragte Yvette.

Sidra zog die Augenbrauen hoch. Ihre Geduld wurde bereits auf die Probe gestellt.

»Schieb dieser Frau das Suffragetten-Flugblatt unter. Dieser Städterin, meine ich, die dich um Hilfe gebeten hat. Wenn du das tust, sind wir quitt.«

Sidra sah den Hügel hoch, als lausche sie auf etwas, das nur sie hören konnte, bevor Hariq ihr über die Schulter zurief, dass er und der Alte bereit zum Aufbruch seien. Sie nahm noch einmal den Duft des Ortes in sich auf, der sie so lange beschützt hatte, ehe sie entschied: »Das kann ich machen.«

Yvette und Elena drückten der Dschinn jeweils einen Kuss auf die Wange und sagten Adieu. Die Dschinn wandte sich ab und ging, drehte sich aber noch einmal um und winkte ihnen zu. Ihre goldenen Armreifen spielten ein klimperndes Abschiedsständchen.

»Und natürlich musste ich herkommen, um mich von dir zu verabschieden«, sagte Yvette und griff nach Elenas Händen. »Ist es nicht beruhigend zu wissen, dass wir alle nur eine Zugfahrt entfernt sind?« Yvette zwinkerte Elena zu. »Oder dass ein paar von uns, du weißt schon, nur einen kurzen schimmernden Sprung benötigen. Grand-Mère hat versprochen, dass sie mir zeigen wird, wie die Portalmagie funktioniert … jetzt, wo ich beschlossen habe, hierzubleiben.«

Die junge Frau leuchtete bei dem Gedanken an ihre neu gefundene Aufgabe im Leben. Sie strahlte förmlich vor Freude. Angesichts ihres Abschieds von diesem duftenden Städtchen kam Elena der Gedanke, dass Yvette sozusagen die zitronige Kopfnote im Parfüm ihrer einzigartigen, seltsamen Freundschaft war. Die Erste, die auffiel, die Erste, die den Wert anderer erkannte. Und Sidra mit ihrer überwältigenden Persönlichkeit war zweifellos die Basis, die immer für sie da sein würde, heute genau wie morgen. Sich selbst positionierte Elena irgendwo in der Mitte, als Herznote gewissermaßen, deren Einfluss dafür verantwortlich war, sie alle zu vereinen und zusammenzuhalten.

»Nur eine Tagesreise entfernt«, wiederholte Elena, bevor sie die junge Frau umarmte.

Es folgte geschäftige Aktivität, weil der Schaffner zum Einsteigen aufforderte. Jean-Paul ergriff ihre Hand. Zusammen fanden sie ein Abteil mit Blick über den Bahnsteig. Die Lokomotive stieß Dampf aus, der kurz alles in eine weiße Wolke hüllte. Als der Dampf sich verzogen hatte, stand die junge Frau immer noch winkend auf dem Bahnsteig. Ja, dachte Elena, als sie den Talisman in ihre Tasche schob, es ist in der Tat beruhigend zu wissen, dass am anderen Ende eines Wunsches immer eine Freundin auf sie wartet.

Danksagung

Ich weiß nicht, ob es häufig vorkommt, dass man an drei Büchern mit denselben Leuten zusammenarbeitet, mir jedoch war dieses Glück beim Schreiben meiner Trilogie vergönnt. Öfter, als ich zugeben will, waren es Mitglieder des Verlagsteams, die mich auf Unstimmigkeiten in den Details zwischen einem Band und dem nächsten hingewiesen haben, die ich als Autorin beim Schreiben übersehen hatte. Deswegen möchte ich ihnen öffentlich und aus tiefem Herzen danken, weil – wie ich schon früher gesagt habe – sie so dafür sorgen, dass ich als Autorin besser erscheine, als ich es eigentlich bin. Daher vielen Dank an Clarence, Jon, Karin, Robin und Laura sowie dem gesamten restlichen Team bei 47North für ihre redaktionelle Arbeit. Dann danke ich noch Micaela Alcaino, der Schöpferin der drei wunderbaren Buchcover für die Serie. Außerdem stehe ich in der Schuld meiner Bearbeiterin Adrienne Procaccini, weil sie an meine Hexentrilogie geglaubt hat, und meiner Agentin, Marlene Stringer, weil sie den ersten Band »Der Zauber von Wein und Lavendel« aus dem Haufen der eingesandten Manuskripte gezogen hat. Welche Dschinn auch immer diese spezielle Magie gewirkt hat, ihr gebührt mein Dank ebenso! Und wie stets danke ich Rob und David und dem Rest meiner Familie für ihre unerschütterliche Unterstützung und ihre aufmunternden Worte.